"이게
어떻게 된
일입니까?"

 은
놀라면서도
평정을
가장했다.

약사의 혼잣말

휴우가 나츠

일러스트
시노 토우코

11

"야오 씨,
옌옌 씨.
무슨
일이죠?"

"라한 님!"

여동생의 동료들이
문 앞에서 기다리고 있었다.

고쿠오 는 **진시** 앞,
민중들과의 사이에 서 있었다.
마치 무대를 둘러싼 듯,
민중들이 그 주위로 멀찍이 서 있었다.

길쭉한 손가락이 마오마오 의 손등을 붙잡고,
손바닥에는 진시 의 손바닥이
밀착했다.

INTRODUCTION

진시의 공, 진시의 죄

진시는 왕제라는 입장을 최대한으로 이용하여
중앙에 술서주 지원을 요청합니다.
또한 물자가 부족한 와중에
다양한 문제들이 불똥처럼 마오마오에게 날아듭니다.
수수께끼의 복통에 시달리는 교쿠오의 손녀.
괴짜 군사 라칸이 끌고 온 기성이라 불리는 노인.
동료 의관 티엔요우의 기행.
그리고 소식이 끊겼던 그 사람이 돌아오는데?!
한편 서도에서는 왕제를 향한 불만이 솟구칩니다.
황해로 인한 기근과 병에 고통받던 민중은
드디어 황족인 진시에게 분노의 화살을 들이댑니다.
보호하고 부양하던 민중들에게 원망을 받게 된 진시의 결단은?
계속해서 수상한 낌새를 보이는 영주 대행 교쿠오의 목적은?
그리고 마오마오는 무사히 위기를 넘길 수 있을까요?

약사의 혼잣말

11

휴우가 나츠 지음
시노 토우코 일러스트

Carnival

목

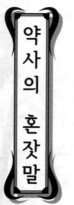

약사의 혼잣말

차

KUSURIYA NO HITORIGOTO 11

ⓒNatsu Hyuuga 2021
Originally published in Japan by Shufunotomo Infos Co., Ltd.
Translation rights arranged with Shufunotomo Infos Co., Ltd.
Through Shufunotomo Co., Ltd.
Korean Translation rightsⓒ2022 by HAKSAN PUBLISHING CO., LTD.

마오마오……본래는 유곽의 약사. 후궁과 궁정 근무를 거쳐, 현재는 서도에서 의관 보조 관녀 일을 하고 있다. 약도 독도 좋아하지만, 독약 제조 명인이라는 말을 들으면 불쾌해진다. 황해 때문에 황충을 싫어하게 되었다. 20세.

진시……왕제. 천녀 같은 미모를 지닌 청년. 서도에서는 그 입장 때문에 활동에 제약을 당하고 있다. 화려한 정치 수완은 없지만 견실하게 차근차근 주변부터 정리해 나가는 것이 특기. 최근 들어서는 교쿠오에게 멋진 모습을 다 빼앗기고 있지만 본인은 신경 쓰지 않는다. 본명, 카즈이게츠. 21세.

취에……가오슌의 아들인 바료의 처. 주변을 개의치 않고 자신의 길을 나아가는, 까불까불한 성격이지만 뭐든 다 할 줄 알기 때문에 마오마오의 시중을 들거나 호위를 하는 일이 많다. 진시의 시녀.

리하쿠……무관. 마오마오의 호위로 서도에 동행했다. 대형 견처럼 붙임성 좋은 남자지만 티엔요우와는 성격이 맞지 않는다.

라한네 형……라한의 형. 라한에게 속아서 서도로 끌려와 농업 실습을 하게 되었지만, 도중에 황해가 일어나 현재는 행방불명.

돌팔이 의관……환관. 전직 후궁 의관이지만 실력이 없고 대체로 행운에 기대어 살아가고 있다. 주위 사람들의 독기를 빼는 데 능하다.

가오슌……바센의 아버지. 탄탄한 체격의 무인이며 예전에 진시의 종자였던 인물. 진시가 서도로 가게 되어, 호위로 따라왔다. 처인 타오메이 앞에선 꼼짝도 하지 못한다.

라칸……마오마오의 친아버지이자 뤄먼의 조카. 외알 안경을 낀 괴짜. 마오마오를 귀여워하지만 하는 행동마다 망가지는 사람. 사람 보는 눈은 그 누구보다 날카롭다. 단것을 매우 좋아하며, 장기와 바둑이 특기.

라한……라칸의 조카이자 양자. 동그란 안경을 쓴 몸집 작은 남자. 라칸 대신 도성에서 저택을 지키고 있다. 빈틈없는 문관. 숫자를 좋아한다.

교쿠요 황후……황제의 정실. 빨간 머리와 녹색 눈을 지닌 이방의 공주. 서도 출신이지만 이복오빠에게 복잡한 감정을 품고 있다. 22세.

황제……아름다운 수염을 기른 유능한 남자. 풍만한 몸매의 여성을 좋아한다. 37세.

야오……마오마오의 동료. 키가 크고 발육이 좋아 마오마오보다 연상으로 보인다. 정략결혼을 강요하는 숙부를 싫어한다. 의관 기술을 익히기 위해 수련 중. 16세.

옌옌……마오마오의 동료. 야오의 시녀이며 야오와 함께 궁정 의관 보조가 되었다. 머릿속에 온통 야오 생각밖에 없지만 요즘 들어 야오의 행동에 불안을 느낀다. 20세.

리쿠손……본래는 라칸의 부관. 현재 서도에서 일하고 있다. 사람 얼굴을 한 번 보면 잊어버리지 않는 특기를 가졌다. 유약해 보이는 생김새지만, 대규모 황해를 맞닥뜨렸을 때도 이성을 잃지 않고 사람들을 이끈다.

교쿠엔……교쿠요 황후의 친아버지. 서도를 다스리고 있었으나 딸이 황후가 된 일로 도성을 찾아왔다. 서도의 영주 대행을 교쿠오에게 맡기고, 그 보좌로 중앙에서 일하던 리쿠손을 서도에 보냈다.

교쿠오……교쿠엔의 장남. 교쿠요 황후의 이복오빠. 현재 아버지를 대신해 서도를 다스리고 있다. 서도에서 절대적인 지지를 얻고 있지만, 자꾸만 진시를 소홀히 대한다. 무슨 꿍꿍이가 있는 듯.

스이렌……진시의 시녀이자 옛 유모. 나이가 들었지만 진시를 위해 서도로 동행한다.

바료……가오슌의 아들, 바센의 형. 대인 관계가 서툴러 위장에 자주 탈이 난다. 취에와는 정략결혼을 했고, 아이도 있다.

온소……라칸의 부관. 라칸 때문에 항상 위장이 찢어질 것 같지만, 유능한 사람.

요우 의관……상급 의관. 서도 출신. 명랑하고 소탈한 성격.

티엔요우……마오마오의 동료인 젊은 의관. 얼핏 경박하고 변덕스러워 보이는 남자지만, 외과 기술에 상당한 실력이 있다.

리 의관……궁정의 중급 의관. 고지식하고 융통성 없어 보이는 남자.

루 시랑……예부의 차관. 진시와 함께 서도로 간다.

쵸후……부리에 검은 점이 있는 하얀 집오리. 리슈가 부화시킨 새끼 오리지만, 바센을 처음 본 순간부터 잘 따라서 결국 서도까지 따라왔다. 꽤 똑똑하다.

약사_의 혼잣말

서 장

마차 소리가 좋았다.

히힝거리는 말 울음소리, 마차 바퀴가 삐걱거리는 소리, 마부의 고함 소리.

시장 소리가 좋았다.

상인들이 호객하는 소리, 활기 넘치는 소음, 아이들의 웃음소리.

건조한 공기와 메마른 대지. 척박한 땅에서도 사람들은 늠름하게 살아간다.

정말 멋진 일이라고, 어머니도 가르쳐 주셨다.

소년은 언제나 어머니 곁에서 그 말을 들었다.

어머니는 새를 부리고, 책상 위에서 세계를 내려다보았다. 언젠가는 너도 할 수 있을 거라면서 웃었다. 가끔 소년의 눈을 물끄러미 들여다보며 무슨 생각을 골똘히 하는 것 같기도 했다.

누군가를 떠올리는 것 같기도 했다.

"이 도시를 지켜 주렴."

어머니의 말에 소년은 고개를 끄덕였다.

"크고 넉넉한 사람으로 자라야 한다."

알고 있어, 소년은 대답했다.

"아버님처럼 되는 걸 목표로 하려무나."

물론이지, 소년은 웃었다.

소년이 크고 넉넉한 사람으로 자라는 것은 이 도시가 크고 넉넉한 곳으로 자라는 것과 똑같다.

흉년 따위는 신경도 쓰지 않는 풍요로움을, 외적이 침입해도 물리칠 수 있는 강함을….

자상한 어머니처럼, 커다란 등을 지닌 아버지처럼 자라고 싶다.

이 서도를 그 어느 곳보다 아름답고 풍요로운 장소로 만들기 위해, 그렇게 되고 싶었다.

1 화 : 건조 과일

　황해가 일어난 지 닷새가 지났다.

　마오마오는 아궁이에 불을 때서 무언가를 푹푹 끓이는 중이었다. 자주 환기하지 않으면 중독될 것 같다. 숨을 크게 들이마셨다 내쉬고, 얼굴에 수건을 둘렀다.

　이제 겨우 의무실 주위의 황충을 거의 다 구제했다. 아직 살아 있는 개체도 보였지만 그럴 때마다 발로 짓밟아 비벼서 죽이곤 했다.

　"독초가 더 필요해?"

　큰 냄비를 저으며 리하쿠가 마오마오에게 물었다.

　"네. 두 번째 파도가 올지도 몰라요."

　마오마오는 식칼로 독초를 썩둑썩둑 썰어서 냄비에 넣었다.

　"리하쿠 님, 입 주위를 가리세요."

　"연기 냄새가 좀 나긴 하지만 괜찮은데?"

리하쿠가 귀찮다는 듯 얼굴을 찌푸렸다.

"일전에 식량 창고 화재 소동 때 방심했다가 머리가 홀랑 타버린 사람이 누구였죠?"

"윽."

리하쿠는 고분고분 입에 수건을 둘렀다.

"마오마오 씨, 마오마오 씨~"

뽁뽁거리는 특유의 발소리를 내며 취에가 다가왔다. 커다란 상자를 안고 있었다.

"보충할 약이랑 붕대를 가져왔어요~"

"감사합니다."

마오마오가 내용물을 확인했다.

"…이게 전부인가요?"

"네, 아쉽지만요."

취에가 눈썹을 축 늘어뜨렸다. 상자 크기에 비해 들어 있는 양은 너무 적었다. 당연히 마오마오가 주문한 양에는 한참 부족하다.

"역시 물자가 부족한 건 어쩔 수가 없네요."

"그렇겠죠."

황충이 사라졌다고 안심할 수는 없었다.

사람들이 불안해하고 있고, 불안은 폭력성을 낳는다. 부상자도 있고 몸 상태가 좋지 않다고 하소연하는 사람도 많다. 약 소비는 빠른데 유통이 정체되어 있으니 부족할 수밖에 없다.

마오마오는 취에에게도 거들라면서 막자사발과 공이를 건넸다. 할 수 없네요, 라면서 취에는 소매를 걷어붙였다.

'식량이 금방 바닥날 일은 없겠지만.'

황충이 창고 곡물까지 다 먹어치우진 않은 듯했다. 하지만 채소와 과일의 유통이 정체되어 있으니 한동안 편중된 식사를 하게 되리라.

'문제는 몇 달 후야.'

다음 작물 수확까지 식량 배급을 세세하게 조절해야 한다.

사람의 마음이란 참 어렵다. 괜찮으니까 안심하라고 해도 부족하다는 사실을 안 순간 열심히 긁어모으려 한다. 결과적으로 사재기가 벌어지고 굶는 사람이 생긴다.

"영주 대행께서도 그런 점은 알고 계시겠죠?"

마오마오가 말하자 취에가 의미심장하게 대답했다.

"이러니저러니 해도 교쿠오 님은 수완가거든요."

"수완가인가요?"

마오마오도 교쿠오라는 남자에 대해 여러 가지 인상을 품고 있었다. 하지만 그것과 이것은 별개로 생각하는 게 어른이다.

"서도나 그 주변 마을에 부족한 식량을 즉시 보내서 밥을 짓게 하고 있대요. 바로 움직였다는 점이 대단하죠."

신속한 초동 대처는 안심으로 이어진다.

"호오, 금방 비축분을 내주다니 인심이 후한걸. 권력자라는 놈들은 보통 다 독차지하고 쌓아 두기만 하던데."

리하쿠가 감탄했다.

"네. 마을 인구와 피해 크기를 똑똑히 계산해서 마차에 짐을 싣고 있더라고요."

역시 눈치가 빠른 취에는 자기 눈으로 확인하고 온 모양이었다.

'그건….'

리쿠손이 전부터 준비해 뒀던 걸까. 리쿠손이 교쿠오에게 여러 가지 보고를 했는데 그것을 이용했다고 하면 이해가 된다.

'뭐, 리쿠손이 보고를 했다면….'

괜한 자존심을 세우지 않고 중앙에서 온 자라도 써먹을 수 있는 건 다 써먹었다고 생각해야 할까.

리쿠손에게 농촌에서 바로 돌아오라는 지시를 내리지 않았던 이유도 그런 정보를 얻기 위해서였을지 모른다.

진시를 명목상의 황족으로서 자신을 돋보이게 하는 역할로 이용하는 모습을 생각하면 교쿠오를 반드시 긍정적인 인물로만 받아들일 수는 없다. 하지만 지역 밀착형 정치가로서는 제법 유능하다고, 마오마오는 생각한다.

'그 방식을 조금 더 보고 배우면 좋을 텐데.'

진시는 자신을 대하는 교쿠오의 방식을 어떻게 생각하고 있을까.

'본인은 오히려 주위 사람들만큼 그 소홀한 취급을 신경 쓰고 있지 않는 눈치지만.'

진시는 움직이고 싶지만 손님 취급을 받고 있어서 마음껏 움직이지 못하는 게 답답해 보이기도 한다. 하지만 리하쿠를 마오마오가 있는 농촌에 보내거나, 괴짜 군사를 유도해서 황충 토벌대를 편성하게 하는 등 할 수 있는 일은 하고 있었다. 수면 아래에서 진시가 하는 일도 제법 많다.

진시라는 인물은 권력에 그리 집착하지 않는다. 때에 따라서는 권력자로서 힘을 휘두르기도 하지만, 진시가 왕제로서 그 입장을 가장 크게 이용했던 것은….

'시 일족의 반란 때가 아니었을까?'

그때 진시는 황족으로서 움직였다. 어떤 의미에서 보면 원인이 자신에게 있다고 할 수도 있으니 마오마오는 무어라 할 처지가 못 되지만, 왕제다운 모습이 민중의 눈에 가장 뚜렷하게 비친 건 반란 진압 때였으리라.

그 후 진시가 쭉 왕제로서 일했다는 사실은 알고 있다. 환관 시절 못지않게, 아니 그 이상으로 바빴다. 하지만 대부분 주위에서 강제로 떠맡긴 일이었고, 진시가 스스로 움직인 일이라 하면….

'황해 대책이었지.'

주위에서는 기우라고들 했고, 쓸데없이 세금을 올린다면서 백성들도 관료들도 백안시했는데도.

'환관 때처럼 더 앞으로 나서면 좋을 텐데.'

왕제로 돌아간 후로는 그 얼굴이라는 무기를 쓰지 않으려 극력 애쓰는 듯했다.

'구혼자가 늘어날까 봐 그럴 수도 있겠네.'

환관이라는 방파제가 사라지고, 왕제라는 권위까지 갖춰져 있으니 비가 되겠다는 여자는 셀 수도 없으리라.

'구혼이라.'

마오마오는 리쿠손의 농담을 떠올렸다. 어쩌면 취에가 진시에게 보고했을지도 모르겠네, 귀찮다, 하는 생각이 들었다.

"취에 씨, 보고했어요?"

무슨 보고인지 굳이 설명하지 않고 물었다. 구체적으로는, 농촌에서 리쿠손이 말했던 '구혼해도 될까요?'라는 농담 이야기였다.

"무슨 보고인지는 모르겠지만 안심하세요. 군사님께는 극비 사항이에요."

"……."

즉, 진시에게는 이야기했다는 뜻이다. 리하쿠는 무슨 말인지 알 수 없어 고개를 갸웃거렸지만, 냄비는 계속 저었다.

"농담이라면 별로 상관없지 않을까요?"

"농담이니까요, 뭐."

"농담으로 받아들이지 않는 사람도 있지만 말이죠."

취에는 확신범이다.

마오마오는 귀찮게 굴 진시의 모습을 상상해 보았다. 다음에 만날 때 또 끈덕지게 물고 늘어질 것 같은데, 괜찮을지 모르겠다.

"아가씨, 다 됐어."

돌팔이 의관이 넓고 평평한 소쿠리에 환약을 늘어놓아서 내보였다. 환약을 전부 똑같은 크기로 맞춰야 하기 때문에, 나무 틀로 한꺼번에 제작했다. 처음에 돌팔이 의관이 손으로 둥글게 뭉쳐서 대충 만드는 모습을 보고 깜짝 놀라던 일이 떠올랐다.

"감사합니다. 다음엔 이걸 부탁드려요."

"응, 열심히 할게!"

돌팔이 의관은 의욕이 넘쳤지만 이래서야 누가 조수인지 모를 노릇이다.

그러고 보니 티엔요우는 어느샌가 사라져 있었다. 일을 시키려고 찾으러 갔더니 식당에서 가축 해체를 하고 있었다. 술서주에서는 가축 해체가 말하자면 어른의 소양이라는 인식이 있어서, 의관이 솜씨 좋게 고기를 자르고 있어도 이상하게 생각하는 사람은 없었다.

솔직히 티엔요우는 해체하는 것이 좋아서 의관이 된 게 아닐까, 하고 마오마오는 생각했다.

"이건 연습이야. 감을 잃으면 안 되니까."

티엔요우는 마오마오를 도발하듯 가축 다리 한 짝을 들고 흔들어 보였다. 여전히 마음에 안 드는 인간이다.

요우 의관 일행은 거리에서 부상자와 환자를 치료하느라 매우 바빴다.

본 저택과 공소에 있는 인원은 황해 뒤처리에 정신이 없었다. 괴짜 군사의 부하들만으로는 일손이 부족했기에 별저에 배치되었던 부하들까지도 지원군으로 끌려갔다. 결과적으로 별저에는 평소보다 사람이 적었다.

마오마오는 의무실로 돌아오며 별저 안을 확인했다.

그래도 진시의 호위 등 최소한의 인원은 남아 있었다.

돌팔이 의관과 취에가 있어서 시끌벅적하게 느껴지지만 사람 목소리 자체가 적다. 시장의 활기찬 호객 소리나 뛰어노는 아이들의 목소리가 들리지 않았다. 간혹 옥신각신하는 소리가 들려오는 정도다.

'거리를 둘러보고 싶은데.'

지금은 밖에 나갈 상황이 아니다. 창밖은 쾌청하고 좋은 날씨인데도.

돌팔이 의관도 나무틀에 환약을 꽉꽉 채워 넣으며 창밖을 내다보았다. 태양의 위치를 확인하는 모양이었다.

"…슬슬 간식 시간인데."

평소엔 간식 시간이 되면 돌팔이 의관이 주방에 가서 어디선가 음식을 얻어 오곤 했다.

"음~ 오늘은 어렵지 않을까요?"

취에가 코를 킁킁거렸다.

"식량 창고 보충은 주식이 중심이고, 기호품 종류는 뒤로 미뤄진 것 같거든요."

"그렇겠지."

돌팔이 의관은 요 며칠간 간식 없는 생활에 난감해하고 있었다.

'간식 정도로 끝난다면야.'

그렇다면 그나마 다행일 것이라고 생각하며 마오마오는 약을 열심히 섞었다.

계속 약만 만들다 보니 어느덧 저녁때가 되었다.

마오마오가 도구를 정리하고 있는데 의무실 문을 쾅쾅 두들기는 사람이 있었다.

"누구지?"

리하쿠가 문을 열자 새파란 얼굴의 여자가 서 있었다. 어디 시녀일까.

"의, 의사는?"

"의사? 날 부르나?"

의아한 얼굴로 돌팔이 의관이 앞으로 나와, 뛰어온 탓에 헉헉거리는 여자에게 물을 내밀었다.

"가, 같이 좀 가 주세요. 아, 아가씨가!"

'아가씨?'

어디 아가씨야, 하는 생각이 들었지만 교쿠엔의 별저이니 그 피붙이일 게 뻔했다. 아무리 경비가 느슨해졌다 해도 신원이 확실치 않은 자를 별저에 들여보내진 않을 터였다.

여자가 당황하는 모습을 보아하니 긴급 사태인 듯했다. 하지만 돌팔이 의관을 끌고 간들 아무 도움도 안 될 터였다. 교쿠엔의 혈육을 소홀히 할 수는 없기에, 할 수 없이 마오마오가 손을 들었다.

"죄송합니다. 의관님은 달의 귀인의 주치의라서 그리 쉽게 자리를 비우실 수 없어요. 다른 의관님은 안 계시나요?"

마오마오가 완곡하게 거절했다.

"다들 나가고 없어요! 이대로 가다가는 아가씨가, 아가씨가!"

'그렇겠지….'

황족이 머물고 있기 때문에 이 별저만 특별 취급을 받는 상황이었다. 요우 의관을 비롯한 다른 의관들조차 백성들을 치료하기 위해 거리로 나가 있으니 현지 의사들은 얼마나 바쁠지 모른다.

"일단 아가씨의 상태를 말씀해 주시겠어요?"

마오마오는 돌팔이 의관이 내민 물을 여자에게 먹이며 진정을 시켰다. 여자는 물을 한 모금 마시고 나서 천천히 호흡을 가다듬었다.

"우선 아가씨라는 분은 어떤 분인가요?"

마오마오는 번거롭지만 일단 한번 물어보았다.

"…교쿠오 님의 손녀따님이세요."

"연령은?"

"여덟 살이고요."

"증상은?"

"원래 입이 짧은 분이신데, 지난번 황해 이후로 더욱 식사하시는 양이 줄어서 요 며칠 동안에는 거의 과일밖에 안 드셨어요. 그리고 오늘, 복통을 호소하며 계속 구토를 하고 계세요."

복통에 구토, 별로 대단한 증상은 아니다.

"오늘 드신 건 어떤 과일인가요?"

과일이 상했다면 식중독이겠지만 아무리 긴급 사태라고는 해도 아가씨가 썩은 과일을 드셨을 리는 없다.

"마님께서 건조 과일을 먹이셨어요."

"건포도인가요?"

여자는 고개를 가로저었다.

"아니에요. 도성에서 가져온 것인데, 제게는 익숙지 않은 과일이었어요."

"도성에서…."

마오마오는 고개를 갸웃했다. 건조 과일이라면 술서주산이
더 많다. 술서주가 아니라 화앙주에 있는 과일이라면….

"적갈색에, 하얀 가루가 뿌려진 과일이었어요."

"?!"

마오마오는 눈을 부릅떴다. 시녀가 말하는 건조 과일이란 곶
감을 뜻하는 모양이었다.

"알겠습니다. 바로 갈게요! 그 아가씨는 어디 계시죠?"

마오마오는 다급히 의무실 선반에서 도구와 약을 꺼내서 자
루에 쑤셔 넣었다.

"아, 아가씨! 마음대로 나가면 안 돼!"

"하지만 그냥 내버려 두면 최악의 경우 죽을 가능성도 있어
요."

"주, 죽는다고?!"

돌팔이 의관의 몸이 파르르 떨렸다.

리하쿠는 마오마오가 준비한 짐을 짊어지고, 취에는 어느샌
가 사라져 있었다.

"하, 하지만, 나, 나는 여길 벗어날 수…."

"제가 가겠습니다."

아마도, 아니 십중팔구 돌팔이 의관은 처치할 수 없는 증상이

다. 그렇다면 마오마오가 가는 수밖에 없다고 생각했으나….

"냥냥 혼자서는 안 될 텐데. 의관도 아니고."

누군가 했더니 경박한 웃음을 띤 남자가 있었다. 의무실 기둥에 기대 선 티엔요우였다. 손에는 의료 도구가 든 자루가 들려 있었다.

"나도 갈게. 이래 봬도 의관 직함을 갖고 있으니까."

평소와 달리 의욕이 넘치는 티엔요우였지만 마오마오는 오히려 불안해졌다.

"따라오시는 건가요?"

"아니지. 내가 아니라 냥냥이 날 따라오는 거잖아."

"……."

하기야 입장상 마오마오는 보조이긴 하다. 실제로 티엔요우는 돌팔이 의관보다는 의지가 된다.

"마오마오 씨, 마오마오 씨."

어느샌가 사라졌던 취에가 나타났다.

"달의 귀인께 보고하고 왔어요."

역시 취에는 재빠르다.

"…그래서 뭐라고 하시던가요?"

당장 마오마오와 티엔요우가 환자를 보러 가려 해도 진시의 허가가 없으면 갈 수 없다. 시녀도 취에를 노려보듯 쳐다보았다.

"일단 가도 된대요~ 하지만 치료 방법은 환자 측과 아주 자알 의논하라고 하셨어요~"

취에가 설명했다. 리하쿠도 따라오려는지 돌팔이 의관을 다른 호위에게 부탁했다.

"어디로 가면 될까요?"

마오마오는 불안한 듯 쳐다보는 시녀에게 물었다.

시녀가 안내한 곳은 별저 근처에 있는 집이었다.

마오마오 일행은 환자가 있는 방으로 안내되었다. 어머니로 보이는 20대 중반쯤 된 여자가 침대 앞에서 떨고 있었다. 이목구비가 뚜렷한 생김새는 전형적인 서도 미인이었다. 침대에는 새파란 얼굴의 소녀가 누워 있었다. 어머니를 닮았으나 누워 있어서인지 묘하게 빈상貧相으로 보였다.

호위 리하쿠는 방 앞에서 기다리라고 하고, 티엔요우와 마오마오만 방으로 들어갔다. 취에도 동행하고 싶어 했으나 오늘은 두고 왔다.

"제, 제 딸아이를 빨리 진찰해 주세요!"

어머니는 머리를 빗을 여유도 없었는지 잔머리가 뺨에 달라붙어 있었다.

"알겠습니다."

티엔요우가 앞으로 나서서 환자의 홑이불을 들추려 했다.

"뭐 하는 거예요?!"

"뭐냐니, 몸을 제대로 보지 않으면 알 수 없지 않습니까?"

티엔요우의 말은 옳다. 하지만 귀한 집 아가씨일수록 정조 관념이 까다롭다. 아무리 여덟 살짜리 아이라 해도 남자에게 몸을 보일 수는 없으리라.

티엔요우의 얼굴에는 '이런 꼬맹이한테는 관심 없거든?'이라고 쓰여 있었지만, 어머니가 그것을 알아들을 턱이 없다. 의사가 만능이라고 생각하는 사람은 손으로 맥을 짚기만 해도 무슨 병인지 알아볼 수 있다고 믿는 일도 있다.

마오마오는 티엔요우에게 눈짓을 했다.

"그럼, 보조 관녀에게 진맥을 시키면 문제없겠지요?"

"…그, 그렇다면야."

마오마오는 고개를 살짝 숙인 뒤 환자의 홑이불을 들추었다. 그리고 도구 자루에서 숟가락을 꺼내 소녀의 입 안을 확인했다. 눈꺼풀도 까뒤집어 눈동자를 들여다보았다.

"옷을 벗겨도 될까요?"

마오마오는 아이 어머니에게 물으면서 티엔요우를 노려보았다. 티엔요우는 두 손을 들며 등을 돌렸다.

여민 앞섶을 풀고 환자의 배를 확인했다. 배가 기묘하게 부풀어 있었다. 마오마오는 손가락으로 배를 가볍게 훑었다. 그러다 무슨 덩어리 같은 것이 있는 부분에 도달하자 살짝 눌러 보았다. 소녀는 괴로운 듯 신음했다.

"이, 이게 뭐죠?"

"배 속에 실기*가 꽉 차 있습니다. 장에 이물질이 쌓여서 막혀 있나 봅니다."

'그럴 것 같았어.'

마오마오가 상상했던 대로였다. 곶감을 먹었다는 이야기를 듣고 바로 알아차렸다.

"이물질이라고요?"

어머니가 눈을 동그랗게 떴다. 무슨 이상한 걸 먹은 적 있는지 기억을 더듬는 듯했다.

"요 며칠 동안 과일만 먹었다고 들었습니다. 그리고 오늘은 건조 과일, 곶감이었죠?"

마오마오는 어머니에게 확인하듯 물었다.

"맞아요. 식욕이 없을 때도 단것은 먹거든요. 그 끔찍한 황충 때문에 벌꿀도, 신선한 과일도 조달할 수 없어서 선물받은 곶감을 먹었어요. 혹시 거기에 독이?!"

"독은 아닙니다."

마오마오는 덤벼드는 어머니를 말렸다.

"감을 너무 많이 먹으면 배 속에 위석胃石이 생기는 경우가 있어요. 곶감을 몇 개나 먹었나요?"

※실기(失気) : 가스.

"…세 개쯤이었어요."

"세 개라."

어린아이치고는 많이 먹은 축이다. 하지만 위석이 생기기에는 양이 좀 적다.

'세 개로도 생길 수 있나? 다른 과일 섬유와 뒤엉켰나?'

마오마오는 뭔가 놓친 게 없는지 확인해 보았다. 그러면서 환자의 이마에 희미하게 땀이 난 것을 보고, 손수건으로 닦아 주었다.

'응?!'

환자가 유달리 빈상으로 보인 이유를 알았다. 어머니의 머리숱이 수북한 데 비해 딸은 상당히 적었다. 그리고 머리카락 뿌리가 하얗게 보였다.

'백발인가?'

어마어마하게 무서운 체험을 하면 백발이 되어 버린다는 이야기를 들은 적이 있다. 아직 여덟 살인 소녀가 그렇게나 엄청난 황충 대군을 보았으니 충격을 받는 것도 무리가 아니다.

지금은 생각하기보다 손을 놀리는 게 먼저일 듯했다.

그나저나 어머니에게 어떻게 설명해야 하나. 마음대로 치료할 수는 없다.

"배 속에 이물질이 가득 찼을 경우 치료 방법은 세 가지가 있습니다."

"세, 세 가지?"

마오마오는 티엔요우를 쳐다보았다. 뒷모습이긴 했지만 고개를 끄덕이는 것을 보니 마오마오의 견해에 맡기겠다는 모양이다.

"첫째는 물 같은 것을 마셔서 내장에서 내려 보내, 배설시키는 방법."

어머니가 고개를 끄덕였다.

"둘째는 반대로 아래에서 액체로 된 약을 주입하여 배설을 재촉하는 방법."

아래, 즉 항문이다.

"물, 물 좀 가져와!"

당황한 어머니는 세 번째 방법을 듣기도 전에 심부름꾼 하녀에게 지시를 내렸다.

"하지만 아가씨의 경우 물을 먹여 봤자 토하기만 할 가능성이 높으니 쓸 수 없습니다."

"그럼, 두 번째 방법을 쓰는 건가요…?"

어머니는 항문으로 약을 주입하는 방법에 거부감이 느껴지는 모양이었다. 하지만 그걸로 끝나면 차라리 다행이다.

"아뇨, 촉진을 해 보니 배설을 재촉해 봤자 이물질이 나오진 않을 듯합니다."

"두 번째 방법도 안 된다면 세 번째 방법은 뭐죠?"

어머니가 마오마오를 노려보듯 쳐다보았다. 타오메이만큼은 아니지만 박력이 있었다.

"배를 갈라서 열고 장에서 직접 이물질을 긁어냅니다."

어머니의 얼굴이 순간 굳어지며, 옆에 있던 탁자를 있는 힘껏 내리쳤다.

"마, 말도 안 되는 소리! 배를 가른다니! 당치도 않은 소리 말아요!"

아니나 다를까 어머니는 격렬하게 거부했다. 눈초리를 치켜올리고 마오마오를 위협할 정도였다.

'예상대로야.'

"그럼, 첫째와 둘째 방법을 되풀이하여 이물질을 빼내라는 말씀이신가요?"

"그래요, 빨리 해요."

"하지만 환자가 죽을지도 모르는 일이기에 함부로 실행에 옮길 수는 없습니다. 꼭 해야 한다면 직접 하십시오."

마오마오는 차분한 목소리로 대답했다. 마오마오도 괴로워하는 소녀를 지켜보니 가여운 마음이 들었지만, 여기서 함부로 처치를 할 수는 없다. 만일 죽기라도 하면 큰일이 벌어진다.

그렇다고 어머니를 무시하고 강경 수단을 취해 봤자 결국 쫓겨나기만 할 것이다.

그러니 마오마오가 할 수 있는 일은 어머니를 어떻게 설득하느냐의 문제였다.

"하지만 다른 의사에게 보일 시간은 없다고 생각합니다. 지금 당장, 이 자리에서 수술을 했으면 합니다."

마오마오는 딱 잘라 말하며 어머니를 응시했다. 어머니는 티엔요우 쪽으로 시선을 돌렸다.

"당신은 제대로 된 의사죠? 이 보조인지 뭔지의 방법이 옳을 리가 없잖아요?"

"저도 같은 의견입니다."

티엔요우가 진지한 목소리로 대답했다.

"단순한 위석이라면 조수가 말한 두 가지 방법으로도 치료할 수 있습니다. 하지만 이렇게 복부가 팽창한 시점에서는 이미 장폐색이 일어났다고 보아야 합니다. 바로 처치가 필요한 상황입니다."

티엔요우는 평소와는 다른 분위기로 말했지만, 마오마오는 조마조마해 견딜 수가 없었다. 저러다 평소의 경박한 분위기가 또 튀어나오지 않을까 불안해서였다.

"…배를 가르다니, 그럼 아이를 낳을 수 없게 되는 게 아닌가요?"

"자궁에는 상처를 내지 않습니다. 위석이 차 있는 부위는 생식 기관과 떨어져 있는 곳입니다."

마오마오가 촉진 결과를 말했다. 이물질이 차 있는 장소가 촉

진으로도 알 수 있는 부위라 다행이었다. 침착하게만 하면 그리 어려운 수술은 아닐 터였다.

'최소한 류 의관이라도 있었다면….'

병소病巢를 적출하는 것도 아니다. 부러진 뼈를 제거하는 일도 아니다.

마오마오는 어머니를 불안하게 하지 않기 위해 최대한 평정을 가장했다.

"그래도 어느 정도 크기의 상처가 나지요? 작은 건 아니잖아요?"

어머니가 불안한 얼굴로 마오마오를 바라보았다.

"피부를 3치* 정도 절개합니다. 그리고 장을 약간 갈라서 이물질을 빼내고, 실로 꿰맵니다. 흉터가 남긴 하지만 성장하며 눈에 띄지 않게 될 겁니다."

아무리 그래도 아예 흉터가 안 남는다고 할 수는 없었다. 귀한 집 아가씨에게는 잔혹한 말이리라.

"3치…."

어머니는 망설였다. 하지만 딸의 목숨이 더 중할 터였다.

"3치입니다. 제가 한다 치면."

"무슨 말이죠?"

※3치 : 약 9센티미터.

마오마오는 티엔요우에게로 시선을 돌렸다.

"이 의관에게 맡기면 절반 이하의 크기로 처리할 수 있습니다."

'분하지만.'

티엔요우의 기술은 대단하다. 가축 해체와 시체 해부를 옆에서 지켜본 마오마오는 알 수 있다. 자신이 지금부터 수련을 거듭한다 한들 따라잡으려면 앞으로 몇 년이 걸릴지 모른다.

'쓸데없는 자존심을 세우지 마라.'

해부할 때 류 의관이 여러 번 한 말이었다.

실제 상황에서 상대하는 것은 시체가 아니라고, 살아 있는 사람을 상대하게 될 것이라고.

실패는 용서되지 않는다고. 언제나 더 나은 방법으로 시술해야 한다고.

쓸데없는 자만심으로 사람을 죽게 만들어서는 안 된다. 그렇다면 자존심은 버리고, 할 수 있는 사람에게 맡겨야 한다.

그래서 마오마오는 소녀의 어머니를 설득했다.

"의사는 의사입니다. 보다 확실하게 아가씨를 살리고 싶으시다면, 저 따위 보조 관녀가 아니라 이 의관에게 맡기는 편이 안전합니다."

"……."

어머니는 망설였다. 하지만 결국 괴로워하는 딸을 보고 눈을 가늘게 뜨다, 주먹을 꽉 부르쥐었다.

"…알겠습니다. 부탁드릴게요."

마오마오는 안도의 한숨을 내쉬었다.

"그럼 뜨거운 물과 청결한 붕대, 그리고 불을 준비해 주시겠어요?"

"네."

"그리고 얼음, 없으면 가능한 한 몸을 차갑게 식힐 수 있는 것을 가져다주십시오."

어머니는 하인을 불러 수술에 필요한 것들을 준비하도록 지시했다. 마오마오와 티엔요우는 가져온 도구 자루를 열어, 수술복과 하얀 앞치마를 꺼내서 착용했다.

준비를 하면서 마오마오는 티엔요우에게 환자의 상태를 말해주었다. 이물질이 무엇인지에 대한 자신의 예상도 이야기했다.

"어? 그런 게?"

"아마도요."

해부에서는 뒤처지지만 환자를 진찰한 경험과 지켜본 증상의 수는 자신이 위라고 마오마오는 생각했다. 놀라는 티엔요우를 보니 약간의 우월감이 느껴졌다.

"냥냥, 집도는 내가 할 건데."

"마취는 제가 할 겁니다. 적재적소로 가죠. 집도용 단도는 갖고 계시죠?"

"물론."

티엔요우는 날카롭게 갈아 둔 단도를 꺼냈다. 마오마오도 가져온 생약을 펼쳐 놓았다.

'어린애, 여덟 살, 야윈 몸.'

개복 수술시 통증은 최대한 줄여 주고 싶다. 진통제는 몇 가지 있다.

양귀비, 만다라화, 꽈리가 유명하지만 진통제는 동시에 독이기도 하다. 하나같이 양 조절에 실패하면 부작용이 큰 생약이다.

마오마오가 가져온 것은 만다라화였다. 다른 두 가지에 비해 사용법이 익숙했다.

'술에 녹여서 쓰는 일이 많지만….'

약 스승인 뤄먼은 술과 병용하는 일을 권하지 않았다. 술도 통증을 둔하게 해 주는 작용을 하지만 동시에 신체적 변화도 가져오기 때문이다. 혈액 순환이 좋아져, 출혈이 잘 멎지 않는다. 술에 익숙하지 않은 어린아이에게는 사용하지 않는 편이 좋다.

또한 마오마오는 쓸 만한 마약이나 도구가 없는 상태에서 화상 처치를 한 적이 있지만, 그것은 환자의 통각이 일부 쾌감으로 이어진 특수한 예로 간주하고 있다. 보통은 절대 안 하는 일이다. 두 번 다시 안 할 것이다.

마오마오는 천칭으로 약의 양을 쟀다.

'체중은 어른의 절반.'

너무 많이 사용했다가 부작용이 생기면 안 된다. 신중하게 준비했다.

마오마오는 환자의 상반신을 천천히 일으켰다.

"…아파."

잠든 듯 조용했던 환자가 목소리를 냈다. 마오마오는 눈을 가늘게 뜨고 환자의 턱을 들어 올렸다.

"괜찮아요. 이걸 마시면 가라앉을 거예요."

입술을 적시듯 마취약을 먹였다. 그리고 반 시간 정도, 약효가 들기를 기다렸다.

그 사이에는 다른 것을 준비했다.

"얼음을 가져왔습니다."

하인이 짚으로 싼 얼음을 가져왔다. 마오마오는 얼음을 받아 들고 부숴서 가죽 주머니에 넣은 뒤 복부에 댔다.

'배를 차갑게 하지 말라고들 하지만….'

마취약은 최소한으로만 먹이는 게 낫다. 진시의 상처를 처치했을 때와 마찬가지로, 차갑게 식혀서 마비시키는 방법도 병행하기로 했다.

티엔요우는 애용하는 단도를 갈아서 불에 달구었다. 절개한 부위를 열 도구와 가위도 준비하고 있었다.

"실은 어떻게 하죠?"

"바깥 부분만 비단실. 내부는 전부 장선腸線으로."

장선. 그것은 말 그대로 동물의 내장으로 만든 실이다. 마오마오는 천에 꼼꼼히 싸인 실을 꺼내서 한 올 한 올 확인했다. 그리고 가능한 한 폭이 균등하고, 엉키지 않은 실을 골라냈다.

아이 어머니는 마오마오와 티엔요우가 도구를 꺼낼 때마다 조마조마한 표정을 지었다. 이제부터 딸의 배를 가르는 데 쓸 물건이라는 사실을 알고 있으니 제정신을 유지할 수 없는 모양이었다.

그런 어머니에게 마오마오는 잔혹한 부탁을 해야만 했다.

"수술 중에 두 명으로는 손이 부족할 때가 있습니다. 피를 봐도 아무렇지 않은 고용인을 좀 불러 주실 수 있을까요?"

"무엇을… 하면 되는 거죠?"

"마취를 할 예정이지만, 그것이 완벽하게 듣는다고 할 수는 없습니다. 부작용이 생기지 않도록 최소한으로만 마취약을 쓸 생각입니다. 도중에 아가씨가 고통이 너무 심한 나머지 날뛰는 일이 없도록 팔다리를 제압할 필요가 있습니다."

"내가 하면 안 돼요?"

"괴로워하는 아가씨를 보고 평정을 유지하실 수 있을까요? 수술은 한 번 시작되면 중간에 멈출 수 없습니다."

마오마오는 어머니를 노려보았다. 아무리 딸을 사랑한다 해도 방해가 된다면 내보내야 한다.

"…알겠어요. 두 명이면 되겠죠?"

어머니는 의외로 순순히 물러났다.

'더 고집을 피울 줄 알았는데.'

어머니는 안색이 새파랬다. 이젠 한계에 가까운 모양이었다. 고용인이 어머니에게 물을 가져다주었다.

마오마오는 어머니가 부른 고용인들에게 손을 씻으라고 일렀다. 그리고 손에 주정도 바르게 했다. 둘 다 중년 여성이지만 힘이 세 보였고, 피를 보고 겁을 먹을 것 같지도 않았다.

"그럼, 시작하자."

티엔요우는 머리와 입에 천을 둘렀다.

고용인들은 긴 탁자를 늘어놓아 만든 즉석 수술대에 환자를 눕혔다.

환자는 마취약이 들었는지 호흡이 많이 진정되어 있었다. 그래도 혹시나 혀를 깨무는 일이 없도록 입에 수건을 물렸다.

고용인들이 각각 팔다리를 붙들었다. 마오마오는 환부 부분만 보이도록 홑이불을 찢었다.

밖은 이미 어두웠기 때문에 절개할 부위를 잘 보기 위해 등불을 몇 개 켰다. 너울거리는 불꽃이 마치 환자의 호흡에 호응하는 것 같다고 마오마오는 생각했다.

산 것과 죽은 것은 아무래도 다르다. 아무리 환부를 차게 식혀도 피는 난다. 티엔요우의 단도는 면도칼처럼 날이 얇았다.

'도구도 중요하지.'

아무리 자존심을 버리라고 해도, 티엔요우와 기술에서 차이가 나는 것은 분한 일이니 그 차이를 좁힐 수 있는 도구가 있다면 갖춰 두고 싶다.

환자는 약기운으로 상당히 몽롱해진 상태였는데, 지각은 확실히 마비된 모양이었다. 안도한 마오마오는 흐르는 피를 닦으며 티엔요우를 보조했다.

"여기네."

티엔요우가 부은 소장을 건드렸다. 그리고 단도로 천천히 갈라서 연 뒤, 섭자*를 밀어 넣었다.

"?!"

상처 구멍이 열리는 모습을 보고도 차분하던 고용인들이 당황했다.

"역시 꽉 차 있었군요."

"냥냥의 예상대로야."

티엔요우가 섭자로 끄집어낸 것은 미처 소화되지 못한 과일 섬유 덩어리와 대량의 머리카락이었다. 내장에서 한없이 질질 뽑혀 나오는 그 모습은 공포라고밖에 표현할 도리가 없었다.

티엔요우는 마오마오가 내민 접시에 섬유 덩어리와 머리카락 뭉치를 올려놓았다. 머리카락이 아직 남아 있는지, 티엔요우는

※섭자(鑷子) : 핀셋.

다시 한번 장 속으로 섭자를 쑤셔 넣었다.

입과 코를 천으로 가리긴 했지만 그래도 속이 역해졌다. 피와 주정과 위액이 뒤섞인 지독한 냄새가 났다. 고용인들은 고개를 돌렸지만 그래도 팔다리를 계속 붙잡고는 있었으니 우수한 인재라 할 수 있었다.

"감 때문에 생긴 위석만으로는 장폐색을 일으키기엔 부족할 거라고 생각했거든요."

원래 식욕이 없었던 것도 다 머리카락을 먹는 환자의 습관 때문이었으리라. 심적 부담감이 쌓이면 음식이 아닌, 다른 것을 먹는 인간도 있다. 이번에 황해 사건이 벌어지면서 전보다 더 많은 머리카락을 먹었는데 거기다 섬유질이 많은 과일, 그것도 곶감을 먹었으니 장이 꽉 막히는 것도 당연한 일이다.

티엔요우는 배 속에 찬 머리카락을 더는 빼낼 수 없겠다고 생각했는지 섭자를 내려놓았다. 아직 장 내 곳곳에 남아 있겠지만 전부 제거할 수는 없을 듯했다. 남은 것은 물을 마셔서 흘려보내거나 설사를 유도하여 배설시켜야 한다.

마오마오는 실과 바늘을 티엔요우에게 건넸다. 그리고 수술 부위가 잘 보이도록 갈고리로 환부를 벌리면서 흐르는 피를 닦았고, 티엔요우가 한 땀 한 땀 꿰맬 때마다 가위로 바꿔 들고 실을 잘랐다. 엉거주춤 서서 하려다 보니 땀이 났다.

마지막 한 땀을 무사히 꿰맨 것을 확인하자 마오마오는 대번에 피로가 몰려왔다. 환자 침대에 바로 엎어지고 싶었지만 아직 끝난 것은 아니었다. 환부를 깨끗하게 닦고, 너무 꽉 조이지 않게끔 천을 둘러 보호해야 했다.

수술의 주역은 티엔요우였지만 후처리는 마오마오가 더 뛰어나다.

'진통제는 필수. 해열제도 준비해 두어야 해. 화농약도 필요하고. 식사 지시와 수술 후처리도 설명해야 해.'

마오마오가 해야 할 일은 너무나 많았다. 동시에 환자의 어머니에게 확인할 것도 있었다.

팔다리를 붙잡고 있던 고용인들도 완전히 지쳐 나가떨어졌다. 환자가 날뛰지 않은 건 다행이지만 그것과 피로는 별개다.

"있잖아, 냥냥."

티엔요우는 재빨리 피가 묻은 수술복을 벗더니 섭자로 배 속에서 나온 이물질을 집었다.

"머리카락은 위액에 닿으면 색이 변해?"

티엔요우가 집은 머리카락 덩어리는 곳곳이 변색되어 연갈색이 되어 있었다.

"감귤즙으로 머리색을 바꿀 수 있으니 어느 정도는 색이 빠지지 않을까 싶습니다."

마오마오는 환자의 머리카락 뿌리 부분을 들여다보았다. 머리숱이 적었던 건 환자가 자기 머리카락을 뽑아서 먹었기 때문이었다. 뿌리 부분이 희멀겋게 변해 있었다.

마오마오는 이물질이 든 접시를 들고 문을 열었다.

"끄, 끝났어요?!"

얼굴이 창백해진 어머니가 보였다. 계속 문 밖에서 기다리고 있던 모양이었다. 기다리는 데 익숙한 리하쿠는 차분한 얼굴로 의자에 앉아 있었다.

"네, 수술은 무사히 끝났습니다. 안에서 설명해도 될까요?"

"알겠어요."

어머니는 시녀를 한 명 데리고 들어왔다. 아까 마오마오 일행을 데리러 왔던 시녀였다. 마치 교대라도 하듯, 팔다리를 붙잡고 있던 고용인들이 나갔다.

"설명, 어떻게 할까요?"

마오마오가 티엔요우에게 물었다.

"음… 귀찮으니까 냥냥한테 맡길게. 적재적소로 가자고. 그리고 내가 미처 알아보지 못한 데까지 알아챈 게 있잖아?"

아무리 수술 실력이 좋아도 티엔요우는 티엔요우였다.

마오마오는 어머니와 시녀가 들어오고 문이 닫힌 것을 확인한 뒤, 들고 있던 접시를 내밀었다.

"이것이 아가씨의 배 속에 차 있던 이물질입니다."

채 소화되지 못한 과일과 머리카락 뭉치를 보고 어머니와 시녀는 흠칫한 표정을 지었다.

"아가씨가 머리카락을 먹는 습관이 있다는 것을 왜 처음에 말씀해 주시지 않았죠?"

어머니는 거북한 표정으로 시선을 피했다.

"…양가의 딸에게 그런 습관이 있다는 사실이 알려지는 게 싫다고 하신다면, 뭐 어쩔 수 없는 일이겠죠."

마오마오는 조금 더 비아냥거리고 싶었지만 이 정도로만 해 두어야 한다. 하지만 앞으로 똑같은 일이 벌어지면 곤란하다.

"머리카락을 먹는 이상 행동은 심적 부담감이 원인이라고 합니다. 아가씨에게 원인이 될 만한 무슨 일이 있나요?"

"…그냥 아주 평범한, 보통 교육을 시켰을 뿐이에요."

'거짓말이야.'

마오마오는 섭자로 머리카락 뭉치를 집었다. 검은색과 연갈색이 섞여 얼룩덜룩했다.

"아가씨의 원래 머리색은 연갈색이죠? 머리를 염색한 게 원인 아닐까요?"

"?!"

어머니는 입술을 뒤틀며 한쪽 눈을 파르르 떨었다. 시녀는 살짝 고개를 숙였다.

"원인을 해결하지 않으면 또 똑같은 일이 벌어집니다. 아가씨의 배를 몇 번이나 가를 생각이십니까?"

"…나도 좋아서 하고 있는 일이 아니에요."

어머니가 나직이 말했다.

"하지만 아이 머리는 연갈색인데, 나도 아이 아버지도 머리카락이 검단 말이에요…."

"부모가 모두 검은 머리여도 머리색이 다른 아이가 태어나는 경우가 있습니다. 이국의 피가 많이 섞인 술서주에서는 흔히 있는 일 아닌가요?"

"…아버님은 그렇게 생각하지 않으세요."

'아버님?'

교쿠오를 말한다. 왜 여기서 교쿠오가 나오는 걸까.

"아버님은 이국의 피를 싫어하세요. 술서주는 리국의 영토니까 검은 머리의 리국 사람이 통치해야 한다고 생각하시거든요. 나도 줄곧 그렇게 생각했고."

그런데 자신의 딸이 연갈색 머리의 손녀를 낳다니.

"아버님은 갓 태어난 손녀를 보고 난색을 표하셨어요. 하지만 갓난아기의 머리는 점점 검어진다고 하니까, 조만간 검어질 거라고 말씀드렸죠. 그런데 전혀 검어지질 않는 거예요."

"교쿠오 님께 숨기기 위해 머리를 계속 물들이고 있었군요."

뿌리 부분이 희었던 것은 백발로 변해 버린 게 아니라, 황해소동으로 미처 머리를 물들이지 못했기 때문인 듯했다.

고용인이 입을 다문 것을 보면 환자의 머리를 물들이는 데 협조했던 모양이다.

'이국 사람을 싫어한다니….'

교역이 번성한 땅에서 정말 그래도 되는 것일까. 아니면 가깝기 때문에 더 싫어하게 된 것일까.

마오마오는 빨간 머리 황후를 떠올렸다. 교쿠요 황후와 이복 오라비는 같은 교쿠엔의 자식이라도 사이가 별로 좋지 않다고 하던데, 이 이야기를 들으니 납득이 된다.

"머리카락을 먹는 습관이 사라지지 않는다면 진정이 될 때까지 머리를 깎는 일을 추천합니다."

마오마오는 제일 빠른 해결책을 내놓았다.

"깎으라니, 비구니도 아니고!"

"이대로 계속 기르면 자꾸 머리숱이 듬성듬성 빠져서 더 가엾은 몰골이 될 겁니다. 모근이 계속 상하다 보면 아예 머리카락이 안 날 수도 있고요."

마오마오는 그렇게 이야기하며 자루에서 약을 꺼냈다. 화농약, 해열제, 진통제 등이었다.

"지금은 수술 후 경과를 지켜보는 게 중요하니 자세히 설명해 드리겠습니다. 이해가 잘 되지 않으신다면 요점을 적어 드리죠. 일단은 수술 경과를 지켜봐 드릴 생각이지만 저희가 마음에 들지 않으신다면 다른 의사를 찾아보십시오. 단, 아무리 수술이 성공했다 해도 그 후의 처치에 따라 용태가 악화될 가능성도 있습니다."

그러다 상처가 벌어져서 곪기라도 하면 큰일이다.

"지금은 마취약 덕분에 진정되어 있지만, 약효가 떨어지면 아파하기 시작할 겁니다. 상처 자리는 절대 건드리지 마십시오. 아파서 잠이 들지 못하거나, 열이 날 수도 있습니다. 각각의 증상에 맞는 약을 준비할 테니 용도에 맞춰 먹이십시오."

"…알겠어요."

아이 어머니는 입술을 바르르 떨며 침대에 누워 잠든 딸에게 다가갔다. 그리고 숱이 적어진 머리를 쓰다듬으며 아주 조금 안도한 표정을 지었다.

"절개를 절반 크기로만 해 뒀답니다…."

티엔요우가 입을 열었다. 실제로 반만 가르고 처치했다. 게다가 상처 자국을 꿰매는 솜씨도 워낙 꼼꼼해서, 앞으로 아무 일 없으면 흉터가 거의 눈에 띄지 않을 듯했다.

마오마오는 짜증 난다고 생각하면서 주의 사항을 하나하나 적어 나갔다.

'제대로 할까 모르겠네.'

불안하지만 빨리 끝내고 돌아가고 싶은 마음이 굴뚝같았다.

약사의 혼잣말

2 화 : 군사 습격

수술 후 별저로 돌아간 마오마오는 즉시 진시의 방으로 불려 갔다.

'내일 불러도 되잖아.'

벌써 밤이 늦어서 호위 말고는 전부 잠들어 있을 시간이다. 공기가 차갑고, 저녁도 못 먹었으니 빨리 끝내 주기를 마오마오는 절실하게 바랐다.

진시의 방은 글을 쓰다 만 종이가 책상 위로 넘쳐흘러 지저분했다. 스이렌과 타오메이가 있으면 주워 주었을 텐데 그냥 내버려 둔 것을 보니 시녀들도 바쁜 모양이었다. 밤늦게까지 일을 하는 건 마오마오뿐만이 아니다.

방에는 아무도 없다고 생각한 순간, 우연히 장막에서 고개를 내민 바료와 눈이 마주쳤다. 한순간 마치 길고양이들끼리 갑자기 딱 마주친 듯한 분위기가 조성되었으나, 바료는 아무 말 없이 장막 뒤로 다시 숨었다.

대신 부리에 검은 점이 있는 집오리가 장막에서 얼굴을 내비쳤다. 바센이 없는 동안 바료가 돌봐 주는 모양이었다. 인간은 불편해도 집오리는 문제없는 것일까.

'춰에 씨가 안 잡아먹었나?'

아무리 그래도 남편이 돌봐 주는 동안에는 집오리를 식칼로 토막 낼 순 없나 보다.

"어머나, 마오마오가 와 있었구나."

안에서 스이렌이 나왔다. 마오마오는 아무 일 없었다는 얼굴로 스이렌을 돌아보았다.

"춰에 씨에게서 말씀 들으셨겠지만, 교쿠오 님의 손녀따님 용태를 진료하고 왔습니다. 같이 진료한 의관 티엔요우는 먼저 의무실로 돌아갔습니다."

마오마오는 간결하게 설명했다. 티엔요우는 다 적재적소라면서 진시에게 보고하는 일을 몽땅 떠넘기고 가 버렸다. 지금쯤 늦은 저녁을 먼저 먹고 있을 터였다. 마오마오는 자주쓴풀차를 또 끓여 줘야겠다는 결심을 마음속에 아로새겼다.

"달의 귀인을 금방 모셔 올게."

스이렌은 쓰다 만 종이를 차분하게 주워서 바구니 속에 넣었다.

"폐지가 엄청나네요."

"의지할 만한 사람들에게 보낼 편지를 한바탕 다 쓴 참이거든. 100, 아니 200통 가깝게 썼으려나?"

"이, 200통?!"

폐지를 보니 황족답게 계절 인사부터 시작하는, 장황하기 짝이 없는 글이 적혀 있었다. 어느 정도는 상투적인 문장이 정해져 있다 해도 한 장 한 장 손으로 다 쓰다 보면 건초염에 걸릴 것 같았다.

'습포를 준비해 둬야겠네.'

안타깝게도 지금은 늘 갖고 다니는 연고와 붕대밖에 없다.

편지 개수로 볼 때 주요 고관들은 물론, 지방 영주들에게도 연락한 모양이었다.

"열심히 하시는 건 알겠는데 그렇게 너무 많은 지원을 요청하면 권위가 떨어지지 않을까요?"

마오마오의 의문에 스이렌도 한숨을 내쉬었다. 역시 천상인이 그리 쉽게 아랫사람들에게 편지를 보내서는 안 된다는 견해는 마찬가지인 모양이었다.

"그런 걸 신경 쓰실 성격이라고 생각하니, 달의 귀인이?"

"별로 안 쓰시겠죠."

애초에 사람들에게 경멸당하는 환관 흉내를 6년 이상 내던 남자다. 서도에서의 소홀한 취급을 제일 신경 안 쓰는 사람도 당사자인 진시일 것이다.

"그러니까 마오마오가 가서 살짝 말 좀 해 줬으면 좋겠는데."

"좋겠는데?"

"마오마오, 힘내렴."

어째서인지 스이렌이 미소를 지으며 마오마오의 어깨를 토닥였다. 이유는 금세 알 수 있었다. 침실에서 진시가 나왔다. 진시와 함께 취에와 가오슌도 나왔다. 취에는 히죽거리고, 가오슌이 머리를 짚고 있는 시점에서 불길한 예감이 들었다.

밖으로 나온 진시는 기분이 별로 좋지 않아 보였다.

"취에에게 들었다. 농촌에서 즐겁게 지내다 온 모양이던데?"

'오랜만에 듣는 것 같네, 이런 비아냥.'

그새 일러바친 취에가 조금 원망스러웠다.

"리쿠손이라는 남자와는 꽤 친한가 보지?"

마오마오가 예상한 대로의 질문이었다.

"딱히 친하다고 할 정도는 아닙니다."

"정말인가?"

'아니, 정말이라니까.'

진시가 마오마오를 가만히 노려보았다.

취에는 혀를 날름 내밀며 오른손으로 자기 이마를 콩 때렸다. 가오슌은 형언하기 힘든 표정으로 며느리를 쳐다보고 있었다.

'그래, 짜증 난다. 대체 무슨 소릴 한 거야?'

마오마오도 보고하는 것이 취에의 일이라는 사실은 알고 있다. 알고는 있지만.

"일부러 농촌까지 동행한 이유는?"

"마차를 함께 타고 가는 게 싸게 먹힐 거라 생각했기 때문입니다. 그리고 무슨 정보가 있으면 공유하는 편이 편리할 것이라 생각했습니다."

"음."

진시는 아무래도 납득이 안 된다는 표정이었다.

"그럼, 이만 돌아가 봐도 될까요? 수술 건으로 보고할 일이 있어서 찾아뵈었습니다만, 시간도 늦었으니 내일 하는 편이 좋을 것 같네요."

진시의 상처도 볼 생각이었지만 지금은 빨리 돌아가는 것이 좋겠다. 교쿠오의 손녀딸 건도 나중에 보고해야겠다.

하지만 마오마오의 앞에 쿵, 하고 높은 벽이 나타났다. 앉아 있던 진시가 눈앞에 서 있었다.

"왜 그러시죠?"

예상대로 진시는 심기가 불편한 눈치였다.

"요즘은 딱히 친한 사이가 아니어도 구혼을 하나 보지?"

진시치고는 단도직입적인 물음이었다.

"농담이라고 합니다."

"농담으로 할 말인가?"

"원유회 때 리하쿠 님이 주셨던 비녀와 마찬가지로 그냥 빈말이라고 생각합니다.”

리하쿠 때도 묘하게 귀찮게 굴던 일이 떠올랐다. 당당하고 단호하게 말해 두면 문제없을 것이라고, 마오마오는 믿었다.

“……”

진시는 입을 다물었다. 무언가 굉장히 하고 싶은 말이 있는 표정이었지만 이래 봬도 할 일이 산더미처럼 많은, 아주 바쁜 인물이다.

마오마오는 화제를 바꾸기 위해 원래 하려던 보고를 하기로 했다.

“교쿠오 님의 손녀따님 수술은 성공적으로 끝났습니다. 한동안 수술 후 경과를 지켜보고 싶은데, 괜찮을까요?”

“…그렇군. 교쿠오 공에게는 연락해 두었다. 마음대로 하라더군.”

“그렇군요.”

보통 손녀라면 무척 귀여워할 텐데, 기묘하게 쌀쌀맞다고 느껴지는 건 진시를 통해 들었기 때문일까.

‘이국의 인간을 싫어한댔지….’

마오마오는 교쿠오의 딸이 했던 말을 떠올렸다.

“그래서 어떤 증상이었나?”

진시가 의자에 앉았다.

마오마오는 마음속으로 휴우, 하고 한숨을 내쉬었다. 그리고

앞으로 리쿠손과 관련된 화제는 피해야겠다고 단단히 다짐했다.

"장폐색이었습니다. 내장을 이물질이 꽉 막고 있어서 절개 수술로 제거했습니다. 집도는 티엔요우, 그 신입 의관이 했습니다. 저는 조수를 맡았습니다."

"호오. 당연히 마오마오 네가 직접 할 줄 알았다만."

"할 수도 있었지만요."

흔치 않은 기회다. 비교적 안전한 수술이었다면 집도 경험도 해 보고 싶었다.

"티엔요우가 기술적으로 저보다 몇 수는 위였기에 어쩔 수 없었습니다."

"의외로군."

진시는 조금 아쉬운 표정이었다. 마치 마오마오가 했으면 좋았을 것이라는 표정이다.

'외과 처치 가지고 트집을 잡는 건 좀….'

마오마오가 수없이 독 시식을 했고, 부상자를 치료하느라 팔을 절단한 적이 있다는 사실도 알고 있는 진시로서는 새삼스러운 일일지도 모른다.

"이물질이라니, 무엇이 그렇게 차 있었지?"

"들으면 당황하실 텐데요."

"설마 황충은 아니겠지?"

진시가 몸을 젖히자 마오마오는 고개를 가로저으며 부정했다.

"황충은 아닙니다. 배 속에 차 있던 건 과일과 머리카락이었습니다."

"머리카락?"

진시는 고개를 갸웃했다. 취에와 가오슌도 궁금한지 마오마오 쪽을 흘끔거렸다.

마오마오는 사정을 간략하게 설명했다. 그러면서 교쿠오가 이국 사람을 싫어한다는 이야기도 덧붙였다.

진시는 딱히 놀란 표정도 아니었다.

"이국 사람을 싫어한다…."

"짚이시는 데가 있나요?"

"음."

진시는 팔짱을 끼고 눈을 가늘게 떴다.

"교쿠요 황후와 교쿠오 공의 관계를 알고 있나?"

"…어렴풋이는요."

전에 교쿠요 황후의 비녀가 없어져서 난리가 났을 때, 황후와 친한 시녀 하쿠우가 했던 말이 떠올랐다.

"…교쿠요 황후 전하의 시녀 일 말이군요."

"그렇지. 중앙에 있을 때 교쿠요 황후는 형제와 사이가 좋아 보였다."

"사이가 좋아 보였나요?"

마오마오는 의아한 얼굴로 고개를 갸웃거렸다.

"후궁에 있을 때 형제에게서 편지가 자주 오곤 했었으니. 잘 생각해 보면 오라비가 교쿠오 하나는 아니니 틀린 말은 아니지."

"아!"

교쿠요 황후와 교쿠오는 부모와 자식만큼 나이 차이가 난다. 그 사이에 다른 형제가 있어도 이상하지 않다.

"듣고 보니 후궁을 관리할 때부터 이상했던 점이 여러 가지 있었다. 시녀 수가 적은 것을 보아도 알 수 있겠지?"

확실히 황후의 시녀는 다른 상급 비들에 비해 적었다. 단순한 세탁 담당 하녀였던 마오마오가 비취궁에 들어간 것도 진시의 주선 덕이었다. 독 시식 때문에 시녀 수가 줄어든 것, 그리고 친정이 먼 서쪽 땅이라는 것도 이유가 되겠지만 사실 다 핑계에 불과했던 모양이다.

"교쿠오 님은 교쿠요 황후 전하를 적대시하는 걸까요? 이국의 피가 섞인 동생이 마음에 안 들어서?"

"모르겠다. 그렇다고 하기에는 교쿠요 황후를 닮은 양녀를 후궁에 집어넣으려 하고 있으니."

"그것과는 별개일지도 모르죠."

옛날에 이국 사람과 관련된 불쾌한 일을 겪었는지도 모른다. 사람을 가리는 것은 바람직하지 못한 일이지만 마오마오도 싫은 사람은 싫으니 어쩔 수 없다.

"그나저나 정말로 이국 사람을 싫어한다면 골치 아프겠네요. 리국 어느 곳보다 다른 나라 사람들의 유입이 많은 곳인데."

"그래서일 수도 있지. 그만큼 마찰이 많아지니."

이 화제도 아무리 생각해 봤자 별다른 의미가 없을 것 같았다.

'슬슬 빠져나가야겠다.'

마오마오가 주위를 살며시 둘러보며 나갈 기회를 엿보고 있는데 문이 힘차게 열리는 소리가 났다.

"달의 귀인이시여!"

집오리를 머리에 얹은 인물이 등장했다. 그런 남자는 서도 안을 다 찾아봐도 한 명밖에 없다.

"소란스럽다, 바센."

진시는 머리 위의 집오리에는 주의를 주지 않고 다른 부분을 나무랐다.

"죄송합니다, 급한 일이 생겨서."

"급한 일? 요점만 말하도록."

"칸 태위님이 이쪽으로 오고 계십니다."

"이런 시간에?"

마오마오는 털이 솟구치는 것을 느꼈다. 꼬리가 있었다면 커다랗게 부풀어 올랐으리라. 서도에 온 후로 괴짜 군사가 여러 번 찾아왔지만 마오마오는 매번 잽싸게 몸을 숨겼다. 또는 돌 팔이 의관에게 맡겼다.

"내가 왔단다···."

끔찍한 목소리가 들렸다.

바센의 뒤로 발 냄새가 지독할 듯한, 너저분하게 생긴 아저씨의 얼굴이 나타났다. 집오리가 둥지 재료로 착각했는지 바센의 머리에 앉아서 아저씨의 머리를 부리로 찔러 댔다.

"바센."

진시가 노려보았다.

"죄송합니다. 이미 이쪽에 와 계셨습니다."

바센이 정정했다.

"마오마오야! 괜찮았던 거니!"

외알 안경의 아저씨는 바센을 밀치고 나오려 했지만 바센이 꿈쩍도 하지 않았다. 어쩔 수 없었는지 틈새로 스르륵 빠져나왔다.

가오슌이 재빨리 진시를 호위하는 위치에 서고, 취에는 마오마오 앞에 서서 마치 '맡겨만 주세요'라고 말하는 듯 한쪽 눈을 끔벅하며 엄지를 치켜들었다.

'이제 와서 동료인 척해 봤자 날 팔아넘겼다는 사실은 변하지 않거든.'

일단은 슬금슬금 다가오는 아저씨에게서 거리를 두기로 했다.

"마오마오, 벌레가 너무 많아서 무서웠지? 아빠가 구제 부대를 편성해서 퇴치하고 있으니 안심하려무나."

'이런 때만 동작이 빠르다니까.'

취에를 사이에 두고 마오마오와 괴짜 군사는 좌우로 움직였다 멈추고를 반복했다. 진시는 그 모습에 헛기침을 해서 주의를 자신에게 집중시켰다.

"라칸 공, 이쪽에 오실 때는 미리 연락해 달라고 몇 번이나 말하지 않았습니까. 그나저나 무슨 용건이신지?"

진시가 퍼런 핏대를 세우며 답이 뻔한 질문을 던졌다.

괴짜 군사도 일단은 진시 쪽을 돌아보았다.

"아니, 이것 참. 귀여운 딸아이를 만나러 오는 데 무슨 이유가 필요한지요. 저녁 무렵에 와 봤더니 자리에 없기에 다시 찾아왔을 뿐이랍니다."

괴짜 군사는 심술궂게 히죽 웃으며 말했다.

성질 급한 바센이 참고 있는데 미안하지만, 마오마오가 대신 한 대 걷어차도 괜찮지 않을까.

"뭐, 그것이 가장 큰 이유이긴 하지만 또 한 가지 볼일이 있어서요."

괴짜 군사는 마오마오를 보며 또다시 히죽 웃은 뒤 정색했다.

"기성을 보호해 주셨으면 하는 부탁을 드리러 왔습니다."

"기성? 기성이 서도에 와 있다고요?"

진시는 믿을 수 없다는 듯 고개를 갸웃거렸다.

'기성이라.'

마오마오의 기억 속에 있는 기성은 바둑 대회에서 진시와 괴짜 군사의 대국을 지켜보던 남자였다. 황제를 지도하는 사람이라고 했던가.

"아니, 그 사람이 아닙니다. 서쪽의 기성이라 해야 좋을지. 바둑이 아니라 장기의 기성입니다."

"장기?"

괴짜 군사는 바둑과 장기가 특기였다. 둘 중에서도 장기 실력이 더 낫다고 들었는데, 그 장기의 기성이라는 사람이 와 있는 것일까.

"이번 황해 때문에 집을 잃었다고 합니다. 그러니 오랜 지인인 내게 의지할 수밖에요."

'오랜 지인….'

괴짜 군사는 젊은 시절 여러 지역을 여행했다고 들었다. 그때 먼 서쪽 땅에도 방문했던 모양이다.

"그렇군요. 각지에서 소동이 일어났으니."

진시가 흐음, 하고 납득했다.

"저요, 저요~"

취에가 여전히 분위기 파악을 못 하고 손을 들었다. 오늘은 시어머니가 없으니 더욱 거침없다.

"실례지만 사기일 가능성은 없나요?"

실례되는 말이지만 당연한 의견이라고 마오마오는 생각했다. 그렇지 않아도 사람 얼굴을 기억하지 못하는 괴짜 군사다. 누군가가 과거의 지인이라고 자칭한들 구별할 도리가 없다.

"아마 틀림없을 것이다. 그런 금장金將은 흔치 않지만, 만일을 대비해 확인을 했으면 싶은데."

'금장이란 말이지.'

마오마오는 뤄먼에게 괴짜 군사가 타인을 장기 말로 비유한다는 이야기를 들은 적이 있지만, 모르는 사람 입장에서는 이자가 무슨 말을 하는지 도통 알아듣기 어려울 것이다.

"그러니 이리로 데려와 장기를 두어서 확인해 보아도 괜찮겠습니까?"

"……."

어쩌다 그런 결론에 도달했는지는 모르겠지만 뒤에 따라온 부관이 훌륭한 장기판을 받들어 올리는 모습을 보니 괴짜 군사의 마음속에서는 이미 결정된 사항인 듯했다.

"아무리 그래도 이런 시간에…."

"뭐, 그자가 진짜라면 달의 귀인께서도 유익한 정보를 얻을 수 있을지도 모릅니다."

괴짜 군사는 수상쩍은 미소를 지었다.

진시가 마오마오를 흘끔 쳐다보았다. 마오마오는 손으로 거부의 뜻을 표시했지만 괴짜 군사에게 들킨 시점에서 이미 도망칠 수는 없었다. 그렇다면 차라리 괴짜 군사가 장기를 두어 시간을 보내게끔 하는 편이 낫고, 방금 그 의미심장한 말의 뜻도 궁금했다.

진시는 마오마오의 생각을 읽었는지, 아니면 포기했는지 몰라도 크게 한숨을 내쉬었다.

"알겠습니다. 그럼, 장기를 둘 장소를 준비하지요. 단, 대국은 내일입니다."

"그것참, 정말 감사합니다."

정말로 감사하는지 아닌지 알 수 없다. 마오마오는 자신을 보며 싱글싱글 웃는 괴짜 군사를 무시하고, 꼬르륵거리는 배를 쓸어내리며 빨리 저녁을 먹고 싶다고 생각했다.

3 화 ⋮ 린(林) 대인

다음 날 마오마오는 취에에게 붙잡혀 별저의 가장 넓은 방으로 끌려갔다. 모기장이 쳐져 있는 방 안에 털이 긴 융단이 깔려 있었다.

'아남 같네.'

마오마오의 솔직한 감상이었다. 탁자도 없고, 낮은 등나무 의자가 놓여 있었다.

융단 위에는 과자와 차가 놓여 있었다. 황해 때문에 다소 간소해졌지만 불평할 수는 없었다.

중앙에는 장기판이 놓이고, 너저분한 아저씨와 또 한 명의 너저분하고 낯선 할아버지가 판을 노려보고 있었다. 아저씨는 말할 필요도 없이 괴짜 군사, 다른 한 명은….

'저쪽이 장기 상대인가?'

여든이 넘은 나이라고 들었다. 예전에는 제법 위엄이 있었을 남자지만 지금은 허리가 굽고, 전신이 바들바들 떨렸다. 오른손 옆에는 튼튼해 보이는 지팡이가 놓여 있고 그 등 뒤에서는 보호자로 보이는 중년의 남자가 걱정스러운 얼굴로 지켜보고 있었다.

"데려왔습니다~"

취에가 힘차게 손을 들었다. 마오마오는 가기 싫다고 버텼지만 결국 취에가 팔을 잡고 끌어당겨 여기까지 오고 말았다. 리하쿠도 호위로 따라왔다.

취에의 목소리에 괴짜 군사가 장기판에서 고개를 들었다.

"마, 마오마…."

괴짜 군사는 이름을 부르려 했으나, 중간에 가로막혔다.

이불을 세게 내리치는 듯한 소리가 울려 퍼졌다. 지팡이로 융단을 내리친 것이다. 두툼한 융단이 아니었다면 지팡이가 부러졌을지도 모를 기세였다.

"대국 중!"

다 늙어 비틀거리는 노인이 낸 소리라고는 생각할 수 없을 정도로 뚜렷했다. 노인은 말을 집어, 시원스러운 소리를 내며 내려놓았다.

외알 안경의 괴짜도 눈을 가늘게 뜨며 장기판으로 시선을 돌렸다. 그리고 마오마오에게 손만 흔들며 장기판에 집중했다.

"제법 괜찮은 수네요."

취에가 정색을 하며 잘난 척 말했다.

"나는 전혀 모르겠는데, 취에 씨는 알겠어?"

리하쿠가 하하하, 하고 쾌남답게 웃었다.

"그냥 분위기 파악하는 척해 본 것뿐이에요."

취에는 의미도 모르고 그냥 해 보고 싶은 말을 내뱉은 모양이다. 평소의 취에다.

"자, 자. 마오마오 씨도 차 한잔해요. 안 그러면 취에 씨가 간식을 먹을 수 없어요."

마오마오 일행은 융단에 앉았다. 서도의 여름은 중앙에 비해 기온이 높지만 습기가 없는 만큼 지내기 편하다. 아직 황충이 남아 있기 때문에 천장에 모기장을 매달아 늘어뜨려 놓았다.

'그나저나 참 부자란 말이야.'

마오마오는 융단을 어루만졌다. 산뜻한 그 질감은 비단 같기도 하고, 양털처럼 부드럽기도 했다. 표면에 정교한 문양을 짜 넣었는데 거기에 자수도 들어가 있다. 모기장도 얇고 가벼운 비단으로 만든 것이라 바람이 불면 아름다운 광택이 떠올랐다.

마오마오는 등나무 의자에 앉아 차려져 있는 간식을 집어 들었다. 튀겨서 연유를 곁들인 춘권이었다.

'아무리 좋은 융단이라도 결국 먹다 흘린 음식 때문에 더러워질 게 뻔해.'

괴짜 군사는 장기를 두면서 춘권을 먹어 치웠다. 엄청난 기세로 사라져 가니 계속 보충하는 것도 힘들어 보였다. 고생 많아 보이는 부관이 열심히 과자를 가져다 놓았다.

"온소 씨~ 힘내요~"

취에가 부관을 응원했다.

'이름이 온소구나.'

늘 그렇듯 마오마오는 이름을 잘 모르고, 들어도 금방 잊어버린다. 하지만 앞으로 또 얼굴을 마주칠지도 모르기 때문에 이름을 기억해 두어야 한다.

"아하하, 항상 힘들어 보이네, 온소 나리는."

리하쿠는 남의 일처럼 대했다. 같은 무관이다 보니 얼굴을 아는 사이인 모양이다.

온소는 마오마오가 온 것을 보고는 근처에 있던 고용인에게 부족한 간식을 준비하게 했다. 익숙해 보였다. 괴짜 군사 앞에 대량의 간식을 내려놓은 뒤 마오마오에게 다가온 온소가 말했다.

"죄송합니다. 항상 이렇게 갑자기 찾아와서…."

온소는 마오마오에게 고개를 숙였다. 사과하는 데에도 익숙한지 고개를 숙이는 각도가 아주 깔끔했다.

'이거 괜찮은 인재인데?'

사과하는 모습을 보니 녹청관 할멈이 탐낼 듯싶었다. 젊은이라고 할 만큼 젊지는 않지만 태도는 겸손하고, 그렇다고 무능해 보이지도 않으니 아직 일에 서툰 기녀가 손님을 화나게 했을 때 써먹기 좋아 보였다.

물론 정말 괜한 트집을 잡는 손님이 있다면 남자 하인이 가타부타 말없이 가게 밖으로 집어 던져 버린다.

'이직할 생각이 있다면 소개해 줘야겠다.'

기루의 사과 담당자는 대체로 위장병을 앓기 마련이지만 괴짜 군사 밑에 있는 것보다는 속이 편하지 않을까 싶다.

이 자리에 아직 진시는 오지 않았다. 어쩌면 안 올 생각인지도 모른다.

'괜히 여럿 모여 있으면 또 누가 시비를 걸지 모르니까.'

이 어려운 시기에 장기를 두고 주연을 벌일 여유는 없다. 주최자가 괴짜 군사이기 때문에 허용되는 일일 뿐이다.

"저 모습을 보니 사기꾼은 아닌 것 같네요."

괴짜 군사가 저만큼이나 진지하게 대국을 하는 상대라면 상당히 실력이 있는 기사棋士다.

"네, 진짜 린 대인이네요."

"린 대인? 유명한 분인가요?"

"옛날에는 장기를 워낙 잘 두셨던 분이라 중앙에서 대국을 하러 오는 장기꾼들이 많았다고 합니다. 보시다시피 저렇게 몰락하지만 않았다면 더 유명했을 텐데 말이죠."

"몰락했다고요?"

온소의 말이 마음에 걸렸다.

"아, 네. 어차피 설명할 일이니 지금 말씀드리죠. 라칸 님께서 말씀하신 유익한 정보와도 연관이 되어 있으니까요."

온소는 노인의 눈치를 보며 작은 소리로 이야기했다.

"린 대인은 원래 서도의 역사에 정통한, 이름 있는 관리였습니다."

"그런 느낌이 드네요."

지금은 나이 때문에 약간 노망이 난 것 같지만 아까의 그 늠름한 목소리를 들으니 납득이 되었다.

"마가 낀 게 17년 전이라고 하면 이해가 되시죠?"

"이 일족 사건 말이군요?"

마오마오는 눈을 부릅떴다.

"네, 그렇습니다. 린 대인은 이 일족에게서 두터운 신뢰를 받았고, 관리직을 그만둔 후에도 역사서 편찬을 하고 계셨죠. 하지만 이 일족이 멸족당할 때 수많은 관리, 특히 중진들이 말려들어 희생당했습니다. 린 대인은 간신히 목숨은 건졌지만 여러 가지 충격이 겹쳐서 순식간에 제정신을 잃고 노망이 났다고 합니다."

"굉장히 유익한 정보잖아요?"

그렇다면 그야말로 마오마오와 진시가 알고 싶어 하는 것을 알고 있는 사람일지도 모른다. 동시에 마오마오는 "음?" 하고 갸웃거렸다.

"온소 씨, 이 일족에 대해서 어떻게 그렇게 잘 아세요? 혹시 가오슌 님도 모르는 일까지 알고 있는 것 아니에요?"

마오마오는 눈을 가늘게 뜨며 온소를 쳐다보았다.

"아, 모르셨습니까? 마침 라칸 님이 서도에 머무르셨을 무렵에 멸족 사건이 일어났거든요. 그래서 저도 띄엄띄엄 이야기를 들었죠."

"……."

마오마오는 장기를 두는 괴짜 군사를 노려보았다.

'그런 얘기 못 들었는데.'

물어보질 않았으니 말 안 한 것 아니냐고 할 수도 있겠지만, 왠지 무척이나 화가 치밀었다.

"물론 라칸 님이기 때문에 기껏해야 기원이나 장기 도장의 추억 정도밖에 말씀하신 적이 없고, 관심 없는 일은 기억 못 하시니 달의 귀인께서 기대하시는 이야기는 아마 들으실 수 없을 겁니다. 이번에는 상대가 기억에 남는 린 대인인 덕분에 기억하고 계셨던 거죠."

"그렇겠네요."

괴짜 군사에게 물어봤자 소용없는 일이다. 그것은 잘 알고 있다.

"하지만 린 대인의 머리만 또렷하다면 당시 이야기를 자세히 들을 수 있을 겁니다. 듣자하니 가끔 제정신이 돌아온다는군요."

"가끔?"

하기야 노망이 난 사람도 문득문득 정신을 차릴 때가 있다고 들은 적이 있다. 그때를 노리라는 뜻일까.

"네. 아, 라칸 님이 부르시니 이만 실례하겠습니다. 자세한 말씀은 나중에 드리죠."

온소는 다시 괴짜 군사 곁으로 향했다. 이번에는 과일 음료가 다 떨어진 모양이었다.

마오마오는 넓은 방 전체를 둘러보았다. 괴짜 군사, 온소, 린 대인, 그 시중을 드는 사람. 마오마오, 취에, 리하쿠. 진시 일행은 아직 오지 않았다.

'할 수 없지.'

오지 않았으니 지금 있는 사람들끼리 정보를 수집해야 한다.

아무튼 장기가 끝날 때까지는 아무것도 못 할 테니 간식을 먹기로 했다.

"마오마오 씨, 이 구움과자 최고네요."

"몇 개째예요, 취에 씨?"

"독 시식이거든요."

취에는 정색을 하고 말했다.

"독 시식은 제가 알아서 할게요."

분명 구움과자가 맛있는 것은 사실이지만 안타깝게도 술 종류는 전혀 없다. 식량이 부족한 상황이니 먹을 것이 있는 것 자체가 사치라, 참을 수밖에 없다.

과일 음료를 찔끔찔끔 마시고 있는데 온소가 다시 다가왔다.

"괜찮다면 이걸 받으십시오."

"뭔가요?"

온소가 가져온 것은 책이었다. 양피지로 만들어져 있는데, 내용을 보니 짤막한 이야기책이었다. 가능하면 약초도감이나 의학서가 더 좋았겠지만 취향은 나쁘지 않다.

"또 필요하신 책이 있으면 가져오겠습니다. 아니면 장기, 바둑이나 지패*가 좋을까요?"

마오마오는 온소가 자신들을 자꾸 신경 쓰는 것이 이상하다고 생각했다.

"그렇게 배려해 주시지 않아도 괜찮은데요."

"아뇨, 그…."

온소는 묘하게 말을 흐렸다.

"라칸 님과 린 대인께서는 2시간쯤 전부터 장기를 두고 계셨습니다만."

"그런데요?"

※지패(紙牌) : 카드.

"두 분의 대국은 적어도 앞으로 4시간은 더 걸릴 것으로 예상됩니다."

"4시간…."

"참고로 달의 귀인께서는 마오마오 님이 오시기 조금 전에 오셨다가 돌아가셨습니다. 일이 바쁘니 대국이 끝나면 다시 불러 달라고 하셨습니다."

진시에게 한가한 시간은 없다. 타당한 이야기지만, 그렇다면 자신도 돌려보내 주었으면 좋겠다. 요우 의관에게 약을 만들라는 지시를 받은 입장이란 말이다.

"지금 가 봐도 될까요? 끝나면 불러 주세요."

과일과 춘권 그릇은 슬쩍 챙겼다. 요즘 간식이 마땅찮다며 한탄하는 돌팔이 의관도 반가워할 것이다.

"안 됩니다. 지금 가시면 라칸 님의 집중력이 떨어져요. 장기를 이상하게 두면 린 대인도 지쳐서 주무실 겁니다."

'아, 귀찮아 죽겠네.'

하기야 나이가 여든이 넘었는데 장기를 4시간이나 더 두어야 한다면 쓰러질 수도 있을 테니, 마오마오도 걱정이 되었다.

'이러면 다른 의미로 못 돌아가잖아.'

마오마오는 노인이 쓰러지지 않도록 지켜보기로 했다. 할 수 없었기에 약연과 유발, 생약 등을 가져오라고 부탁해서 취에와 리하쿠와 함께 열심히 갈았다.

'정말 괜찮은 걸까, 이 영감님.'

마오마오는 막자사발로 약초를 찧으면서, 발발 떨며 장기를 두는 린 대인을 지켜보았다. 때때로 시중드는 남자가 물에 적신 솜으로 린 대인의 입술을 축여 주었다. 또 가끔은 안아 일으키는가 싶더니 화장실로 데려가는 일도 있었다.

'수발드는 데 익숙하네.'

수발을 드는 남자는 마흔이 넘은 듯했다. 나이로 볼 때 자식, 아니 손자 정도다.

지금 린 대인이 살아 있는 것은 저 바지런한 남자 덕택이리라.

마오마오는 때때로 상태를 보러 오는 온소를 불러 세웠다.

"저 린 대인을 시중드는 사람은 누구인가요?"

"친척이라고 합니다. 가까운 피붙이는 이미 없다는군요. 라칸 님은 린 소인이라고 부르십니다."

"린 소인이라니….."

'소인'은 어린아이라는 의미도 있지만, 하찮은 악당이라는 의미에 더 가깝다. 린 대인과 한 쌍이라 그렇게 부른다고는 하지만 누가 봐도 무례한 말을 아무렇지 않게 내뱉는 것이 과연 괴짜 군사다.

이렇게 괜한 시간이 흘러갔다.

1시간이 지나자 소쿠리에 환약이 가득 채워졌다. 온소는 괴짜 군사 옆보다 이쪽에 있는 것이 더 편한지 열심히 환약 제조에 동참했다.

마오마오가 평평한 소쿠리를 흔들어 환약을 고르게 늘어놓고 있는데 린 대인이 털썩 쓰러졌다. 마오마오는 깜짝 놀라 대국 중이던 두 사람에게로 달려갔다.

"아니, 마오마오."

괴짜 군사가 히죽 웃었다.

마오마오는 비키라는 듯 괴짜 군사를 밀쳐 내고 노인을 건드리려 했다.

그러자….

"아무 문제없어!"

린 소인이 버럭 소리를 질렀다. 린 소인은 린 대인의 몸을 끌어안고, 귀를 노인의 입에 들이댔다.

린 대인이 무어라 말하는 듯했다.

"……."

"음… 음."

마오마오의 귀에는 들리지 않았다. 린 소인은 린 대인의 작은 목소리를 알아듣고 받아 적었다. 마오마오도 슬쩍 훔쳐보았지만 린 소인이 적은 것은 의미를 알 수 없는 단어의 나열이었기에 고개만 갸웃할 수밖에 없었다.

린 대인의 혼잣말이 다 끝났는지 린 소인은 노인의 등을 쓸어내리고 물을 적신 천으로 입술을 축여 주었다.

"끝났나, 린 소인?"

마오마오를 흘끔흘끔 쳐다보며 괴짜 군사가 물었다.

"지치셨으니 잠시 쉬시게 하겠습니다."

린 소인은 신경도 쓰지 않고 노인을 천천히 눕혔다. 그리고 장기판을 보며 기보를 작성하기 시작했다.

"시중들기도 힘들겠네요."

이번에는 군사의 접시에서 춘권을 집어 한 입 가득 베어 물며 취에가 남의 일처럼 한마디했다. 가오슌과 타오메이의 노후는 과연 어떻게 될까.

"마오마오~"

미적지근한 목소리에 마오마오는 얼굴을 찡그렸다.

"이 이상 가까이 오지 마세요. 비 맞은 개 냄새가 나니까."

마오마오는 다가오는 괴짜 군사를 거부했다.

"모르는 사람이 들어도 말이 좀 심하긴 하네."

리하쿠가 툭 내뱉었다.

하지만 그 어떤 말을 해도 귀를 기울일 위인이 아니었다.

"짭짤한 걸 좋아한다기에 소금 간이 된 간식을 잔뜩 준비했단다. 술은 어떠니? 마실래? 가져오라고 할까?"

"술…."

마오마오는 살짝 마음이 끌렸지만 고개를 마구 도리도리 저었다.

하지만 마오마오의 얼굴이 워낙 심하게 일그러졌기 때문인지 취에가 끼어들었다.

"술이라면 취에 씨는 이곳 특산품이라는 과실주를 마시고 싶네요. 그리고 일단 임무도 완수해야 하니까, 저 할아버지에 대해서도 자세히 알려 주세요."

자신의 요구 사항을 야무지게 전달하고, 임무는 덤으로 얹는 취에였다. 옆에서 "술은 나중에…."라고 리하쿠가 지적했다.

괴짜 군사로 말하자면 취에를 보고서 고개를 갸우뚱했다.

"계마桂馬인가?"

바둑돌이 아니라 장기 말에 비유한다. 예측하기 어렵게 변칙적으로 움직이는 인물이라 파악한 모양이었다. 사람 보는 눈하나는 여전히 확실하다.

"종조부님에 대해서는 제가 설명해 드리겠습니다."

린 소인이 다가왔다. 린 대인은 벌써 쿨쿨 소리를 내며 잠이들었다.

어쩌다 보니 모든 사람들이 간식을 둘러싸고 둥그렇게 둘러앉았다. 취에는 차를 준비해서 사람들에게 돌리고, 마오마오는 각자의 앞에 앞접시를 내려놓았다. 생약과 약 조제 도구는 옆으로 치웠다.

"저희 종조부님에 대해 여러분은 어느 정도까지 설명을 들으셨습니까?"

린 소인이 차분한 목소리로 사람들의 얼굴을 보며 물었다. 남루한 차림새지만 예의는 지킬 줄 아는 사람이었다. 온소는 몰락했다고 했지만 린 소인은 교육을 제대로 받은 사람 같아 보였다.

'종조부님이라.'

린 소인의 나이는 40대쯤 되었을까. 머리는 검지만 곱슬기 있는 모질에, 눈동자의 색소도 옅었다.

'린 대인도 약간 이국 사람 같은 풍모를 지녔네.'

이국 사람들에게 흔히 있는 매부리코였다. 숱이 적은 머리카락과 눈썹은 이미 새하얗게 세어서 원래 무슨 색인지 알 수 없다. 묶는 것을 싫어하는지 산발한 채였다.

린 소인 정도 나이의 남자가 저토록 바지런히 종조부의 시중을 드는 일은 흔치 않다. 다른 친척은 없을까.

린 소인은 마오마오와 취에에게도 말투가 정중했다.

"서도의 역사에 대해 잘 아시는, 살아 있는 백과사전이라고 들었습니다."

온소가 대답했다.

괴짜 군사가 자꾸만 과자를 억지로 쥐여 주기에 마오마오는 취에를 사이에 끼워 넣었다. 취에는 아직 위장에 여유가 있는지 과자가 눈 깜짝할 사이 사라져 갔다.

"예전에는 그렇게 불렸지만 지금은 보시다시피 이렇습니다.

17년 전 그 사건이 일어나기 전까지는 기억력이 확실하셨지요."

"이 일족 숙청 사건 말이지요?"

온소는 마오마오 일행도 이해할 수 있도록 확인했다. 미리 들어 놓아서 다행이라고 마오마오는 생각했다.

'정말 유능한 사람이라니까.'

눈에 띄지는 않지만, 매사가 원활하게 돌아가도록 늘 조정해 준다. 괜히 순서와 도리를 엉망진창으로 만들어 놓을 줄밖에 모르는 상사를 오랜 세월 모신 것이 아니다.

"네. 사건 당시 습격을 당했을 때 잘못 얻어맞았던 모양입니다."

린 소인은 자고 있는 린 대인의 숱 없는 머리카락을 쓸어 올렸다. 뚜렷한 상처 자국이 보였다.

"당시 종조부님은 서도 역사서를 편찬하는 역할을 짊어지고 계셨습니다. 하지만 이 일족 숙청 당시 종조부님 또한 반역자로 몰렸던 것 같습니다. 가족에게까지 해가 미치지 않았던 것이 그나마 다행이지요."

린 소인이 이야기를 시작했다. 떠올리기도 괴로운지 미간에 주름이 잡혔다.

"그것은 숙청이라는 이름의 대의명분을 등에 업은 폭도들이었습니다. 종조부님은 붙잡히셨고, 편찬하던 서적뿐만 아니라 참고하던 서적, 서류까지 전부 불태워졌지요. 그리고 몇 개월

후, 가족의 품으로 돌아왔을 때는 이미 이 꼴이었습니다. 가까운 가족들은 종조부님을 버렸기에 결국 저희 아버지가 돌보게 되었습니다."

린 대인의 증상은 평생의 천직을 빼앗겼기 때문일까, 아니면 험한 폭력을 당했기 때문일까. 가족에게까지 버림받았으니 어느 쪽이든 안타까운 일이었다.

"과거의 역사서 중에는 귀중한 서적이 많았습니다. 아직도 그렇게 불타 버린 것이 참담합니다."

린 소인은 분한 듯 융단을 내리쳤다.

'태우는 건 쉽고, 되돌리는 건 어렵지.'

하지만 방금 전 린 대인이 중얼거리는 말을 듣고 무언가를 받아 적은 일은 대체 무슨 의미가 있을까. 아무리 그래도 노인의 혼잣말을 나열한 글을 통해 역사서를 재편찬하기는 어려울 텐데.

온소가 마오마오를 응시했다. 여기서부터는 맡기겠다는 뜻인 모양이었다.

"그럼 저희가 어떻게 해야 린 대인의 기억을 되찾을 수 있을까요?"

마오마오는 린 소인에게 물었다.

참고로 괴짜 군사로 말할 것 같으면 얼굴이 새빨개진 채 꾸벅꾸벅 졸고 있었다. 괴짜 군사의 손에는 유리병이 들려 있었다.

이야기에 집중하고 싶지만 그 모습이 자꾸만 눈에 들어왔다.

'과일 음료와 과실주를 착각한 모양이군.'

마오마오는 취에에게 부탁받은 술을 괴짜 군사가 먹어 버렸다고 이해했다. 취에는 괴짜 군사에게서 과실주를 빼앗아 들고 혀를 날름 내밀며 마시기 시작했다.

'내 몫도 남겨 줘.'

취에에게 간절한 소망을 보냈지만 닿을 것 같지가 않다. 할수 없이 린 소인의 이야기에 다시 집중했다.

"종조부님은 신중한 성격이셨습니다. 타기 쉬운 서적을 한 곳에 모아 놓지는 않으셨지요. 만일 자료를 손에 넣게 된다면, 그것을 조사해 보시면 좋을 겁니다."

"그 말씀은 불탄 서고 외에도 다른 서고가 있다는 뜻인가요?"

"네."

다른 장소에 사본이 보관되어 있다면 기록이 남는다. 하지만….

"찾지 못했다면 서고의 위치를 아무도 모른다는 말이군요?"

"그렇습니다. 아직 아무도 못 찾은 서고에 비장의 장서가 전부 남아 있을지도 모른다는, 어디까지나 가능성의 이야기지만요."

뜬구름 잡는 이야기 같지만 다른 서고가 있다는 말은 현실적이다.

마오마오는 쿨쿨 잠들어 있는 아저씨를 쳐다보았다. 괴짜 군사는 정말로 귀찮기만 한 아저씨지만 가끔 도움이 될 때가 있다.

"그래서 때때로 제정신이 돌아왔을 때 서고의 위치를 알아내려 하시는 건가요?"

어느 세월에 가능할지 모르는 이야기다.

"정말 그렇게 해서 찾아낼 수 있을까요?"

마오마오가 하고 싶었던 말을 취에가 직설적으로 던졌다.

린 소인은 난처해하며 차를 마셨다.

"실은 찾아낸 적이 있습니다."

마오마오가 눈을 휘둥그레 떴다.

"정말이세요?"

"네. 종조부님이 문득 떠올린 내용을 바탕으로, 옛날에 기거했다던 집을 찾아낸 적이 있다고 합니다. 그랬더니…."

"그랬더니…."

"있었습니다. 종조부님이 옛날에 써 두셨던 기보가. 헛간 바닥 판 밑에서 나왔지요."

"기보…."

솔직히 별로 가치는 없을 듯했다.

"다들 실망하셨겠네요. 그렇게 거창하게 숨겨져 있었는데."

친척이 린 대인을 거둔 이유는 뭔가 유산이 있으리라 믿었기 때문일 것이다.

"네. 아궁이에 불 때는 데 썼다더군요."

린 대인에게는 보물이었을 텐데. 가치관의 차이란 때로 잔혹한 결과를 빚을 때가 있다.

"왠지 아깝네요~ 지금이라면 가치가 있을지도 모르잖아요~"

취에가 과실주를 홀짝거리며 말했다. 정말로 딱 한 잔만이라도 남겨 줬으면 좋겠다.

"그렇죠. 지금은 종조부님이 장기의 명인이라는 이야기를 듣고, 기보가 있으면 팔아 달라는 사람이 찾아올 정도니까요."

"기보를 팔아 달라…."

마오마오도 귀에 익은 이야기였다.

"글쎄 화앙주에서는 바둑이 유행이라, 기보를 묶은 책이 잘 팔린다지 뭡니까. 그럼, 장기 기보도 팔리지 않을까 하고 찾아오는 거죠."

마오마오는 코를 고는 아저씨를 흘끔 쳐다보았다. 또 쓸데없는 곳에서 세간에 영향을 미친 아저씨였다.

"돈이 된다는 이야기를 듣고 가족들이 의욕을 막 내려는 참에 황해가 일어나서… 부끄럽게도 가족이 라칸 님이 옛 지인이라는 이야기를 어디서 듣고 와서는 이렇게 찾아가 지원을 요청 드리라고 채근한 겁니다."

린 소인에게는 귀가 새빨개질 정도로 부끄러운 이야기였으리

라. 마오마오도 가족이 정말 너무했다는 생각이 들었지만, 가난해지면 사람이 둔해진다. 몰락하지만 않았다면 훌륭한 가족이었을지도 모른다.

오히려 바지런히 돌봐 주는 린 소인이 더 특이해 보이는 것은, 마오마오의 주관이 비뚤어졌기 때문일까.

"종조부님께서 평소보다 기운이 넘치시는 건 라칸 님과 오랜만에 장기를 두신 덕분이라고 생각합니다. 무례한 부탁인 줄은 알지만, 이번 대국이 끝나면 기보를 저희에게 양보해 주실 수 없을까요?"

"뭐, 가져가셔도 될 것 같은데요."

마오마오가 대답했다. 괴짜 군사는 별로 신경도 쓰지 않으리라.

"그럼, 만일 종조부님의 혼잣말로 숨겨져 있던 서류나 과거의 기보가 발견될 경우에는요?"

"기보는 다 드릴게요."

"마오마오 님…."

마오마오가 대답하자 온소가 걱정스러운 듯 쳐다보았다.

"괴짜 군사는 과거의 기보 따위에는 별로 흥미 없을 거예요."

"하지만 만일 뭐라고 하실 경우에는…."

"제가 마음대로 저질렀다고 얘기하세요."

"그렇게 하겠습니다!"

온소가 말끝에 힘을 주어 대답했다. 즉, 마오마오에게 책임 전가를 해도 된다는 언질을 받고 싶었던 모양이다. 빈틈이 없다.

그렇게 되자 문제의 서적과 문서가 있을지도 모른다는 장소가 중요해진다.

"방금 전 기록한 기보를 갖고 계시나요? 저희에게도 좀 보여주실 수 있을까요?"

"여기 있습니다. 지금까지 모아 놓은 기록도 다 있습니다."

종이도 목간도 아닌, 양피지 조각에 쓴 것이 나왔다.

"…이거야말로 기보가 아닌 것 같은데요?"

마오마오는 고개를 갸웃했다. '5九은', '8三마' 등이 쓰여 있었다. 장기에 관심이 없는 마오마오도 말의 위치를 표기한 내용이라는 사실은 알 수 있었다. 화앙주에서는 사용되지 않는 이국의 숫자가 쓰여 있는 것은 읽기 편하게 하기 위해서일까.

'이게 정말로 무슨 뜻이지?'

마오마오는 끙끙거리고 싶어졌다.

"장기판과 말이 있나요?"

마오마오는 온소에게서 장기판과 말을 받아 들었다. 일단 의미를 모를 때는 실행에 옮겨 보는 방법이 최고다.

마오마오는 딱 소리를 내며 장기 말을 두었다.

"보자, 5九은."

쓰여 있는 대로 놓아 보았지만 역시나 무의미해 보였다. 보步

를 놓으려다 손이 멎었다.

"…이상하네요."

장기판을 보며 취에가 말했다.

"이보ニ步예요~"

"아, 그건 나도 알겠다. 두면 안 되는 수 아냐?"

리하쿠도 참가했다.

"용龍도 세 개 있잖아요. 같은 보면에 대해 말한 게 아닐지도 몰라요."

온소도 들여다보았다.

"장기에 대해 좀 더 잘 알면 이런 게 다 보입니까?"

온소는 고개를 갸웃했다.

"장기 모르세요?"

"둘 줄 모르는 건 아니지만, 제가 어디 배속되어 있는지 좀 생각해 보십시오. 취미에까지 일을 끌어들이고 싶진 않단 말입니다."

온소의 눈빛이 아득한 곳을 바라보는 듯 멍해졌다.

"그건 나도 이해가 돼…."

리하쿠도 동의했다.

"리하쿠 님은 왜죠? 군사 밑에 배속된 것도 아니고, 별로 상관은 없는 것 같은데요."

리하쿠는 무관이지만 온소만큼 괴짜 군사와 깊이 엮이지는 않았다.

"봐, 이 형태. 도성 지도가 떠오르지 않아?"

"도성 지도?"

"깔끔하게 구획이 나눠진 거리, 위에는 옥좌. 똑같잖아."

"그랬구나."

요컨대 '바둑판 같은 거리'처럼 보인다는 뜻인가 보다.

'장기판이니까 엄밀히 말하면 다르지만.'

리하쿠의 말이 무슨 뜻인지는 이해가 된다. 무관으로서 도성을 호위하는 일이 많으니 비슷한 지도를 잔뜩 보았을 것이 틀림없다.

"일단 기록되어 있는 만큼은 전부 놓아 볼게요."

딱딱 소리를 내며 놓다 보니 말의 위치가 한쪽으로 상당히 기울어졌다.

"장기의 기보로 볼 때 어떻습니까?"

"전혀 모르겠네요."

린 소인도 이야기에 끼어들었다.

린 대인과 괴짜 군사, 이 두 사람이 잠들어 있는 지금 장기에 대해 가장 잘 아는 사람은 린 소인이다. 취에의 의견은 어디까지 옳은지 솔직히 판단할 수 없기 때문에 일단 무시했다.

"기보가 아니라면 무엇을 의미할까요?"

마오마오는 전혀 모르겠다며 두 손을 들었다.

"그렇겠지. 임금님 말이 너무 많이 움직여."

"취에 씨도 그 생각을 했어요. 옥장玉將이 굉장히 나대네요."

리하쿠와 취에의 의견에 마오마오도 동의했다. 옥장이 거의 중앙 부근까지 나와 있었다.

"…옥*."

마오마오는 장기판을 가만히 바라보았다. 또 하나의 옥장은 북쪽 정 가운데에 놓여 있었다. 그 외에도 곳곳에 말들이 몰려 있다.

"리하쿠 님."

"뭐지?"

"이 장기판을 도성에 비유한다면 어떤 느낌인가요?"

마오마오는 장기판을 리하쿠 쪽으로 돌려서 보여 주었다.

"흐음…. 보자, 이 옥장은 옥좌에 해당하겠네. 그렇게 생각하면…."

리하쿠는 손가락을 뻗어 쿡 찔렀다.

"이 말이 몰려 있는 부근은 번화가와 상점가, 또는 주택가라고 할 수 있겠군."

"그럼, 이 옥장은요?"

"흐음, 적이랄까… 정적? 또는 권력 있는 고관의 집이 있는

※이 상황에서 옥(玉)은 '교쿠'로 읽힌다.

곳?"

리하쿠는 썩 자신이 없는 말투였다.

'그렇구나, 그런 거였어!'

마오마오는 취에를 쳐다보았다.

"취에 씨, 서도 지도 있어요?"

"하핫, 갑자기 무슨 소리야. 그런 걸 갖고 있을 리가….”

"네, 있어요."

리하쿠의 웃음을 무시하고 취에가 품에서 잽싸게 지도를 꺼냈다. 두툼한 양피지에 그려진 지도였다.

"왜 갖고 있는 거야!"

원래 라한네 형이 해야 할 말인데, 지금은 이 자리에 없는 탓에 리하쿠가 맡았다.

"그건 취에 씨이기 때문이죠."

취에가 의기양양한 얼굴로 말했다.

그런 취에이기 때문에 마오마오도 물어보았던 것인데, 정말로 갖고 있을 줄이야.

마오마오는 받아 든 지도를 펼쳐서 장기판과 비교해 보았다.

"이 옥장의 위치 말인데요, 서도의 배치와 맞춰 보면 딱 이별저 위치 아닌가요?"

"""""?!"""""

모든 사람들이 장기판과 지도를 교대로 들여다보았다.

서도 또한 바둑판 모양의 구획을 따라 만들어진 도시다. 도성만큼 꼼꼼하게 나누어지지는 않았기 때문에 미처 깨닫지 못했다.

"그럼, 이 옥장은⋯."

"공소나 교쿠엔 님의 본 저택이겠죠. 아마 공소일 겁니다. 17년 전이라면 이 일족이 살았던 위치에 해당하고요."

린 소인이 가르쳐 주었다.

현지 사람이 있으면 옛날 일도 바로 알 수 있으니 든든하다.

"그렇다면 용이 많은 이유를 알겠네요. '용'이 들어가는 이름의 가게가 있었어요."

용 도안은 본래 황족밖에 사용할 수 없지만, 가게 이름에 '용'이라는 글자가 들어가는 경우는 있다. 재수가 좋기 때문이다.

"그럼, 보는 어떻게 되는 거죠?"

취에가 두 개 늘어선 보를 가리켰다.

"위치로 볼 때 큰길 곁이네요."

"서점이나 종이 가게 아닐까요? 자잘한 물건을 사러 가는 단골 가게라는 의미에서."

"⋯으음, 그럴싸한 가게는 없던데."

리하쿠가 신음했다.

마오마오는 다른 말이 어느 장소를 가리키고 있는지 확인했다.

"취에 씨가 생각해 봤는데요, 지금 시대의 지도와는 안 맞지 않을까요?"

그 말이 맞다. 17년이나 지났으니 없어진 가게도 있고, 새로 생긴 가게도 있을 것이다.

"죄송합니다만, 제가 오래된 지도를 가져오겠습니다! 종조부님을 잠시 부탁드릴 수 있을까요?"

린 소인이 일어났다. 린 대인은 아직 잠들어 있었다.

"그럼, 저는 달의 귀인을 모셔 오지요. 마오마오 님은 라칸 님을 부탁드립니다."

온소도 일어났다.

"린 대인만, 알겠습니다."

"아니, 라칸 님도 봐 주십시오!"

온소는 당황하면서 모기장 밖으로 나갔다.

마오마오 일행은 장기판과 현대 지도를 맞춰 보느라 정신이 없었다. 일이 술술 잘 풀리는 듯했다.

그래서 아무도 알아차리지 못했다.

4 화 : 린(林) 소인

마오마오는 글자를 잔뜩 써 넣은 지도를 펼쳤다.

"대충 알 만한 곳은 다 채웠네요."

장기 말의 의미를 대략 반 정도 알아냈을까. 이렇게 보니 거리 풍경이 꽤나 바뀌었다는 사실을 알 수 있었다.

"달의 귀인은 접객 중이라 오실 수 없다고 합니다. 예부의 루鲁 시랑侍郎이 와 계셔서요."

온소가 돌아왔다. 다른 일 때문에 늦었는지, 오른팔에 두툼한 서류를 끼고 있었다. 괴짜 군사의 것으로 추정된다.

"시랑?"

마오마오는 직책 이름에 어둡다. 관녀 채용 시험 때 나온 것 같기는 한데, 잊어버렸다. 이름은 요우 의관에게서 들은 적이 있는 듯했다.

"간단히 말해 예부에서 두 번째로 높은 사람이에요. 이쪽에서 달의 귀인이 제사를 주관하실 때 지위 높은 사람이 필요하거든요."

취에가 귓속말을 했다.

"알겠습니다."

무슨 볼일로 루 시랑이 왔는지는 모르지만 진시가 없어도 별 문제는 없을 듯했다.

"그나저나 늦네."

리하쿠가 모기장을 들추고 밖을 내다보았다. 해가 얼마나 기울었는지 보려는 모양이었다.

"벌써 반 시간 이상 지났는데. 내가 같이 가 볼 걸 그랬나."

"그러고 보니 린 소인은 손님이셨죠. 그 차림새로 볼 때 어쩌면 위병에게 발목을 잡혀 있는지도 모르겠네요."

리하쿠와 취에라면 저택 안에서 얼굴이 알려져 있으니 문제없다. 어쩌면 저택 밖으로 나갔는지도 모른다.

"대신 갈 걸 그랬나."

그렇게 생각했으나…. 마오마오는 자신의 판단이 틀렸다는 사실을 금방 알게 된다.

"후아아암."

실수로 술을 마시고 선잠이 들었던 외알 안경 아저씨가 일어났다.

"잘 잤니? 아직 꿈이구나. 마오마오가 보이다니."

괴짜 군사는 잠이 덜 깨 몽롱한 눈치였다. 온소가 잠에서 깨라는 의미로 잔 하나를 건넸다. 내용물은 본인이 그렇게 좋아하는 과일 음료였다.

"…음! 역시 마오마오잖아!"

"아, 시끄러워."

마오마오는 무심코 속마음을 내뱉고 말았다.

무시하고 싶었지만 이야기가 진행되지 않으니 괴짜 군사와의 사이에 간식 접시를 일렬로 늘어놓았다.

"이 안으로는 들어오지 마세요."

"와, 마메이 아가씨만큼 쌀쌀맞은 처사네요."

취에의 시누이도 아버지 가오슌에게 비슷한 행동을 하는 모양이었다.

마오마오는 장기판을 괴짜 군사 앞에 놓게 했다.

"일단, 들어도 대답을 할 수 있을지 어떨지 모르겠지만 질문할게요. 17년 전 서도에 대해 묻겠는데, 여기가 옛 이 일족의 저택이고 그 대각선 아래가 교쿠엔 님의 저택이라 치면 다른 말들의 위치가 어디를 가리키는지 알겠어요? 그래요, 모르겠죠."

"아가씨, 아저씨가 아직 대답 안 했어."

리하쿠는 괴짜 군사 본인의 앞에서도 아저씨라고 마구 불러댄다.

아저씨는 신경도 쓰지 않고 여우눈을 더욱 가늘게 떴다. 그러고는 독특한 모양의 굳은살이 박인 손가락으로 장기판을 가리켰다.

"이 보는 장기 도장. 그 아래의 보는 장기와 바둑을 팔던 가게다."

"라칸 님은 자기 취미와 관련된 일만큼은 확실히 기억하고 계시거든요."

온소가 해설했다.

"흐음, 그렇군요~"

온소의 설명에 마오마오는 진심으로 흥미로운 듯 대답했다.

"이 용은 밥집이다. 장기로 주인을 이기면 밥값을 무료로 해 주지. 하지만 세 번째부터는 안 해 주더군."

괴짜 군사는 술술 이야기해 나갔다. 장기 관련 시설이라면 린 대인이 가리킨 장소와 겹쳐지는 것도 이해가 된다.

'이 인간이 처음부터 멀쩡했으면 얼마나 좋아….'

마오마오는 그런 염치없는 생각도 했다.

"이 계마는 잘 모르겠다. 그리고 나리킨成金도."

괴짜 군사는 두 군데만은 기억이 나지 않는다고 했다.

"하나는 사당 같네요. 또 한 곳은 주택가 안에 들어가 있는 것을 보니 맨 처음 기보를 찾아낸 장소일지도 몰라요."

취에가 지도에 동그라미를 그렸다.

"그럼, 남은 사당이 의심스럽네."

답에 가까워져 갈 무렵, 갑자기 괴짜 군사가 주위를 두리번거리기 시작했다.

"무슨 일이십니까?"

온소가 물었다.

"린 소인은?"

"오래된 지도를 가지러 갔습니다."

"흐응~"

괴짜 군사가 타인에게 흥미를 갖다니 드문 일이다.

'린 대인이라면 몰라도 소인을….'

마오마오는 다시 한번 마음속으로 되새겨 보았다.

'소인을?'

마오마오는 장기판을 쾅 내리쳤다. 사람들이 모두 깜짝 놀라서 마오마오를 주목했다.

"왜 그래?"

리하쿠가 조심스럽게 물었다.

마오마오는 벌떡 일어나, 일그러진 얼굴로 괴짜 군사를 쳐다보았다.

드물기 짝이 없는 재능을 갖고 있으면서도 그것을 낭비하는 자.

"린 소인의 '소인'이란 게…."

마오마오는 계속 괴짜 군사를 노려보고 있었다.

"'악인'이라는 의미가 맞는 거죠? 그래서 그렇게 불렀던 거죠?"

"그렇단다, 마오마오. 선한지 악한지 나는 차이를 모르지만, 왠지 거짓말쟁이 같아서."

"……."

마오마오는 얼굴을 일그러뜨리며 제자리에 털썩 무릎을 꿇었다.

"왜 그 말을 안 했던 거죠?"

"나하고는 상관없는 일이잖니?"

괴짜 군사는 천연덕스럽게 말했다. 그랬다, 괴짜 군사는 그런 인간이었다.

사람들이 모두 아연한 표정을 지었다.

"저어, 바쁘신 가운데 죄송합니다."

방 입구 앞에 한 남자가 서 있었다. 차림새로 볼 때 괴짜 군사의 부하인 듯했다.

"무슨 일이지?"

괴짜 군사 대신 온소가 물었다.

"그게, 공소에 행방불명이 된 가족을 찾아 달라고 호소하는 자가 찾아와서요."

부하는 방 한구석에서 잠들어 있는 린 대인을 슬쩍 쳐다보았다.

"아무리 봐도 어제 라칸 님이 데려오신 노인분과 조건이 일치하는 듯한데…."

"……."

전원 넋이 나간 가운데 또 다른 부하가 찾아왔다.

"라칸 님, 서쪽 사당에 화재가 나서 진화 작업에 인원을 보냈습니다."

괴짜 군사의 부하들은 정말이지 하나같이 유능하다. 상사의 지시를 여쭙지도 않고 알아서 적확한 처치를 하니 말이다.

행방불명이 된 가족이란 린 대인을 말한다.

불탄 사당은 방금 수상하다고 짚었던 장소다.

이렇게 보기 좋게 허를 찔리다니, 그야말로 상쾌함마저 느껴질 정도였다.

일단 지금 할 수 있는 말은 누가 사주했는지 몰라도 완전히 선수를 빼앗겼다, 그것뿐이었다.

장소가 바뀌어 진시의 방에서 온순한 표정을 짓고 있는 마오마오, 취에, 리하쿠.

괴짜 군사는 따라올 줄 알았더니 린 대인이 일어나는 바람에 다시 장기를 계속 두기 시작했다.

"정말 죄송합니다."

세 사람은 진시 앞에서 고개를 푹 숙이고 사죄하는 수밖에 없었다. 취에로 말할 것 같으면 하얀 소복을 입고 자결하려는 시늉까지 내고 있다.

"아… 취에, 여기서는 그렇게까지 할 필요 없다."

취에는 안도한 얼굴로 재빨리 옷을 갈아입었다.

결론적으로 린 소인이라는 남자는 존재하지 않았다. 린 대인의 친족이라고 자칭하는 남자는 있었지만, 전혀 닮지 않은 다른 사람이었다.

'황해 소동에 편승해서 린 대인을 유괴해, 노망 난 것을 기화로 친족을 빙자해서 괴짜 군사에게 접근했단 말이지.'

마오마오 일행도 완전히 속아 넘어갔다. 그렇게 바지런히 시중을 들었으니 평소에도 잘 돌봐 줄 것이라고 생각할 수밖에.

무엇보다 거짓말을 쉽게 꿰뚫어 보는 괴짜 군사의 성질을 잘 알고 있었다. 만일 린 소인이 거짓말을 한다 해도, 호각을 다투는 장기 상대가 있으면 그쪽으로 신경이 쏠려 버릴 것이다.

그 생물의 성질을 모르고 계획을 짰다면 행운이고, 알았다면 책사다.

지금은 진짜 친족이 린 대인을 보호하고 있다. 그리고 노인 간호 비슷한 일은 함께 온 다른 여성이 하고 있다. 친족 남자의 아내거나, 또는 딸이거나 둘 중 하나다.

린 소인이 말했던 만큼 소홀히 취급하지 않는 것은 다행이지만 차림새로 볼 때 몰락했다는 사실은 틀림없어 보였다.

지금은 장기를 두는 린 대인을 지켜보고 있다고 한다.

마오마오는 어이가 없었다. 일단 여기서는 괴짜 군사가 어설프게 끼어들어 보았자 자꾸 탈선해서 이야기가 제대로 돌아갈 리가 없으니, 진시에게 한차례 자세히 설명한 후 괴짜 군사에게서도 이야기를 들을 계획이다.

'애당초 그 아저씨가 처음부터….'

자꾸만 그런 생각이 들었지만, 그 아저씨가 하는 짓은 그야말로 예측 불허다. 애당초 그 아저씨가 왜 '소인(악당)'이라고 인식했는지 설명하게끔 만드는 일조차 어렵다.

그만큼 린 소인은 무해한 남자로 보였다.

'그렇게 바지런히 수발을 들 줄 알았던 걸 보면 수발 경험자인가?'

그렇지 않다면 이렇게 보기 좋게 속아 넘어갈 리가 없다. 연기라 해도 대단한 솜씨다.

마오마오와 리하쿠는 몰라도 설마 취에까지 속을 줄은 몰랐다.

진시도 그 점은 뜻밖이었던가 보다.

"설마 취에도 속았나?"

"면목이 없습니다. 본가였다면 혹독한 징계로도 끝나지 않을 정도의 실수입니다."

취에는 훌쩍훌쩍 우는 시늉을 했다.

'취에 씨네 본가는 엄격한 곳인가?'

저런 성격이 된 것으로 미루어 볼 때 방임주의로 자란 모양이라고, 마오마오는 제멋대로 생각하고 있었다.

"아니, 이미 지나간 일은 어쩔 수 없지. 그나저나 어떤 인물이었나?"

진시가 물었다.

"진시 님은 못 보셨나요?"

"손님이 와서 금방 방으로 돌아왔으니. 얼굴만 흘끗 본 정도였다."

하기야 일반인을 느닷없이 왕제와 직접 이야기하게 할 수도 없는 노릇이다.

"손님의 용건은 이미 끝나셨나요?"

"음, 라칸 공이 있다고 말했더니 애매한 표정으로 돌아가더군. 루 시랑은 아무래도 불편한 모양이야. 본래 서도에서 집행할 예정이었던 제사를 어떻게 할지 의논하러 왔었다."

'아니, 그 아저씨를 편하게 대할 사람은 아무도 없다고.'

그 외알 안경 아저씨와 잘 지낼 수 있는 사람이 대체 어디 있을까.

"어떤 남자였는지 단적으로 설명해 다오."

진시는 마오마오가 아니라 취에에게 물었다.

"네, 극히 평범한 남자였습니다. 이국의 피가 다소 느껴지는 이목구비였지만 딱히 이렇다 할 만한 특징은 없었습니다. 분위기로 볼 때 라한네 형과 비슷하다고 하면 아시겠죠?"

'아….'

마오마오는 납득했다. 어쩐지 자연스럽게 녹아든다 했다. 라한네 형처럼 소란을 피우지는 않았지만, 빈틈없이 눈에 띄지 않게 행동하는 분위기는 상당히 비슷했고 고생 많이 할 체질인 것도 닮아 보였다.

"무엇보다, 그거죠."

"맞아요, 그거."

마오마오와 취에는 얼굴을 마주 보았다.

""얼굴이 기억에 남지 않는다는 느낌.""

두 사람의 목소리가 겹쳐졌다.

"일단 떠올릴 수 있을 만큼 떠올려서 초상화를 그려 보겠습니다."

취에는 잽싸게 붓과 종이를 꺼내 들고 그리기 시작했다. 별로 없는 특징을 간신히 끌어낸 초상화가 완성되었다. 나중에 린 대인의 친족에게도 보여 주게 될 것이다.

"사건이라도 좋으니 말해 다오. 어떤 인물이었지?"

이번에는 마오마오와 리하쿠를 번갈아 쳐다보면서 진시가 물었다.

"그럼, 제가 먼저 말씀드리겠습니다. 거의 취에 씨와 같은 의견입니다. 지극히 평범한 남자였습니다. 단, 린 대인의 수발을 드는 모습이 상당히 익숙한 느낌이었습니다."

"익숙하다고? 그만큼 연기가 뛰어났다는 뜻인가?"

"아뇨, 뭐랄까. 보통 남의 집 영감님한테 그렇게까지 섬세하게 수발을 들어 주지는 못할 거라고 생각했습니다. 남자란 기본적으로 늙은 부모의 수발을 직접 들지 않고, 아내나 여자 형제에게 시킨다는 생각 안 드십니까?"

리하쿠의 말에 마오마오는 고개를 끄덕였다. 리국이라는 나라에서는 남자가 여자보다 위에 서는 것이 기본이다. 술서주에서는 그 분위기가 더욱 짙어서 여자나 아내를 도구로밖에 보지 않는 일도 많다. 지금도 린 대인의 수발은 친족이라 자칭하는 남자가 아니라 같이 온 여자가 들고 있다.

"마오마오는 어떻지?"

"거의 같은 의견입니다. 하지만 저희와 마찬가지로 낡은 문서와 서적이 보관되어 있는 곳을 찾고 있었다면, 원래부터 그것을 찾던 인물이었다고 생각해야겠지요."

린 소인 본인이나 아니면 그 동료가 린 대인을 지켜보고 있었으리라.

"그렇게 생각하는 게 타당하겠군."

'적극적으로 찾는다기보다는, 혹시나 찾지는 않을지 감시하고 있었던 것 같아.'

그렇게 멀리 돌아가는 방식을 택했다고 볼 수도 있다. 찾지 못한다면 상관없지만, 찾아서는 안 된다.

"들키면 곤란한 무언가가 있으니 일부러 위험을 무릅쓰고라도 제거했다고 생각하는 편이 좋겠지요?"

"굳이 라칸 공에게 접촉하면서까지?"

"무슨 짓을 저지를지 모르는 사람은 일을 저질렀을 때의 폭발력이 엄청나니까요."

"아하."

진시가 깊이 공감하며 고개를 끄덕였다.

라칸은 절대 세워서는 안 되는 깃발을 세우는 재능이 있다.

'들키면 곤란한 것, 비밀 장부 같은 건가?'

아니, 역사 편찬과 장부는 상관이 없지 않을까? 하고 마오마오는 고민했다.

"대체 얼마나 위험한 게 있을까?"

"이 일족의 모반과 관련이 있을지도 모르죠."

리하쿠와 취에가 말했다.

"들키면 곤란한 것. 즉 알고 싶은 내용이 아니라, 이미 알고 있는 내용이라고 봐도 되겠군요."

'일부러 서고를 불태웠다는 건, 정말로 들키면 큰일 나는 무언가가 있었다는 뜻이겠지.'

마오마오는 문득, 굳이 화재를 낸 이유에 대해 생각했다. 마오마오 일행이 바로 쫓아올 것을 생각하면 불탄 자리에 무언가 가 남을 가능성은 아예 없었다는 뜻일까.

'태운 게 위장이었다면….'

홀랑 태워 버리면 아무것도 남지 않았으리라고 체념하게 된 다. 타고 남은 서적을 필사적으로 해독하려 애쓸 뿐. 그래서 불 을 붙였다, 하지만 불타 버렸다고 전부 소실되었으리라는 보장 은 없다.

'만약 필요한 것만 골라서 가져갔다면?'

린 소인은 무엇이 필요했을까.

마오마오는 생각하다 보니 머리가 어질어질해졌다.

그런 가운데 방문이 벌컥 열렸다.

"마오마오, 이겼단다~"

"아, 네, 네."

애당초 이 인간이 린 소인을 조심하라고 일러 주었더라면…. 아무리 후회해도 소용없는 일이다. 악인인지 아닌지 묻지 않 았기에 말하지 않았다고 괴짜 군사는 말했다. 그렇다면 물어볼 수 있을 만큼 물어보면 될 일이다.

"그 남자가 가짜라는 걸 어떻게 알았죠?"

"재미있는 연극을 보는 기분이었거든."

"……."

역시 무슨 말인지 알아들을 수 없다. 무엇보다 연극 따위를 본다 한들, 이 남자에게는 그저 바둑돌이 줄줄이 놓여 있는 모양으로밖에 보이지 않을 텐데 말이다.

"배우 중 가끔 거짓말을 잘하는 녀석이 있지. 무대에서는 모두가 거짓말을 하고 있지만, 그 거짓말이 자연스러울수록 연극이 재미있어."

"거짓말이 자연스럽고, 재미있다…."

즉, 연극이라는 거짓말을 하는 배우는 거짓말에 능통하다. 거짓말이 능숙하면 연극도 능숙하다. 그래서 연극이 능숙하니 연극이 재미있어진다는 말로 이어지는 것일까, 하고 마오마오는 자기 나름대로 곱씹어 보았다.

재미있는 연극을 보는 기분이 들었기 때문에 거짓말쟁이고 소인배다, 라는 결론에 도달할 수 있는 사람은 괴짜 군사밖에 없다.

"아~ 대충 느낌이 오네요~"

오히려 취에는 이해한 모양이었다. 괴짜 군사와 마찬가지로 감각으로 살아가는 사람이기 때문일까.

"취에 씨, 설명 부탁드려요."

"네, 네. 취에 씨가 설명할게요. 연기를 하는 게 아니라, 아예 다른 누군가가 되어 버리는 사람이었다는 말이에요. 가끔 있거든요, 사기꾼이나 밀정 중에."

"밀정?"

"네, 타국에 잠입할 때 의심받지 않도록 현지 사람과 결혼을 하는 경우가 있어요. 그리고 남편, 또는 아내 앞에서는 아주 당연히 진짜 남편이나 아내로서 대하는 거예요. 물론 진짜 부부랍니다. 하지만 한 가지 다른 점이 있다면 반려자보다 소중한 무언가가 있다는 점일 뿐~ 때로는 아이가 태어나는 일도 있어요. 밀정이라는 사실을 들키지 않는 한 그 부부 관계는 변함이 없고, 반려자와 아이도 아무것도 모른 채 살아가게 되는 거예요."

모르는 게 약이라는 말 그대로다.

그나저나 취에의 이야기는 상당히 구체적이었다.

알 것 같기도 하고, 모를 것 같기도 하고. 여하튼 린 소인이 완벽하게 린 대인의 친족으로 변신했다는 데서 이야기를 정리하도록 해야겠다.

"그런데 마오마오야, 저녁 같이 먹고 가지 않으련?"

괴짜 군사가 흐무러진 표정으로 물었다. 분위기를 전혀 파악할 줄 모르는 인간이다.

그 뒤에서는 린 대인의 친족이 이쪽의 눈치를 살피고 있었다. 린 소인은 자기 정체를 제외하면 거의 사실만 이야기했으니 생활이 빈곤하다는 말은 맞는 것 같았다. 온소가 상사를 대신하여 돈을 건네고, 괴짜 군사에게 말했다.

"라칸 님, 오늘은 이미 교쿠오 님과 식사 약속이 잡혀 있으니 그러시면 안 됩니다. 그때까지 쌓인 업무를 일단락지어 주십시오."

역시 온소는 근면성실한 사람이다.

"에이~ 싫어."

버티는 아저씨는 정말이지 꼴 보기 싫다. 온소가 끌어당기자 아저씨는 기둥을 부둥켜안고 꼼짝도 하지 않으려 했다. 생떼 쓰는 어린아이와 다를 바가 없다.

"마오마오 씨, '다녀오세요'라고 딱 한마디만 해 주세요."

"싫어요, 취에 씨."

"마오마오 씨, 계속 눌러앉아 있는 게 더 싫지 않아요?"

마오마오는 얼굴을 잔뜩 찌푸린 채 작은 소리로 "다녀오세요."라고 말했다. 괴짜 군사의 얼굴이 순식간에 밝아졌다.

"다녀오마!"

마오마오는 온소에게 끌려가는 괴짜 군사를 지켜보았다.

"질문이 딱 하나 더 있는데요."

마오마오는 이것만은 물어 두어야겠다고 생각했다.

"뭐니? 아빠한테 뭐든 다 말해 보려무나."

정말로 저 안경을 깨뜨려 버리고 싶었으나 마오마오는 꾹 참았다.

"교쿠오 님은 어떻게 보이나요?"

이 답 하나로 모든 것을 다 알 수 있을 듯한 기분이었다.

진시도 마른침을 삼켰다.

하지만….

"교쿠오~?"

"그러니까 오늘 회식할 분 말이에요! 항상 과일 음료를 얻어 먹고 있잖아요!"

"아, 그 녀석 말이지."

괴짜 군사가 짝, 하고 손뼉을 쳤다.

"배우가 되고 싶었던가 보네, 하는 느낌이 드는 인간이야. 한 창 무생武生을 목표로 하는 것 같은."

"네에?"

마오마오는 괜히 물어서 시간 낭비만 했다는 생각이 들었다. 무생이란 연극에서 남자가 하는 무장이나 협객, 즉 일종의 주인공 역할을 말한다.

쓸데없는 의문만 늘어나 마오마오는 소화불량이라도 일어난 듯 더부룩해졌다. 거기에 마지막 박차를 가하듯 취에가 마오마오를 쿡 찔렀다.

"마오마오 씨, 슬슬 라칸 님과 거리를 좁혀 보는 게 어때요? 타산을 갖고 회유할 생각으로 다가가는 거예요."

"회유고 뭐고 한 번 좁히면 24시간 내내 떨어지질 않아서 둘 다 일을 못 하게 될 텐데 그래도 괜찮겠어요?"

"아~ 안 되겠네요."

취에는 일부러 그러는 것처럼 손뼉을 짝, 하고 쳤다. 마오마오는 실눈을 뜨고 천하태평 시녀를 노려보는 수밖에 없었다.

약사의 혼잣말

5 화 : 형, 돌아오다

황해의 첫 파도가 밀려온 후로 열흘째.

또다시 하늘에 검은 그림자가 보였다.

'왔군.'

마오마오는 절개 수술을 한 아가씨를 왕진하고 돌아오는 길이었다. 아가씨의 용태가 안정된 참이었는데 안타까운 일이다. 마오마오는 다급히 별저로 돌아가 의무실 문을 걸어 잠갔다.

별저에 있던 자들은 이미 전령에게 황충 대군 비슷한 것이 보인다는 보고를 받았다. 이전에 비하면 마음의 준비를 할 수 있었다.

"흐이익, 또 벌레야."

돌팔이 의관이 방 한구석에 웅크리고 있었기에 마오마오는 웃옷을 집어 던졌다.

"의관님, 벌레는 기다려 주지 않으니 빨리 채비하세요."

"뭐, 뭘 하면 되는 거야?"

"일단 물어 뜯겨도 괜찮을 만큼 두꺼운 옷을 입고, 창이란 창은 전부 걸어 잠가야 해요. 건물 틈새로 벌레가 들어오지 못하도록 진흙과 점토로 막아 주세요."

마오마오는 밖을 가리켰다. 시간이 없다. 돌팔이 의관의 손까지 빌리고 싶을 정도로 바쁘다.

"진흙이라니, 건물을 더럽혀도 괜찮은 거야? 기름종이가 잔뜩 있는데 이걸 쓰면 안 돼?"

"아깝잖아요. 어차피 벌레가 오면 더럽혀지고 뭐고 할 것도 없으니까 신경 쓰는 만큼 손해예요."

돌팔이 의관은 순순히 밖으로 나가서 들통에 정원 흙을 퍼 담아 왔다. 집오리도 어딘가에서 나와 하늘을 향해 꽤액꽤액 위협했다.

"나는 뭘 하지?"

리하쿠는 이미 얼굴을 천으로 가리고 있었다. 마오마오는 의무실 뒤를 돌아보았다.

"창고에 아직 씨감자와 씨고구마가 남아 있을 거예요. 벌레가 들어가지 못하도록 주위에 이 약을 뿌려 주실 수 있나요?"

라한네 형이 돌아오질 않으니 마오마오가 감자와 고구마를 지켜야 한다. 벌레 따위에게는 절대 식량을 넘겨주지 않겠다는 다짐으로 마오마오는 주먹을 불끈 부르쥐었다.

"오, 그 소문의 독약이군."

"살충제예요!"

마오마오는 재빨리 정정했다. 오해는 한 번 퍼지면 걷잡을 수 없으니 곤란하다.

두 번째로 밀려온 황해의 파도는 첫 번째에 비하면 미미한 수준이었다. 몇 시간 사이에 황충이 전부 지나가고, 문을 꽁꽁 걸어 잠근 의무실과 창고에 벌레는 들어가지 못했다.

하지만 그렇지 않아도 겨우겨우 살아가던 서도 사람들의 마음이 흐트러지기에는 충분했다.

하루하루 사람들의 얼마 안 되는 여유가 사라져 가고….

13일째.

또다시 방화 사건이 벌어졌다. 식량을 강탈하기 위해서였다. 방화범은 금방 붙잡혔지만 가게 건물 한 채가 전소되었다.

14일째.

의사 수가 부족하다. 티엔요우가 요우 의관에게 끌려가서 돌아오질 않는다. 속이 다 시원하다.

15일째.

식량 문제. 곳곳에서 사재기가 벌어지고 있다. 주민들의 실랑이도 여기저기서 보인다. 부잣집을 터는 자들이 늘어난다.

16일째.

다른 지방에서 피해를 입은 자들이 서도로 찾아온다. 그중에는 왕제를 불러내라고 요구하는 자도 있다고 한다.

18일째.

관리에게 부름을 받았다. 무슨 일일까….

"살아 있었군요?"

마오마오는 그 노숙자 같은 남자를 멍하니 쳐다보았다. 노숙자라고 부르기는 미안하지만 아무리 봐도 그렇게밖에 보이지 않는 몰골이었다.

"살아 있거든! 살아 있다고!"

수염이 덥수룩하고 머리는 봉두난발, 여기저기 뜯어 먹힌 옷을 걸친 남자. 인상이 많이 바뀌기는 했지만 먼 지방으로 여행을 떠났던 라한네 형이었다.

난민으로 보이는 남자가 왕제를 불러 달라고 요구했다. 하지만 아무도 상대해 주지 않았기에, 이번에는 마오마오의 이름을 댔다고 한다.

마오마오는 관리가 부르기에 대체 무슨 일인가 했다.

그리고 취에, 리하쿠를 대동하고 와 보았더니 완전히 너덜너덜해진 라한네 형이 있었던 것이다. 다소 난폭하게 굴었는지 감옥은 아니더라도 좁은 독방에 갇혀 있었다. 너무한 대접이었지만 최근 들어 폭도가 늘어 관리도 신경이 바짝 곤두선 상황이었다. 관리를 탓할 수는 없다.

"지지가 잔뜩 묻었네요."

"나도 좋아서 이런 꼴이 된 게 아니거든!"

"할 수 없죠. 마음 착한 취에 씨가 얼른 옷을 조달해 드릴게요."

"제발 부탁드립니다."

취에를 기다리는 사이 라한네 형이 대체 어떤 상황이었는지 물어보기로 했다.

"그나저나 무사해서 다행이네요. 다들 걱정했어요."

"아~ 그래, 걱정했어. 진짜 했다니까."

마오마오와 리하쿠는 인사치레로 그렇게 말해 두었다. 왠지 목숨이 질길 것 같은 느낌이어서 라한네 형에 대해서는 다들 그렇게까지 걱정하지 않았다는 말을 여기서 할 수는 없다. 오히려 농담거리로 삼았다는 말은 입이 찢어져도 못 한다.

"뭐야, 젠장! 생각보다 훨씬 빨랐잖아, 황해 발생! 나도 엄청 서둘러서 보고했다고!"

라한네 형이 화를 냈지만 하나도 무섭지 않았다. 아마 동생 라한도 형이 화낼 때마다 "알았어, 알았어." 하고 대충 흘려들었을 것이라고 마오마오는 상상했다.

"네, 그 후로는 순조로웠다고 달의 귀인도 말씀하셨어요. 역시 전문가는 다르다고."

"전문가고 뭐고 지금은 됐고! 아~ 진짜 죽는 줄 알았네. 진짜 죽을 뻔했어. 사실은 이미 죽어 있는지도 몰라…."

어지간히 고생을 했는지 라한네 형의 눈빛이 공허해졌다.

"살아 있어요, 괜찮아요."

마오마오가 라한네 형을 톡톡 건드렸다. 실체가 틀림없이 있었다.

"머리도 많이 뜯어 먹혔군."

리하쿠가 완전히 헝클어진 머리를 빗으로 빗겨 주었다. 호위 무관이 할 일은 아니었지만 라한네 형에게 미안한 마음을 나름대로 표현하는 모양이었다. 하지만 덩치 큰 남자가 빗겨 주려다 보니 좀 엉성하고, 아무래도 힘이 너무 센 탓에 라한네 형이 얼굴을 찡그렸다. 이래서는 머리까지 불모지대가 될 것 같았다.

"아파, 아프단 말이야."

평소에는 장남 기질을 발휘하곤 하지만 오늘은 마치 떼쟁이 아이처럼 보였다.

마오마오가 라한네 형의 옷에 묻은 먼지를 털어 주다 보니 등에서 무언가가 잡혔다.

"뭔가요, 이게?"

"아, 이건 말이야."

라한네 형이 넝마가 다 된 웃옷을 벗었다. 등에 밀착시켜 놓은 손수건 꾸러미가 있었다. 펼쳐 보니 주머니가 몇 개 들어 있었다.

마오마오는 주머니 하나를 열었다.

"밀이네요?"

"밀이군."

마오마오와 리하쿠가 속을 들여다보았다. 아무 특징도 없는 밀 낟알이었다.

"맞아."

"왜 밀을 이렇게 꼭꼭 숨겨서 가져온 거예요?"

아무리 황충에게서 밀을 지키기 위해서라고는 해도, 고작 이만큼밖에 안 되는 밀을 몸에서 떼어 놓지 않고 가져온 이유를 알 수 없다.

"그게 말이야…"

라한네 형이 과거 회상을 시작했다. 아주 감개무량한 기분으로, 여정을 처음부터 자세히 설명하려는 눈치였다.

"요점만 부탁드릴게요."

"요점만?"

"요점만."

안타깝게도 라한네 형의 감자와 보리 영웅담을 들을 여유는 없었다.

"알았다고, 알았어. 황해가 일어나기 직전이었는데."

어떤 마을의 이야기가 시작되었다. 밀을 많이 재배하는 마을이었는데, 촌장이 라한네 형에게 의논거리를 가져왔다고 한다.

"어떤 집의 밀만 항상 다른 집보다 수확량이 많다는 거야."

"호오."

"그래서 그 집의 밀 재배 방식이나 밭 모습 등을 지켜보면서 조사해 달라는 부탁을 받았어. 집 주인은 딱히 아무것도 안 했으니 가르쳐 줄 게 없다고 버티더라는 거야. 그러니까 중앙에 연줄이 있는 나를 이용해서 자백하게 만들려 했던 거지."

하지만 그 집 주인은 특별히 이렇다 할 재배 방식을 취하지 않았고, 밭의 토질과 햇볕도 다른 집과 별다를 것이 없었다고 한다.

다만 달랐던 것은….

"밀의 경우, 보통 지난번 농사에서 거두었던 밀을 씨앗으로 남겨 두었다가 사용하는데 그 집의 밀은 희한한 특징이 있었어."

"특징?"

마오마오는 밀을 자세히 관찰했다. 딱히 이상한 점은 없어 보였다.

"다녀왔습니다~"

취에가 갈아입을 옷을 가지고 돌아왔기에, 라한네 형은 그 자리에서 너덜너덜한 웃옷을 벗어 던지고 새 옷으로 갈아입었다.

"오, 몸 좋은데요."

취에가 놀리듯 말했다.

"그렇게 뚫어져라 쳐다보면 얘기하기 어렵잖아."

라한네 형은 취에에게 저리 가라는 듯 손짓했다.

"아니, 근육이 진짜 잘 붙었어. 무관도 될 수 있겠는데."

"무관? 그래?"

무관이라는 말에 라한네 형은 그리 싫지 않은 눈치였다. 평소 농민 취급밖에 받지 못했기에 신선하게 느껴진 모양이었다.

"죄송합니다. 이야기를 계속해 주세요."

솔직히 지금 그러고 있을 여유는 없었기에 마오마오가 사정없이 찬물을 끼얹었다.

"…알았어."

라한네 형은 조금 아쉬운 얼굴로 말을 이었다.

"그 밀은 다른 밀에 비해 키가 많이 작았어. 아마 밭에서 여러 차례 경작하다 보니 낮게 자라는 밀이 생겨났는데, 그게 유달리 많이 퍼진 모양이야. 나도 수확 시기에 직접 본 게 아니니 알 수 없지만."

"키가 작으면 뭐가 다른가요?"

마오마오가 질문했다. 막 돌아온 취에는 무슨 말인지 알아듣지 못해 리하쿠에게 설명을 듣고 있었다.

"밀뿐만 아니라 벼도 그렇긴 한데, 키가 크면 바람에 더 잘 흔들려서 쓰러지기 쉬워져. 그러면 줄기가 꺾이거나 그냥 썩어 버려서 끝장이지. 키가 작은 녀석이 더 안정적으로 이삭을 많이 맺을 수 있어."

"호오."

그래서 키가 작은 밀이 우연히 생겨나, 몇 년에 걸쳐 불어났다는 말인가.

"그리고 또 하나, 이건 가정인데."

라한네 형은 옷을 갈아입으니 그나마 좀 봐 줄 만한 모습이 되었다. 머리끈을 받아서 산발이었던 머리도 묶었다.

"다른 밀보다 이삭에 낟알이 단단하게 딱 붙어 있는 것 같았어."

"딱 붙어 있다고요?"

"수확할 때 밀 낟알이 얼마나 많이 남아 있는가, 이게 수확량에 생각보다 큰 영향을 주거든. 수확하기 전에 이삭에서 밀 낟알이 떨어져 버리면 어떻게 되겠어? 농사꾼은 너무 바빠서 땅바닥에 떨어진 낟알까지 다 줍진 못할 것 아냐. 수확 전에 1할이 떨어지면 1할이 줄고, 2할이 떨어지면 2할이 줄겠지."

하기야 수확량에 직접 영향을 미치는 요소이긴 하다.

"내가 이걸 가져온 이유는 어쩌면 이 종자를 키워서 키가 작으면서도 낟알이 잘 떨어지지 않는 밀이 자라면 수확량 증가를 기대할 수 있지 않을까 싶어서였어. 게다가 수확한 밀 종자를 또 퍼뜨리면 밭 하나로 그치지 않고 더 많은 수확량을 기대할 수 있지 않겠어? 물론 이 땅의 기후에 맞을지 어떨지 하는 문제가 있지만."

"그래서 일부러 가져온 거로군요."

""호오~""

마오마오뿐만 아니라 취에와 리하쿠도 감탄했다.

'뼛속까지 농사꾼이야. 심지어 미래를 내다보고 있어.'

다른 두 사람도 마오마오와 같은 생각을 하고 있을 것이 분명하다. 보통은 혼자만 이득을 보기 위해 남들에게는 비밀을 감추려 할 것이다. 식량은 풍년일수록 값싸지니까.

'이 사람, 상인이 되는 건 어렵겠네.'

참 욕심이 없는 사람이라고 종종 생각하게 된다. 게다가 속기도 잘 속으니 도성에 있다가는 금세 사기를 당할 듯하다.

그러고 보니 황해 발생을 처음 알린 사람도 라한네 형이었다. 알고 보면 술서주에 온 후 은근히 제일 활약한 사람이 바로 라한네 형 아닐까.

'공로자니까 톡톡히 치하해 줘야겠네.'

식량이 부족하긴 하지만, 그래도 오늘은 신경 써서 식사 대접을 해 줘야겠다고 마오마오는 생각했다.

어쨌든 오랜만의 밝은 화제에 마음이 놓였다.

약사의 혼잣말

6 화 ⦂ 도성에서

서도에서 큰 황해가 일어났다는 연락이 온 것은 열흘 하고도 네 시간 전이었다. 당황한 전령의 보고를 받으며 라한은 예상보다 반달 빠르다고, 오차에 대해 생각하고 있었다.

통상 업무에다 술서주 지원 물자 배분까지 생각할 필요가 생겼다. 결과적으로 일이 4할 5푼 늘어났다고 해도 좋다.

"서쪽 백성들 참 유난이네."

끝이 없는 일 앞에서 동료 1이 도저히 못 해먹겠다는 듯 투덜거렸다. 동년배의 평균 신장보다 2치* 크지만 상스럽다는 이유로 궁 내 관녀들에게 차이기를 벌써 3연패나 달성한 남자다. 그 천박한 웃음을 본체만체하며 라한은 머릿속으로 주판을 튕겼다. 미리 예측해 놓았던 대책과 숫자에 현실 숫자를 끼워 맞춰

※2치 : 약 6센티미터.

보고, 오차가 어느 정도인지를 확인한 후에 발주해야 한다. 그때 상사가 안 된다고 거부할 확률은 6할이다.

눈앞에는 서간. 어떻게든 쥐어짜서 서도에 물자를 지원해 달라는 내용이었다. 글을 쓰기야 쉽지만 그렇게 가볍게 내줄 수 있는 상황이 아니다. 하지만 내놓으라고 하면 쥐어짜서 내놓는 것이 자신의 일이다.

"고작 벌레 좀 가지고 지원을 해 달라고 위에다 징징거리다니, 한심한 데에도 정도가 있지."

동료의 말은 귓등으로 흘려들으며 라한은 식량 창고의 재고를 확인했다. 작년에 달의 귀인이 연공年貢을 올려놓은 덕분에 비축분이 그득했다. 우선 이것부터 쓰는 것이 도리다.

"라한 공, 저 녀석 한 대 때려도 될까?"

동료 2가 라한에게 물었다. 동료 1은 동료 2가 술서주 출신이라는 사실을 모르는 것일까. 머리와 눈동자가 검고 표준적인 화앙주 성인 남성의 체격을 갖고 있지만, 코가 평균보다 2푼* 더 높고 이목구비는 1푼* 더 깊다.

"그러지 마. 자네가 사라지면 내 일이 2할 늘어난다고."

라한은 남의 험담을 하지 않는다. 해 봤자 양부 정도다.

낮 말은 새가 듣고 밤 말은 쥐가 듣는다는 말을 모르는지, 동

※2푼 : 6밀리미터.
※1푼 : 3밀리미터.

료 1의 서도 비판은 아직도 이어지고 있었다. 라한은 서류를 정리하면서 웃는 얼굴로 동료 1의 어깨를 두드렸다.

"그럼 황해 관련 서류는 내가 맡아서 할 테니, 대신 내가 하던 일을 해 주지 않겠어?"

"어엉?"

동료 1은 의아한 표정이었지만 라한이 넘긴 일은 동료 1이 친해지고 싶은 고관과 관련이 있는 내용이었다. 이번에야말로 꼭, 하고 벼르고 있는 관녀의 할아버지에 해당한다. 3연패를 당한 일을 술자리에서 실컷 놀림당한 탓에 지금 약이 바짝 올라 있다.

"할 수 없지. 나한테 빚 하나 진 거다."

빚을 진 기억이 없기에 라한은 아무 대꾸도 하지 않고, 그저 가면 같은 미소만 지었다. 굳이 따지자면 과거에 동료 1의 엉망진창 서류를 수정해서 제출한 일이 49회 있으니, 빚은 오히려 반대 방향으로 48회가 된 셈이다.

의기양양하게 나가는 동료 1은 모른다. 그 고관은 사람을 괴롭혀서 내쫓는 버릇이 있어서, 담당 문관이 새로 오면 석 달 동안 혹독하게 괴롭힌다는 사실을. 동료 1이 석 달이나 버틸 정도의 참을성은 없다는 사실도 라한은 파악하고 있었다. 라한의 예상으로는 엿새면 두 손 들고 도망칠 터였다. 왜 엿새냐 하면 엿새째 되는 날이 동료 1의 휴일 다음 날이기 때문이다.

라한도 전에는 괴롭힘을 당했으나 고관의 얼굴을 아무리 보아도 분노가 수치로 표시되어 있지 않았다. 큰 소리로 야단은 치지만 목소리가 일정하고 감정적인 흔들림이 적다. 무엇보다 라한은 자신이 한 일에 틀린 부분이 없다고 확신했다. 화가 났다면 그 고관 자신이 원인일 테니 크게 신경 쓰지 않고 석 달을 보냈다. 지금은 한 장에 은 두 개나 하는 연극권을 흔쾌히 줄 정도로 후한 인심을 베풀어 준다.

"괘, 괜찮은 걸까요, 라한 씨? 저래 봬도 라한 씨 다음으로 일이 빠른 분인데요?"

동료 3이자 직속 부하가 물었다. 부하라고는 해도 나이는 라한보다 두 살 위다. 말투는 정중하지만 동료 1을 싫어한다는 사실은 잘 알 수 있었다.

"일이 빠른 것과 정확성은 별개지. 계산을 대충 하는 바람에 그걸 다 수정해야 하는 입장도 좀 되어 봐야 해. 게다가 일의 내용과 의욕이 직결되어 있는 성격도 문제야. 앞으로 서도 관련 일이 쏟아져 들어올 텐데, 의욕을 잃어서 효율이 3할 떨어지는 인간이 있으면 주위 사기까지 떨어지게 돼."

라한은 자료를 동료 2 앞에 내려놓았다.

"미안하지만 나는 할 일이 있으니 서도에 갈 지원 물자 산출을 좀 맡겨도 될까? 그리고 배에 실을 짐은 식량뿐만 아니라는 점도 고려해 줘. 필요한 자료는 이거면 충분할 거야."

"그래."

동료 2가 바로 계산을 시작했다. 동료 1보다 속도는 1할 2푼 떨어지지만 꼼꼼하고 실수가 적다. 그리고 고향을 걱정하는 마음이 있으면 일 효율도 3할 이상 올라갈 테고, 야근도 자진해서 해 줄 터였다.

"자, 그럼…."

라한은 황해가 이것으로 끝이 아닐 것이라고 생각했다. 두 번째, 세 번째 지원 물자 요구가 들어올 경우 중앙의 체면과 주머니 사정, 서도의 피해를 천칭에 달아야 한다.

"진짜 황해가 일어나다니 참 곤란해, 아주 곤란해."

"전혀 곤란하게 느껴지지 않는데요, 라한 님."

부하가 눈썹을 축 늘어뜨리고 말했다.

"곤란해. 하지만 곤란할 정도로 재미있다는 생각이 드는 것도 사실이야."

"성격 나쁘네요."

"그런가."

라한은 웃었다. 오히려 재미있어할 수 있는 성격이라 다행이라고 생각한다. 해야 할 일이 있을 때 아무것도 하지 못하는 것은 아름답지 못하다. 뒤죽박죽 섞이며 무너져 내리는 숫자 속에서 절망하기보다 다시 질서를 찾아 나열하는 데 의의를 느끼는 일도 나쁘지 않다.

"자, 그럼 일을 진행해 볼까."

라한은 열심히 긁어모은 서도 관련 과거 자료로 손을 뻗었다.

저녁 무렵, 동료 2는 아니나 다를까 자발적으로 야근을 하고 있었다. 하지만 라한은 퇴근했다. 양부 라칸이 없는 이상 라 가문을 지켜야 한다. 그러기 위해서는 충분한 휴식을 취할 필요가 있다. 라한은 수면 시간이 7시간 이하가 되면 반응 속도가 1할 떨어진다.

하지만 집에 돌아가면 또 돌아가는 대로 라한을 골치 아프게 하는 문제가 있었다.

"라한 님!"

여동생의 동료들이 문 앞에서 기다리고 있었다.

라한은 미끄러져 떨어지려는 안경을 고쳐 쓰면서 웃는 얼굴로 두 미녀에게 다가갔다.

"야오 씨, 옌옌 씨. 무슨 일이죠?"

야오, 16세. 위에서부터 치수는… 이건 말하지 않는 편이 좋겠다.

또 한 명은 옌옌, 20세. 여동생 마오마오와 동갑이다. 라한이 야오를 보고 조금이라도 불순한 생각을 할 경우 바로 해치워 버리겠다는 말이 얼굴에 쓰여 있다.

"무슨 일이긴 무슨 일이에요. 서도에 대해 뭔가 알아낸 게 있

으면 알려 달라고 부탁드렸잖아요. 그런데 아무 연락도 없다
니!"

"알려 드린다고 말씀드리긴 했죠."

하지만 아직 다음 소식이 오지 않았으니 아무 말도 할 수 없
다. 무엇보다 타 부서의 관녀에게 자세한 사항까지 말할 의리
는 없다. 궁에서 일하는 문관들이 일으키는 불상사 1위는 횡령
이고, 2위가 여성 관계에 의한 정보 유출이다.

설령 그 어떤 상대라 해도 공사 혼동은 아름답지 못하다.

그러나 저택 문 앞에서 여자가 둘, 그것도 라한을 향해 고함
을 질러 대는 모습은 아무래도 남들 보기에 좋지 못하다. 라한
은 외부적으로는 여성 관계가 깨끗한 사람이다. 양부도 몇 년
전 기녀를 낙적한 일 외에 별다른 소문은 없다.

오히려 라한 자신보다 야오나 옌옌의 이상한 소문이 퍼질지
도 모른다.

"죄송하지만 안에서 이야기하면 안 될까요?"

"…아가씨."

옌옌이 야오를 달랬다.

"알겠습니다."

"그럼, 들어가시죠."

라한은 저택으로 들어가 별채로 향했다. 도중에 양부가 주워
온 아이 세 명과 마주쳤다. 한 명이 움직임을 멈추고 고개를 숙

이자 다른 둘도 흉내를 냈다.

"마침 잘됐다. 스四, 우五, 리우六. 부엌에 가서 뜨거운 물과 다기를 별채에 좀 갖다줄 수 있겠니? 뜨거운 물은 주전자에서 김이 펄펄 피어난 후 열을 센 후 따르렴. 화상을 입지 않도록 대차*에 실어 오고."

"알겠습니다."

스가 대답했다. 나머지 둘은 멍하니 고개만 끄덕였다. 왜 이름을 이렇게 지었냐면, 양부가 이름을 다 기억하지 못하기 때문에 역대 아이들을 전부 숫자로 불렀던 탓이다. 라한은 이름으로 부르려 하지만 이 셋의 경우 원래 이름보다 숫자로 불리는 편이 오히려 나은 환경에서 살아왔다. 그래서 이름으로 부르지 않는다.

스보다 먼저 온 이―와 얼=은 무관이 되어 라칸의 부하로 일하고 있다. 산≡은 숫자에 강하기 때문에 자신의 보좌로 저택에 남았다. 교역품 매수나 시장 조사 등을 맡기고 있으며, 장래에는 라한의 오른팔이 될 존재다. 지금 라칸이 부재하고 황해 때문에 일이 늘어난 상황에서도 산 덕분에 어찌어찌 잘 돌아가고 있다.

라한은 야오와 옌옌을 별채로 안내했다. 옌옌이 뭐 도와줄 일

※대차(台車) : 왜건.

이 없느냐고 물었지만 정중하게 거절하고, 책이라도 읽고 있으라며 앉혀 놓았다.

　어디까지나 손님으로만 취급하는 이유는 주도권을 빼앗기지 않기 위해서였다.

　"라한 님, 가져왔습니다."

　"고맙다."

　라한은 스 일행에게 감사 인사를 했다. 아이들은 다과까지 잘 챙겨서 가져왔다. 라한은 그중에서 구움과자 세 개를 아이들에게 쥐여 주었다.

　저택에 필요최소한의 고용인만 두고 있기에 차는 라한이 직접 우렸다.

　"…맛있네요."

　야오가 순순히 차 맛을 칭찬했다. 옌옌은 아직 부족하다는 표정이었다. 라한도 차를 우릴 때 분량, 시간, 온도를 빠뜨림 없이 계산하지만 옌옌 같은 전문가가 볼 때는 아무래도 뭔가가 모자란 모양이다.

　"그럼, 본론으로 들어가겠습니다."

　라한은 찻잔을 내려놓았다.

　"솔직하게 말씀드리면 저도 서도의 황해 상황을 두 분에게 정확히 말씀드릴 수 없습니다."

　"정말인가요?"

"네. 요구하는 물자의 양으로 미루어 보아 어마어마한 피해를 입었다는 사실만 알 수 있을 정도죠. 단기적인 상황이 아니라 여러 번의 지원이 이루어지지 않으면 아사자가 다수 발생할 정도일 겁니다."

아무 조치도 취하지 않으면 수만 명이 굶어 죽을 테고, 게다가 내란이 일어나기라도 하면 그 몇 배는 되는 사상자가 생긴다.

아사라는 단어는 도성에서 태평하게 자란 아가씨가 쉽게 이해할 수 있는 말이 아니다. 라한도 빚 때문에 꼼짝 못 한 일은 있어도 굶주려 본 적은 없다.

굶주린다는 단어는 아름답지 않다. 그 어떤 미남미녀라 해도 본래 붙어 있어야 할 살과 지방이 굶주림 때문에 다 떨어져 나가면 그저 말라붙은 몸뚱이가 될 뿐이다. 라한도 비쩍 마른 육체를 사랑하는 취미는 없다. 바싹 마르면 아름다운 육체에 깃들어 있던 숭고한 혼조차 추한 아귀가 되어 버린다.

가난해도 정신은 고결한 사람도 있다고들 하지만, 그것은 그냥 미친 사람일 뿐이라고 생각한다.

라한은 세상이 아름다운 것으로 가득하기를 원하고, 무엇보다 아름다운 것들에 둘러싸여 살아가고 싶다. 그러기 위한 노력도 아끼지 않을 생각이다.

"질문이 있는데, 마오마오는 무사한가요?"

"마오마오에게서는 연락이 오지 않았습니다."

마오마오에게서 연락은 없다. 하지만 양부 라칸의 편지에 현재 상황이 지나가는 말처럼 쓰여 있었다. 필체로 볼 때 라칸의 부하라는 사실은 알 수 있었지만 마오마오에 대해서는 아무것도 적혀 있지 않았다. 아무 말 없다는 것은 즉, 무사하다는 뜻이다.

애당초 마오마오가 라한에게 편지를 보낸다면 기껏해야 무엇을 좀 사 달라는 지시일 뿐이다.

그보다 리쿠손에게서 편지가 오지 않는다는 사실이 더 신경 쓰였다. 황해가 일어난 후라면 이해가 되지만 그러기 몇 개월 전부터 이미 편지가 끊긴 상태다.

무슨 일이 있는 모양인데, 라고 생각하면서 라한은 아무것도 모르는 척하고 두 사람과의 대화를 이어 갔다.

"그렇게 혼란스러운 상황이다 보니 편지를 보낼 여유가 없나 봅니다. 설령 쓸 수는 있다 해도 먼저 보낼 짐이 달리 있겠죠. 말단이 쓴 편지 따위는 뒤로 미루어질 수밖에 없습니다."

라한은 황해가 발생한 지 며칠이 지났는지 세어 보았다.

"스무 날 전에 일어난 대재해. 반대로 말하면 아직 스무 날밖에 지나지 않았습니다. 도성에서 서도까지 보통은 반달이 걸리죠. 아직 편지가 도착하지 않은 것도 이상한 일은 아닙니다."

"하지만 황해가 일어났다는 소식을 전달한 전령은 열흘도 더

전에 왔잖아요!"

"황족이나 고관의 연락망을 일개 관녀가 쓸 수는 없지요. 관녀 한 명의 편지를 전달하기 위해 파발마를 보내라고요? 무슨 일이든 우선순위라는 게 있습니다."

야오는 입을 다물었다.

말투가 좀 날카로웠던가. 라한은 그렇게 생각하면서도 태도를 바꿀 생각은 없었다. 가능하면 친구의 다정한 오빠 위치에 있고 싶었지만 공사 혼동을 해서는 안 된다.

그래도 옌옌은 라한에게서 지금 무슨 정보를 얻는다 한들 할 수 있는 일이 없다는 사실을 알고 있다. 옌옌 혼자였다면 라한도 자신이 알고 있는 모든 정보를 말해 주었을지도 모른다. 하지만 옌옌과 다르게 야오는 아직 정신적으로 미숙하다. 괜히 상황을 너무 자세히 설명했다가 무슨 사고라도 치면 큰일이다. 야오를 위해서라도 쓸데없는 이야기는 하지 않는 편이 낫다.

야오는 주먹을 꽉 부르쥐었다. 머리로는 이해하지만 감정이 따라오지 못하는 모양이었다.

라한도 심술을 부릴 생각은 없었다. 그저 정당한 말을 내뱉고 있을 뿐이지만, 그것은 동시에 정론으로 상대를 궁지에 몰아넣는 일이기도 하다.

그래서 옌옌도 '아가씨를 괴롭히지 마'라는 눈빛으로 노려보고 있었다. 옌옌의 오른쪽 뺨이 1푼 정도 솟아나서 파들파들 경련했다.

이래서 젊은 여자애들은 귀찮다고 라한은 생각했다. 그래서 연상의 과부와만 사귀는 것이다. 과부들은 좋은 의미로든 나쁜 의미로든 세상이라는 것을 알고 있기에.

그렇게 사리 분별을 잘한다는 의미에서 이복여동생 마오마오는 대하기가 매우 편하지만, 대신 만날 때마다 발가락을 밟힌다. 그래서 최근 발끝에 철판을 댄 신발을 특별히 주문했다. 목재 등 무거운 물건을 나르는 직공들에게 딱 맞는 물건이기에 상품화도 고려하고 있다.

야오가 계속 칭얼거리게 내버려 두는 건 시간 낭비다. 라한은 야오가 좋아하는 것을 떠올렸다.

"설합을 좀 가져가지 않겠어요? 아는 사람에게 받았는데 다 먹을 수가 없어서, 좀 나눠 먹었으면 좋겠네. 날도 어두워졌으니 마차를 불러야겠다."

라한은 예의바르게 돌아가 달라고 재촉했다. 말투도 다소 편하게 했다.

"…재워 주세요."

""엥?""

목소리가 겹쳐졌다. 라한과 옌옌의 목소리였다. 둘 다 목소리에서 곤혹스러움이 배어났다.

"아, 아가씨, 그게 무슨 의미인가요?"

"들은 그대로야. 전에도 자고 간 적 있잖아?"

"아니, 전에는 장기 휴가였으니까….."

냉정한 종자가 오른쪽 눈썹을 2푼 늘어뜨린 채 당황했다.

"나, 아직 이 방에 있는 의학서를 다 못 읽었어. 다 읽을 때까지 안 갈 거야."

"아니, 빌려 가면 되잖아요?"

옌옌은 어쩔 줄 몰라 했다.

라한도 당황스럽기는 마찬가지였다. 야오는 왜 갑자기 자고 가겠다는 것일까. 정보 제공에 망설이는 라한을 괴롭히려는 생각일까. 아니, 사람을 괴롭히겠다는 목소리는 아니었다. 괴롭힘이라면 더 탁한 느낌이 든다.

"전에는 특수한 사정이 있으니까 재워 줬던 거지. 마오마오의 체면도 있고. 하지만 이번엔 아니잖아. 나는 여성에게 친절하고 싶지만 편리한 도구가 되어 줄 생각은 없어."

여성에게는 진지하게 대할 생각이지만 이용당하고 싶지는 않다. 대가를 요구하려는 것은 아니지만 일방적으로 뜯어 먹히는 모습도 매우 추하다.

"…제가 그냥 떼를 쓰느라 이렇게 조른다고 생각하시는군요?"

"……."

라한은 부정도 긍정도 하지 않았다. 하지만 얼굴에 띤 웃음으로 이해할 수 있을 터였다. 귀염성 없는 고집은 친어머니만으로도 지긋지긋하다. 억지를 부리는 사람은 할아버지만으로도 충분하다.

"라한 님은 저를 잘못 보셨어요. 여자는 아양을 떨고 제멋대로 굴어서 남자를 조종하는 존재라고 생각하시나 보네요."

"아닙니까?"

라한은 저도 모르게 물었다.

"네, 아니에요. 저도 교섭의 근거를 갖고 있으니까요."

"교섭의 근거?"

라한은 눈을 세 번 깜박였다.

"제 숙부를 아시죠?"

"네, 압니다. 루 시랑이시죠."

야오와 옌옌에 대해서는 지난번 재워 주었을 때 어느 정도 조사를 해 놓았다. 친척 중 예부 차관이 있다는 사실도 그때 알았다. 젊은 시절부터 다양한 부서를 돌아다닌 수완가라고 들은 적이 있다.

"지금은 서도에 있다면서요?"

예부는 제사와 외교를 주관하는 부서다.

달의 귀인이 서도에 있는 이상 제사를 담당하는 부서 중 누군가가 동행해야 한다. 어설픈 지위로는 제사를 집행할 수 없으니 아무래도 고관이 따라가는 수밖에 없다.

"숙부가 서도로 가게 된 이유를 아세요?"

"달의 귀인이 현지에서 제사를 올려야 하기 때문 아닙니까? 그리고 타국과 가까운 술서주에 가게 되었으니 외교를 잘 아는 자가 동석하는 편이 좋겠지요."

"그것도 있지만, 요우 의관과 같은 이유다…라고 말하면 어떨까요?"

"같은 이유?"

요우 의관과 면식이 없으니 루 시랑과의 접점을 알 수 없다. 하지만 그 의관이 서도로 간 일행에 포함되어 있다는 사실은 알고 있다.

"숙부는 옛날 서도에 갔던 경력이 있습니다. 아버지가 돌아가시고, 집안을 잇기 위해 돌아왔죠."

라한의 표정은 바뀌지 않았다. 흥미를 끄는 이야기로서는 나쁘지 않다. 자신은 숙부의 연줄 덕분에 라한이 모르는 이야기를 알고 있다, 그런 말인 모양이었다.

라한은 라칸의 양자이며 외부적으로는 어느 파벌에도 속하지 않은 입장이다. 하지만 장래를 생각하면 왕제파가 될 가능성이 높다.

달의 귀인에게 유익한 정보는, 가능한 한 들어 두고 싶지만….

"너와 루 시랑이 혈연관계라는 사실은 알지만, 그래서 뭐가 어쨌다는 거지? 루 시랑쯤 되는 분이라면 아무리 조카딸이라고 해도 부주의하게 중요한 정보를 말하지는 않았을 것 같은데."

"아가씨, 그만 포기하세요."

옌옌도 난감한 표정이었다. 아무리 아가씨 편을 들어주고 싶어도 지금은 라한의 말이 옳다는 사실을 알고 있는 듯했다.

야오는 옌옌의 말을 무시하고 입을 열었다.

"석탄."

"…석탄?"

라한은 그게 무슨 의미인지 고민해 보았다. 석탄. 석탄?

"석탄이라고? 그 석탄?"

라한이 눈을 부릅떴다.

야오는 웃었다. 옌옌은 곤혹스러운 표정이었다. 유능한 시녀도 모르는 일이 있나 보다.

"네, 맞아요. 서도에서 캘 수 있대요."

"채굴이 가능하다는 이야기는 들었지만, 이용 가치가 없다는 이유로 현재는 채굴되지…."

라한이 말을 멈추었다.

석탄石炭, 말 그대로 돌로 된 숯. 돌인데도 잘 타지만 검댕이 많이 나오고, 채굴할 때 드는 수고를 생각하면 차라리 장작이나 목탄을 태우는 편이 낫다. 그렇게 알고 있다.

"숙부는 당시 서도의 석탄에 대해 조사했다고 해요. 아무리 유능한 숙부라 해도 한 번쯤은 실수를 하는 법이겠죠. 형이 죽고, 통곡하며 울부짖는 조카딸을 달래서 재운 후에는 더더욱.

제가 잠들지 않았다는 사실도 미처 알아차리지 못하고 이야기하는 걸 들었어요."

야오는 흐흥, 하고 의기양양한 표정을 지었다.

"즉, 잠결에 들은 애매한 기억이니 신빙성이 없는 이야기라는 말이네."

"……."

야오가 생각에 잠겼다.

"라한 님."

옌옌이 손을 들었다. 턱이 1촌* 처져 있고, 시선이 방황하는 모습에서 망설임이 보였다.

"…루 님은 '여제'라 불리던 전 황태후 및 선제가 붕어하시기 전 서도에 다녀오셨습니다. 당시부터의 흐름으로 미루어 볼 때, 뭔가를 조사하고 있었을 가능성은 높습니다."

라한은 평균보다 2할 가는 눈을 부릅떴다.

옌옌은 무언가를 알고 있다 해도 입을 다물 것이라 생각했다. 하지만 라한의 태도 앞에서 위축되는 야오를 보니 견딜 수 없나 보다. 옌옌이 야오보다 몇 수는 위지만, 결국 사랑하는 아가씨를 이기지 못하고 말을 거들고 말았다.

"루 사랑이?"

※1촌 : 3센티미터.

루 시랑은 마흔이 채 되지 않았다. 선제 시대부터 궁정에서 일했다고는 하나, 현명한 남자라면 늙고 미래가 없는 '여제'의 꼭두각시인 황제에게 붙을지 동궁에게 붙을지 고민했으리라.

라한과 마찬가지로, 동궁이 움직이기 쉬운 궁정 환경을 조성해 놓으려면 어떻게 해야 좋을까.

오랜 세월 여제의 꼭두각시 정치가 이어진 후, 대가 바뀌었을 때 무슨 일이 일어날지는 계산할 필요도 없다. 권력을 너무 많이 쥐고 있던 신하는 때로 상하 관계조차 잊고 방자하게 굴곤 한다.

당시 동궁이었던 주상은 그것을 꿰뚫어 보고 여러 가지 일을 했다. '했다고 한다'가 아니라 '했다'고 단언할 수 있는 이유는, 양부 라칸 또한 주상 편에 가담했기 때문이다.

권력을 손에 넣기 위해 친아버지와 이복동생을 내쫓은 남자, 라칸. 그러면서 적대하던 관료들 여럿을 좌천시켰다.

라칸에게는 주상 또한 왕장王將이라는 말로 보였으리라.

라한도 한몫 거들었던 것 같다. 하지만 당시에는 주어진 암호를 푸는 일에만 푹 빠져 있어서 그것이 무슨 의미인지 생각도 해 보지 않았다. 지금 돌이켜 보니 만일 일기라도 꼬박꼬박 썼다면 기억과 맞춰 볼 수 있었을 텐데, 하는 아쉬운 생각이 든다.

"…으음."

라한은 고민했다. 드물게도 고민하고 있었다.

정보에 10할의 신빙성을 요구하려는 것은 아니다. '혹시 유효할지도 모른다'는 수준이라 해도 확보해 두는 편이 좋다. 설령 1할 1푼 미만이라 해도.

신빙성이야 어찌 되었든 '석탄'이라는 단어가 주어진 이상 조사해 볼 필요가 있었다. 하지만 조사를 시작하게 된다면 이 자리에서 야오와 옌옌을 돌려보낼 경우 빚이 생긴다.

야오가 지금 요구하는 일은 이 집에 묵게 해 달라는 것이지, 딱히 서도의 정보 전부를 보고하라는 말이 아니다.

그 정도는 괜찮지 않을까 생각하는 한편 말로 표현하기 힘든 불안도 느껴졌다.

아직 숫자로 표현하기에는 애매한, 아주 희미한 기척이었다.

하지만 라한은 그 감각을 무시하기로 했다.

"알겠습니다. 이 별채라도 괜찮다면 묵어가시죠. 단, 어디까지나 그게 전부입니다. 직무 위반이 될 만한 정보는 제공해 드릴 수 없습니다."

"저, 정말이세요?"

야오의 얼굴이 3할 밝아졌다. 그에 반해 옌옌은 안도가 5할 5푼, 불안이 4할, 나머지 5푼은 라한을 노려보는 눈빛이었다.

왜 노려보는 것일까. 라한은 길을 가다 마차에 들이받힌 기분이었다.

추후 옌옌이 왜 그런 표정을 지었는지 알게 된 라한은 야오의 숙박을 허가한 일을 더욱 후회하게 되지만, 지금 단계에서는 알 길이 없었다.

약사의 혼잣말

7 화 ⋮ 도착한 편지

20일째.

도적이 술서주 각지에 출몰하고 있다. 농촌에 배치된 무관들이 바쁠 것 같다.

21일째.

라한네 형이 창고를 개조하고 있다. 무언가를 만드는 모양이다.

25일째.

중앙에서 지원 물자가 도착했다. 예상보다 훨씬 빠르다. 식량 외에도 생약이 다소 들어 있지만 한참 부족하다.

27일째.

드문드문 가게가 열렸다. 하지만 물품 부족은 여전하고, 대부분 질이 조악하다.

28일째.

잇몸에서 피가 나는 환자가 늘어났다. 채소와 과일의 유통이 부족해서 벌어지는 영양 부족으로 보인다.

32일째.

주방 요리사들이 황충 요리에 도전했으나 잘 되지 않는다. 참고로 집오리 알은 고마운 진미로 취급되고 있다. 귀중한 영양원.

37일째.

라한네 형이 창고 앞에서 집오리와 놀아 주고 있었다. 창고에 들어가려는 집오리와 들어가지 말라고 쫓아내는 라한네 형. 가축과 인간인데도 어째서인지 대화가 성립되는 것 같았다.

"뭘 태평하게 집오리랑 놀고 있어요?"

"노는 거 아니야! 빨리 죠후 좀 잡아 줘. 제발 좀."

바센 외의 다른 사람 입에서 집오리의 이름을 들은 것은 처음이었다. 농촌에서는 별로 대화를 나누지 않았는데, 알고 보니 라한네 형과 바센은 집오리를 접점 삼아 이야기를 나누는 모양이었다.

마오마오는 일단 시키는 대로 뒤에서 집오리를 안아 올렸다. 인간은 식량이 부족한데도 집오리는 깃털에 윤기가 자르르 흐르고 통통하게 살이 쪘다. 저택 밖으로 나갔다가는 바로 붙잡혀서 식탁에 오를 것이다.

마오마오도 집오리가 알을 낳아 주기 때문에 꾹 참고 안 잡아먹는 중이다.

"자꾸 창고에 들어가려고 하네요. 뭐가 있나요?"

"이걸 만들고 있거든."

라한네 형이 창고 문을 열었다. 한쪽 공간에 검은 장막이 쳐져 있고, 그것을 들추니 접시가 잔뜩 놓여 있었다. 접시 속에는 물이 담겨 있고 그 위로 무슨 씨앗 같은 것이 물을 빨아들이며 싹을 틔우고 있었다.

"이건 뭔가요?"

"새로운 종자야. 이 저택에는 연못이 있으니까 키울 수 있을 것 같더라고. 사실은 더 깨끗한 샘물을 쓰고 싶지만 서도에서 물은 귀중하잖아."

"무슨 종자죠? 녹두나 대두는 아닌 것 같은데."

녹두는 종자 외에도 생약과 당면의 재료로 사용된다. 대두는 말할 필요도 없다.

"목숙*이야. 원래는 말 사료인데 새싹은 사람도 먹을 수 있다고 해서 시험해 보는 중이지. 밀 씨앗이랑 같이 가져왔어."

"아, 그거 말이군요!"

그러고 보니 라한네 형이 몸에 지니고 온 주머니가 몇 개 더 있었다. 밀의 인상이 워낙 강렬해서 나머지는 잊고 있었는데, 기본적으로 씨앗을 보면 키우지 않고는 견디지 못하는 성격인가 보다.

"맞아. 죠후는 눈이 밝아서 씨앗일 때부터 계속 먹으려고 노렸거든. 야, 인마, 안 돼. 이 녀석. 바센 씨랑 바료 씨가 밥 주잖아? 또 먹을 거야? 또 먹으려고?"

라한네 형은 집오리의 머리를 콕콕 찔렀다. 마치 그림 두루마리 속에 나오는 연인들 같은 모습이었지만 보호자인 바센이 과연 교제를 허락해 줄지 모르겠다.

"바료 님과 면식이 있다니, 의외인데요."

마오마오도 길고양이들끼리 얼굴을 마주친 듯한 반응밖에 본 적이 없는데.

"아, 서도로 돌아온 후 한 번 불려간 적이 있거든. 장막 틈새로 노고를 치하하는 편지를 받았어. 아마 그게 서쪽에 와서 누가 나한테 제일 다정하게 대해 준 순간이었을 거야."

"아니, 저도 라한네 형한테 신경 써 드리고 있는데요."

달리 바쁜 일이 있어서 살짝 뒤로 미루었을 뿐이다.

※목숙(苜蓿) : 세잎클로버의 일종.

"입에 침이나 바르고 거짓말을 해라. 아무튼 그래서 취에 씨에게 답장을 건넸더니 또 편지가 와서 그 뒤로 여러 가지 이야기를 나눴어."

"편지 전달하는 참새."

취에라면 신이 나서 편지를 날랐으리라.

"가끔 죠후도 갖다줘."

"집오리가?"

마오마오는 의심의 눈빛으로 품에 안고 있는 집오리를 쳐다보았다. 집오리는 슬슬 놓아 달라는 듯 동그란 눈으로 이쪽을 응시했다. 라한네 형이 창고 문을 걸어 잠근 것을 보고 마오마오는 집오리를 놓아주었다. 집오리는 궁둥이를 살랑살랑 흔들며 어디론가 가 버렸다.

"라한네 형, 의외로 눈에 안 띄는 곳에서 대단하네요."

"칭찬일 텐데 칭찬이라는 느낌이 안 드네."

"칭찬이에요. 그나저나 이 싹, 얼마나 더 지나면 생산 가능할까요?"

대량 생산을 할 수 있으면 채소 부족도 다소 개선되리라.

"지금은 창고에 있는 종자가 다야. 하지만 그렇게 드문 종자도 아니니까 근처 농촌을 돌면서 목숙이 있는지 물어봐도 될 것 같아. 싹을 키울 수 있는 건 우기뿐이라니까 지금 시기라면 남아돌지도 몰라."

"얻을 수 있을 만큼 얻어 오면 좋겠는데요. 밥을 지어서 사람들한테 먹일 때 싹으로 탕을 끓일 수도 있으니까요."

물론 마오마오가 배급에 참견할 수는 없으니 진시에게 말해 볼 생각이다.

"씨앗 문제도 있지만, 물은 어떻게 하지? 뭐, 연못물을 다 끌어다 써야 할 정도로 많은 종자를 얻어 왔을 때의 얘기지만."

"그건 나중에 생각하죠. 기왕이면 대두랑 녹두도 있으면 좋겠네요."

"그러게. 조금이라도 있으면 좋을 텐데."

라한네 형은 목숙 재배 외에도 이런저런 일들을 하고 있는 모양이었다. 별저 정원의 한 구획이 밭이 되어 가고 있는데 허가는 받고 하는 일인지 모르겠다. 그리고 취에가 염소 우리도 만들고 있는데 교쿠엔이 서도로 돌아왔을 때 놀라지 않을지 걱정이 된다.

"그런데 라한네 동생아."

"뭐죠, 그 호칭은?"

마오마오는 침이라도 탁 내뱉을 듯한 표정을 지었다.

"아니, 너한테 그 소리를 듣고 싶진 않거든! 의무실 쪽에 누가 간 것 같은데 대응 안 해도 되겠어? 의관 아저씨 하나만으로 충분해?"

"그러게요. 걱정되니 가 봐야겠네요."

마오마오는 라한네 형에게 손을 흔들고 의무실로 향했다.

"누가 왔나 했더니."

의무실에는 티엔요우가 있었다.

"약 재고가 떨어졌어."

"떨어졌나요?"

"응, 떨어졌는데…."

무슨 말을 하고 싶은지 티엔요우는 마오마오를 물끄러미 응시했다. 표표한 분위기의 홀쭉하던 남자가 서도의 햇볕에 그을려 있었다. 요우 의관에게 신나게 부려 먹히는 모양이었다.

"뭐가 떨어졌는데요?"

마오마오는 약 서랍을 보았다.

"지혈제, 화농약, 찰과상 연고, 감기약, 해열제, 설사약, 두통약."

"다 떨어졌다고요?"

마오마오는 의아했다. 대부분 어제 보충했는데 말이다.

"없어. 몹쓸 밥집이 있는지 배탈이 난 녀석이 많아서. 그리고 두통약은 머리가 아파 보이는 상관님께 다 바쳤지."

상관이라 하면 요우 의관이나 또 한 명의 의관밖에 없다. 왠지 후자일 것 같다.

"위장약을 드리는 게 나을지도 모르겠네요. 재고도 없지만."

마오마오는 농담처럼 말했지만 솔직히 농담이 아닌 상황이었다.

"이걸로 약은 마지막이에요."

"추가분 좀 만들어 줘."

"재료가 없어요."

마오마오도 만들 수 있는 것은 만들고 있었다. 리하쿠와 취에의 손까지 빌리고 있을 정도다.

"대용품은?"

"그 대용품을 쓰고 나면 끝이란 뜻이에요."

"뭐? 그럼 질이 떨어지는 거 아냐?"

"…그 부분은 포기해 주세요."

마오마오도 더 나은 약을 만들어 주고 싶지만 없는 것은 어쩔 수 없다. 다른 생약으로 비슷한 효능을 내는 약을 만들 수밖에.

"서도에서는 중앙만큼 질 좋은 약초를 채취할 수 없어요."

기후가 다르다는 이유가 제일 크다. 서도에는 서도의 식생이 있고, 그 환경 속에서 약초도 나지만 중앙에서 자란 마오마오에게는 낯선 것들이다. 그래도 타국과의 교류가 잦은 서도에서는 구할 수 없는 물건이 없다고들 하지만….

'지원 물자를 보낼 때 약 종류를 좀 더 우선시해 주면 좋을 텐데.'

식량이 먼저라 약은 뒤로 미루어지고 있을까. 아니면 마오마오가 있는 곳까지 공급이 닿지 못하는 것일까.

"흐음…. 이 상태라면 언제 중앙으로 돌아갈 수 있을지 모르 겠네."

"그러게요."

"뤄먼 씨는 괜찮을까?"

어느 틈엔가 돌팔이 의관도 대화에 끼어 있었다.

'아버지….'

돌팔이 의관 대신 후궁에 들어갔다고 하니 딱히 별문제는 없 으리라고 믿고 싶다. 돌팔이 의관은 그것보다 자기 걱정을 해 야 하지 않을까, 하고 마오마오는 생각했다.

서도에 있는 기간이 길어질 것이라는 이야기는 들었지만 이 상태로는 아직 한참은 더 머물러야 할 듯하다.

진시 혼자만이라도 도성에 돌아가야 하겠지만 돌아갈 분위기 는 전혀 없다.

'당사자가 거부하고 있을 가능성도 있고.'

지금 상황의 서도는 솔직히 큰일이라고 생각한다. 어느 정도 예상하고 있었기에 그나마 좀 나은 대응을 할 수 있었지만 그래 도 상대는 천재지변이다.

'황해는 나라를 멸망하게 할 수도 있다고 하니까.'

작은 황해는 더러 있었을지도 모르지만 이렇게 큰 황해는 대 체 몇 십 년 만일까. 그야말로 50년 전 일이 또다시 일어난 것 같달까.

진시는 중앙에 지원을 요청했다. 적어도 진시가 있음으로써 어느 정도는 융통성 있게 대처해 주는 부분이 있다. 진시가 서도에 남아 있으면 요청보다 더 넉넉하게 지원해 줄지도 모른다.

마오마오의 소견으로 황제와 진시의 사이는 그리 나빠 보이지 않는다.

'서도로 보낸 일은 약간의 의문이 남지만.'

그 점은, 대신 보낼 사람이 마땅히 없었기 때문이라고 생각하고 있다.

"그나저나 왕제 전하께서는 오늘도 방에 틀어박혀서 일하는 중이실까?"

티엔요우가 비아냥거리듯 말했다.

"할 수 없지. 달의 귀인은 밖에 나오시면 위험하니까."

돌팔이 의관이 편을 들었다.

"그건 알지만 인상이 별로 좋지는 않던데."

"무슨 말이야?"

"무관들은 사방팔방 지방으로 뛰어다니고 있어. 그런데 그분은 명령만 내릴 뿐이지, 안전한 곳에 숨어서 맛난 밥을 실컷 먹고 계신다고."

"계신다고?"

"하급 무관이 고구마죽을 먹으면서 그러더라고."

"와⋯."

돌팔이 의관이 양손으로 입을 가리며 눈썹을 축 늘어뜨렸다.

"그런데."

티엔요우가 부정하는 말로 다시 입을 열었다.

"'그럼, 그 고구마는 누가 가져왔는데?' 하고 다른 무관이 응수하더라."

"흐음⋯."

즉, 진시의 지금 행동에 불신을 품는 자도 있는가 하면, 어떤 입장인지 잘 아는 무관도 있다는 뜻이다.

전원은 아니지만 무관 중에서도 불신을 품는 자가 있다면 민중들은 어떨까.

그 답은 티엔요우가 주었다.

"그나저나 인기 얻는 게 능숙하단 말이야, 이 동네 영주님은."

교쿠오를 말한다. 정확히 말하면 영주 대행이다.

"인기를 얻는다고 해서 말인데, 교쿠오 님은 직접 나서서 배식에 참여하고 계신 걸까요?"

"그런 건 아니겠지만 인기는 많아. 배식을 해 주는 사람이 서도의 무관이다 보니 저절로 영주님 은덕이 되는 거지. 그리고 폭도 제압을 할 때 숨지 않고 솔선해서 나와 움직였지. 뭐, 서도 내 한정이지만⋯."

"오~ 그건 대단하네."

돌팔이 의관은 어느새 차 준비를 하고 있었다. 찻잎도 없어서 말린 민들레 잎으로 차를 끓였다.

"굉장하다고. 마치 연극배우처럼 보였지만."

티엔요우는 일부러 그러는 것처럼 교쿠오를 추어올렸다.

'또 배우….'

괴짜 군사가 했던 말이 떠올랐다.

"죄송한데요, 질문이 있는데 두 분에게 교쿠오 님은 어떻게 보이나요?"

티엔요우에게만 물을 수도 있었지만 돌팔이 의관도 끼워 달라는 듯 이쪽의 눈치를 보고 있었기에 대화에 포함시켰다.

"교쿠오 님은 멋있지~ 잘생기고 시원시원한 사람이야. 나는 얼핏 봤을 뿐이지만."

돌팔이 의관의 의견은 대강 예상이 갔다. 마오마오도 사람들에게서 들은 이야기가 많고 실제로 본 적은 없으니 확실히 말할 수는 없다. 하지만 외모만 보았다면 그런 인상을 받았을지도 모른다.

"난 말이야…."

티엔요우는 돌팔이 의관이 가져다준 민들레차를 마시며 약을 상자에 담았다.

"시대를 잘못 타고난 사람이라는 생각이 들어."

"시대를 잘못 타고났다고요?"

"응, 태어날 시대를. 괴짜 군사님이랑 똑같아."

상당히 불온한 발언이었다.

"무슨 뜻이에요, 그게?"

"일상 속에서는 살아가기 어려워 보인다는 뜻이야. 일상이랄까, 평온한 나날이라고나 할까. 길거리에서 얼핏 봤는데 이런 난리 속에서도 왠지 생기가 넘쳐 보였어."

"티엔요우 씨도 무슨 문제를 앞에 두면 생기가 넘치는 것 같던데요."

"그럼, 나랑 동류 아닐까? 아니, 좀 다르겠네."

티엔요우는 고민에 빠졌다.

"뭐가 다른데요?"

"뭐랄까, 인정받고 싶어서 눈에 띄려고 하는 것 같은? 말로 표현하기가 힘드네."

"즉, 승인 욕구라는 말인가요?"

"잘 모르겠어…. 뭐, 아무럼 어때."

티엔요우는 남은 차를 훌쩍 마신 뒤 약을 들고 나가 버렸다. 아마 교쿠오의 화제에 질린 모양이었다.

"동류라…."

마오마오에게는 둘 다 멀쩡한 인간이 아니라는 말로 들렸다.

잘 모르겠다고 생각하면서 마오마오는 부족한 약을 어떻게 채워 넣을까 고민하기로 했다.

고민한 결과, 농사 전문가에게 물어보는 방법이 가장 좋겠다고 마오마오는 생각했다. 전문가는 목숙 재배 다음으로 밭갈이를 하고 있었다.

"약초 재배란 말이지."

　라한네 형은 작업복 차림으로 괭이를 휘두르고 있었다. 농민이 아니라고 부정하지만 차림새도 그렇고, 두 다리를 떡 버티고 괭이를 휘두르는 모습도 그렇고, 아무리 봐도 일류 농민이다. 정원사 아저씨가 열심히 꾸며 놓았던 멋진 정원도 다 과거의 모습이 되어 버리고, 지금은 밀과 사탕수수를 키우는 시험 농장이 생겨났다. 밭 곳곳에서는 중앙에서 함께 온 다른 농민과 생기를 잃은 정원사가 밭을 갈고 있었다.

"하긴 사태가 길어질 걸 생각하면 약초밭을 만드는 것도 좋겠지만 이곳 토지에서는 어렵지 않겠어? 서도 주위는 기후가 건조해서 밭으로 쓰는 건 적합하지 않고, 초원을 찾아가려면 너무 멀어. 아, 이 밭은 절대 안 돼! 밀하고 감자, 고구마만 심기로 정해 놓았으니까."

"하지만 라한네 형, 툭하면 별저 밖으로 나가서 다양한 곳에 밭을 일구고 있지 않아요?"

"그건 내 일이야! 이곳저곳에 감자랑 고구마를 심고 오라는 지시를 받았다고!"

"누구한테요?"

또 진시한테 부탁이라도 받은 것일까.

"아버지한테⋯. 진짜 무슨 영문인지 모르겠어. 이 비상시에 편지를 다 보냈다 했더니 '보고서 기다린다!'라잖아⋯. 난 죽을 뻔했는데!"

라한네 형이 착실한 농사꾼이라면 라한네 아버지는 정신 나간 농사꾼이다.

"그러게요. 라한네 형은 용케 살아 왔네요. 어떻게 돌아온 거예요?"

호위도 잃어버렸다 하고, 술서주에서도 꽤나 서쪽 끄트머리까지 갔을 테니 말도 못 하게 고생했을 것이다.

"으흑, 중간까지는 호위도 있었는데 마차를 끌던 말이 황충 대군을 보고 겁을 먹어서 날뛰다 도망친 데다 도적의 습격까지 받는 바람에 그만 다 잃어버렸어. 그래서 가는 곳마다 얼마 안 되는 말린 고구마랑 물물 교환을 하면서 근근이 살았더니 말린 고구마를 강탈하려는 놈들도 있었다니까, 글쎄. 그리고 또 가는 길에 감자랑 고구마 생육을 가르쳐 주려고 들른 마을에다 황해가 일어날지도 모른다고 미리 주의를 주었는데, 혹시나 해서 오는 길에 들러 보니 덕분에 피해가 그나마 적었다면서 답례로 이것저것 도와줬고, 그다음 마을에서는⋯."

난감하다. 다 듣다가는 책도 한 권 쓸 수 있겠다.

"아~ 네, 알겠어요. 알겠다고요. 그럼, 약초를 키울 만한 장소를 발견하면 알려 주세요."

"…끝까지 좀 들어. 들어 줘! 알았어, 할 수 없지. 그래도 너무 큰 규모로는 못 할 거야."

불평하면서도 일은 맡아서 해 줄 자세가 되어 있는 라한네 형은 정말로 좋은 사람이다. 부려 먹히다 나가떨어지지 않기만을 바랄 뿐이다.

"그러고 보니 너한테도 편지가 온 것 같던데."

"그래요? 대체 누가 보냈을까요?"

"아까 취에 씨가 왔다 갔으니까 엇갈렸나 보네."

"네."

아버지 뤄먼이나, 아니면 녹청관일까.

마오마오는 의무실로 돌아와 편지를 받고 자신에게 주어진 방에서 펼쳐 보았다. 마오마오의 방답게 약초가 잔뜩 걸려 있는 간소한 방으로 개조되어 있었다. 방을 꾸며 준 돌팔이 의관은 아쉬운 눈치였지만 마오마오도 양보할 생각은 없다.

편지는 세 통. 각각 라한, 야오, 옌옌이 보낸 편지였다.

'그러고 보니….'

여행을 떠나기 전 야오가 편지 쓰라고 했던 것 같다.

'한 통도 안 썼네.'

최근 들어 워낙 많은 일들이 벌어져서 그럴 기력도, 시간도 없었다. 어차피 무슨 일이 있으면 진시가 의국에 연락할 테니 딱히 신경 쓰지 않았던 일이었다.

마오마오는 세 통의 편지를 보았다. 어떻게 할까 고민하다 우선 라한의 편지는 나중으로 미루었다. 야오와 옌옌의 편지를 보고 어느 쪽을 고를까, 하고 손가락을 흔들다 야오의 것을 집어 들었다. 긴 여행에서 찢어지지 않도록 튼튼한 기름종이를 덧대서 뻣뻣했다. 평소였다면 옌옌이 향과 종이, 꽃을 곁들여 주었겠지만 이번에는 기능성을 우선한 모양이었다.

'편지가 멀쩡하게 도착할 수 있을지조차 알 수 없는 거리니 말이지.'

내용은 평소와 다름없이 쌀쌀맞게 시작해서 중간부터 차츰 뚜렷해져 갔다.

편지가 통 오지 않는데 어떻게 된 일인가. 서쪽에서 황해가 일어났다는 이야기를 듣고, 할 수 없이 편지를 쓴다. 그래서 그쪽에 문제는 없는가. 기타 등등.

정성스럽고 아름다운 글씨였고 때때로 감정이 들어가면 힘찬 필치가 된다. 알아보기 쉬운 야오의 글씨였다.

'답장 쓸게.'

문제는 편지를 보내도 언제 도착할지 모른다는 점이지만 그것은 어쩔 수 없다.

다음으로 옌옌의 편지를 펼쳤다. 야오와 마찬가지로 기름종이로 보강한 편지였다.

"……."

마오마오는 옌옌의 편지를 한 번 뒤집어 보고, 천장을 올려다
보며 크게 한숨을 내쉬었다. 그리고 엄지와 검지로 눈가를 꾹
눌렀다.

다시 한번 편지를 보았다. 종이 크기는 야오의 편지와 같지만
옌옌은 거의 쌀알 크기만 한 글씨를 무슨 불경처럼 빼곡하게 적
어 놓았다. 내용은 9할이 야오 이야기였다. 이것은 편지가 아니
라 야오 관찰 일기가 아닐까 하는 생각이 들 정도였다.

어쩌면 무슨 중요한 말을 하려는 것인지도 모른다. 하지만 읽
으면 읽을수록 '아가씨 귀여워'로만 읽혔다.

하지만 야오가 아직 의관과 똑같이 일하는 것을 포기하지 않
았다는 사실이 옌옌의 걱정거리라는 사실은 알 수 있었다. 그
리고 또 하나, 무슨 고민이 있는 모양이었다. 하지만 쓰여 있는
내용이 그냥 암시 정도라 난감하다.

'미안, 눈치로 알아먹을 여유가 없어.'

그런 연유로 옌옌의 편지를 옆에 내려놓았다.

'마지막은 이 녀석이군.'

라한에게서 편지가 올 줄은 생각도 못 했다. 차라리 진시 앞
으로 보내는 게 낫지 않을까 싶다. 마오마오가 자신의 편지를
받으면 찢어 내버리리라고는 생각 못 했던 것일까.

일단 무사히 도착했으니 전달한 사람들의 노고를 생각해서 펼쳐 보기로 했다.

기름종이를 덧댄 편지였다. 야오나 옌옌의 편지와 똑같은 사양이다. 두 사람은 몰라도 라한까지 똑같은 걸 보내다니 묘하다는 생각이 들었지만, 원래 먼 곳에 편지를 보내려면 그런 종이를 사용하는지도 모르겠다.

일단 펼쳐 보니….

「야오 씨와 옌옌 씨가 **아직** 우리 집에 있는데, 어떻게 해야 좋을까?」

라한치고는 드물게 당황한 기색이 문장에서 배어났다. 그 외에는 서도에 있는 사람들이 건강한지를 묻고 있었지만 주요 주제는 두 사람 이야기였다.

'아니, 내 알 바야?'

마오마오는 편지를 살며시 접었다. 세 통의 편지는 일단 어디통에라도 넣어 두어야겠다. 돌팔이 의관이 찐빵을 넣어 두던 빈 상자를 받아 왔으므로 일단 그 상자에 넣었다. 빈 상자 하나 버리지 못하는 마오마오는 정말 서민이다.

약사의 혼잣말

8 화 : 도착하지 않은 편지

　리쿠손의 집무실에는 또다시 방대한 서류가 쌓였다. 연일 이 꼴이지만 필요한 일이니 어쩔 수 없다.

　열심히 서류 내용을 확인하는 단순한 작업. 문관이 부족한 만큼 리쿠손에게 일이 더 많이 돌아온다.

　대규모 황해가 일어난 후 한 달 이상 흘렀다. 황충 습격이 몇 번 있기는 했지만 그 후로는 잠잠해졌다. 하지만 잠잠해진 것은 황충들뿐이다. 그 몹쓸 벌레들은 먹이를 실컷 먹고 다음 세대를 남길 준비에 들어갔다.

　그러고 나서 사람들 눈에 비치는 모습은 피해를 입은 흔적뿐이니 참 난감한 노릇이다. 피해를 입은 농작물을 보충하는 데에만 신경을 쓰느라 다음 황해가 일어나지 않도록 구제하는 작업을 게을리 하면 자연스레 더 큰 황해가 일어난다.

　리쿠손 앞에는 머리가 아파지는 피해 보고서와 식량 지원 탄원서가 놓여 있었다. 모든 백성들을 구할 수 있는 힘이 있다면 좋겠지만 리쿠손은 기껏해야 중간 관리직일 뿐이다. 할 수 있는 일은 뻔하다.

피해를 입은 지역과 그 주변 인구에 맞춰 지원을 보내야 한다. 분배를 잘못하면 강탈 사건과 아사자가 늘어나게 된다.

리쿠손은 머리를 벅벅 긁어 헝클어뜨리고 싶어졌다. 자료와 맞춰 보면서 식량 재고와 분배를 생각해야 한다. 계산을 못 하는 것은 아니지만 대량의, 심지어 유달리 무거운 책임이 자신을 덮치고 있었다.

"라한 공이 있으면 좋을 텐데."

라한에게 이런 일은 식은 죽 먹기이리라. 한 손에 주판을 든 채 암산으로 계산을 끝내 버리겠지. 숫자로만 따지면 가장 공평하게 할당해 줄 것이다.

그러고 보니 라한에게서 편지가 오지 않는다. 황해 두 달 전에 받은 것이 마지막이다.

리쿠손은 황해 후 라한에게 두 번 정도 편지를 보냈다. 이런 정보를 싫어하는 남자가 아니니, 바로 답장을 보내 줄 것이라 생각했다.

황해 때문에 유통이 정체되었다는 사실은 알지만 두 번이나 도착하지 않았다니. 어쩌면 전부터 달의 귀인과 라한에게 문서를 몰래 숨겨서 보냈던 일이 들통난 것이 아닐까.

리쿠손은 나가려는 문관을 불러 세웠다.

"내 앞으로 온 편지는 없나?"

"리쿠손 님께는 아무것도 안 왔습니다."

문관의 대답은 쌀쌀맞았다. 리쿠손이 서도에 배속된 후 계속 얼굴을 마주하던 남자다. 다른 사람들에게는 여러 번 편지를 가져다주었으니 없다면 없는 거겠지만.

이상하다고 생각하는 사람은 리쿠손뿐일까.

라한이 술서주의 황해 사태를 모를 리가 없다. 그리고 호기심도 남들만큼은 있는 남자다. 요 한 달 사이에 상황을 묻는 편지를 리쿠손에게 당연히 보냈어야 했다.

중앙도 바쁜 걸까.

아니….

어쩌면 다른 누군가에게 편지를 보낸 것이 아닐까.

문득 그 생각이 들자, 라한이 말하던 여동생의 존재가 떠올랐다.

라한에게서 무슨 편지가 오지 않았는지 물어보아야 하나, 하고 생각하다 그만두기로 했다.

앞으로 자신은 마오마오에게 접근하지 않는 편이 좋다. 마오마오도 다가오지 않을 테고, 다가올 수도 없을 것이다.

쌍방을 위해 그래야 한다. 리쿠손은 그 때문에 농담 삼아 구혼한 것이다. 마오마오를 과보호하는 주변 사람들은 농담에도 민감하게 반응한다.

일단 확인을 마친 서류를 제출하기로 했다. 복도로 나가 문관을 불러 세우려 하니 중정 건너 반대편에 교쿠오가 보였다. 주위에는 무관이 여럿 있었다.

왠지 나가기 불편해진 리쿠손은 다시 집무실 책상에 앉아 탄원서를 집어 들었다.

"……."

농촌에서 영주에게 올리는 탄원서였다. 작물을 수확할 수 없으니 식량을 지원해 달라는 말과 함께 징병 이야기도 쓰여 있었다. 원래는 리쿠손의 눈에 들어올 일까지도 없이 처리되었을 문서다. 문관들이 대량의 서류를 처리하다 실수로 집어넣은 모양이었다.

탄원서에는 농민들 나름대로 성의껏 쓴 말들이 적혀 있었다. 과거에도 여러 번, 사재를 털어 보전해 준 일에 대한 감사의 내용도 있었다.

탄원서의 내용은 좋은 위정자에게 생떼를 쓰는 어리석은 농민의 어리석은 소망으로도 읽혔다.

또는 유능한 영주가 가난한 농민을 구제해 준 미담으로 보이기도 했다. 민중은 그것을 어떻게 받아들일까. 우민은 병사를 내놓는 일이 당연하다고 생각하리라.

"징병…."

무관을 거느린 교쿠오. 대체 무엇을 할 생각일까.

대재해가 지나가고 나면 백성들은 난폭해진다. 하지만 제압하기 위해 과연 징병까지 필요할까.

리쿠손은 후우, 하고 한숨을 내쉬었다.

민중에게 인기 있는 교쿠오. 미증유의 황해. 중앙에서 온 왕제와 군사.

여러 가지 요소가 모여 무대를 갖춘다.

하지만 리쿠손은 아직도 확신을 갖지 못했다.

마음속 깊은 곳에서 이렇게 생각하고 있기 때문이리라.

교쿠오가 좋은 영주였으면 좋겠다고.

9 화 : 회합

'신변의 안전을 위해'라는 말을 진시는 대체 몇 번이나 들었을까.

진시는 연금에 가까운 생활을 벌써 한 달 가까이 이어 가고 있었다. 행동 범위는 교쿠엔의 별저 안으로 한정되어 있다. 때로 본 저택이나 공소에 초대받기는 하지만 무관들이 엄중하게 주위를 둘러싼다. 옴짝달싹할 수 없었다.

이동할 때 마차 밖을 흘끔 내다보니 황폐해진 상황을 알 수 있었다. 하지만 원래는 이 정도로 그칠 일이 아니었을 것이다.

진시는 황해가 일어날 것을 어느 정도 염두에 두고 서도를 찾아왔다. 과거의 황해를 기록한 문헌도 조사했다. 작물은 전부 뜯어 먹히고, 굶주린 사람들은 서로를 잡아먹는 일조차 꺼리지 않았다고 한다.

황해가 일어나면 나라가 멸망한다는 말은 과장이 아니다.

그리고 불만과 분노의 화살 끝은 자연스럽게 나라의 정점에 있는 황족에게로 돌아온다. 얌전히 연금 생활을 견디고 있는 것도 그 때문이었다.

지금 진시의 행동은 전부 교쿠오에게 좌우되고 있다. 진시의 주변 사람들은 그 사실을 바람직하게 여기지 않는다. 뿐만 아니라 주인의 행동이 너무 미적지근하다고까지 생각할 터였다.

진시에게는 입장이라는 것이 있다.

자신은 현재 명목상 왕제로서 서도 시찰을 나와 있는 상황이다. 시찰이니 어디까지나 손님일 뿐이다.

이 형태를 무너뜨리기라도 했다가는 추후 폐해가 생겨날 것이다.

그렇게 생각하고 있었는데.

"달의 귀인께서는 너무 저자세이신 것 같다고 생각해요~"

마차 맞은편에 앉아 있던 취에가 천연덕스러운 얼굴로 말했다. 호위 외에 시녀를 하나 더 데리고 오기는 했지만 스이렌도 타오메이도 아니었다.

불의의 사태를 대비하여 제일 민첩하게 움직일 수 있는 자를 골랐다. 이번에는 호위로 가오슌이 동행했다. 평소에는 바셴이 함께 있었지만, 맞설 상대와의 상성이 나쁘다.

서도에서 진시가 받는 취급에 가장 화를 내고 있는 자가 바셴이다. 아무리 힘이 세도 자신의 마음을 다스릴 줄 모르면 곤란하다.

"이래서는 다들 교쿠오 님을 돋보이게 해 주는 역할로 쓰기 위해 중앙에서 데려온 무능한 도련님이라고 생각하게 될 거예요."

취에는 손가락 사이에 작은 구슬 몇 개를 끼우고 교묘하게 움직였다. 구슬이 부산스럽게 늘어났다 줄었다 했다.

"알고 있다."

그래서 지금 진시는 공소로 향하는 중이다.

진시는 손님이라는 입장이지만 서도에서 자신이 할 수 있는 최대한의 행동을 해 왔다고 생각한다. 사전에 준비해 온 식량을 사용하도록 심부름꾼을 보냈고, 그것은 즉시 사용되었다. 근린 마을에도 심부름꾼을 보내 피해 상황을 파악했다. 피해 상황에 따라 필요한 식량을 계산했다. 문관인 바료를 데려오길 잘했다는 생각이 들었다.

도성의 지원이 빨랐던 것은 라한네 형에게 연락받았을 때 바로 파발마를 보낸 덕분이었다. 아무 일도 일어나지 않는다면 그야말로 황족 도련님의 착각이었다고 하고 끝내면 된다.

주상과 여러 중진, 그리고 부하들에게는 황해가 일어날 가능성을 염두에 두라는 언질을 주었다. 그리고 서도에서 일어날 가능성도 생각했다.

하지만 지원 요청은 진시의 독단적 판단이었다. 황해가 반드시 일어난다는 확증은 없었다. 그래서 지원품을 실은 배가 최악의 경우 정박을 거절당할 가능성도 시사했다.

결과적으로 진시는 자신이 흙탕물을 뒤집어쓰든 말든 교쿠오라는 남자에게 모든 공을 몰아준 셈이 되었다.

황해가 일어나자 교쿠오는 진시에게 바로 사자를 보냈다. 진시는 자신이 무사하다는 사실을 알리고, 동시에 '중앙에 지원을 요청해도 되겠는가?'라고 확인했다. 그리고 물자 인수는 교쿠오가 해 달라고 부탁했다.

그 결과 원래 진시가 가져왔던 식량도 교쿠오가 배급하게 되었다.

도성에서부터 동행하여 사정을 다 아는 부하들은 비분강개했지만 이곳은 서도다. 진시가 직접 배급하려 해도 인원이 부족하다. 야외에서 밥을 짓고 음식을 나누어 줄 수 있는 고용인도 데려오지 않았다.

일을 신속하게 하려면 교쿠오의 힘을 빌리는 편이 가장 빠르다.

천재지변 때문에 사람들이 동요하는 가장 큰 이유는 불안이다. 죽 한 그릇, 주먹밥 한 개가 주어지기만 해도 불안은 상당히 해소된다.

시정 물가도 모른다는 이유로 툭하면 구박을 받았던 진시도 요 몇 년 동안 많이 발전했다.

풍요로운 도성에서도 배를 곯는 아이들이 빈 밥그릇을 앞에 놓고 구걸하는 모습, 얼굴을 가리고 어둠 속에서 손님을 잡는 몰락 유녀, 친자식을 창관에 파는 부모를 보았다.

시찰이라며 마차 안에서 바깥을 내려다보기만 할 것이 아니라, 실제 땅을 밟으며 걸어 다니다 보면 싫어도 많은 것들을 보게 된다.

비단 내의를 입고, 아무것도 섞이지 않은 흰죽을 먹고, 깨끗한 더운물에 매일 밤 몸을 담근다.

진시는 지금도 다른 백성들과 달리 굶주릴 일이 없다. 그 입장은 도대체 무엇을 위해서인가.

별것 아닌 자존심이 있다면 버려야 한다. 눈에 띄는 장면에 나서고 싶어 하는 사람이 있다면 세워 주면 그만이다. 괜한 고집으로 지원을 거절하기보다는 이용당하는 편이 훨씬 낫다. 아니, 어쩌면 진시가 이용하고 있는지도 모르겠다는 생각마저 든다.

왕제는 무능해도 된다. 백성들에게 바보 취급을 당해도 별문제 없다. 꼭두각시로 부려야겠다는 생각마저 들지 않을 정도로 하찮은 존재인 편이 낫다.

바센이 알면 어떻게 생각할까. 미친 듯 화가 나겠지만 진시에게 화풀이를 할 수는 없으니 방 안의 온갖 물건들을 다 부술지도 모른다.

진시는, 진시라는 이름이 마음에 든다. 설령 여자의 화원에서 수많은 꽃들과 환관들을 속이기 위해 만든 가짜 이름이라 해도.

누군가에게 불릴 일이 없는 '카즈이게츠'보다 타인의 입으로 들을 수 있는 '진시'가 좋다. 더 편하게 말을 걸어 주면 좋을 텐데, 라고 생각해 봤자 무리라는 사실은 알고 있지만.

그런 생각을 하는 사이 목적지인 공소에 도착했다.

"다 왔어요~"

취에가 눈을 가늘게 뜨며 밖을 내다보았다.

진시는 정신을 가다듬었다.

편한 것과 얕보이는 것은 다르다.

준비된 방 안에는 원탁이 있었다.

이미 교쿠오와 라칸이 앉아 있었다. 라칸은 한가한지 혼자 묘수풀이 바둑을 두고 있었다.

방 한구석에는 어떤 문서를 든 관리들이 대기하고 있었다.

가오슌과 취에가 서로 눈짓을 했다.

분위기를 보아하니 지난번, 지지난번의 만남과는 다르다. 무엇보다 라칸이 동석했다는 사실이 신경 쓰였다. 천재지만 변덕스러운 이 사내는 도저히 행동을 파악할 수 없다. 자리에 앉아 있다는 것부터가 대체 무슨 뜻일까.

"불러내서 죄송합니다."

교쿠오가 일어섰다.

역시 바센을 데려오지 않기를 잘했다. 황족이 방 안에 들어왔는데도 계속 앉아 있는 행동은 불손한 것으로 간주된다. 참고로 라칸은 묘수풀이 바둑을 그만둘 기색이 없다.

"무슨 볼일인가? 황해 이야기라면 자료를 몇 가지 가져왔다만."

가오슌이 문서를 내밀었다.

진시 측에서도 나름대로 식량 배분을 계산해서 적어 놓은 서류였다. 그리고 거기서도 식량이 부족할 때를 대비한 구황 작물이나, 다 키운 후 빨리 수확할 수 있는 작물을 조사했다. 이런 부분은 마오마오와 라한네 형의 지식에도 도움을 받았다. 또 약 등, 식량 다음으로 지원이 필요한 물자도 정리했다.

"황해 문제는 달의 귀인께서 매우 큰 도움을 주셨지요. 중앙에서의 지원이 이렇게까지 빨리 올 줄은 생각도 못 했습니다."

그야 빠르기는 했겠지. 진시가 교쿠오에게 신고하기 며칠 전이미 중앙에 지원을 요청했으니. 어차피 요청이 도착해도 회의에 상정하면 며칠 늦어지리라는 것을 염두에 둔 행동이었다.

"추가 지원이 계속 필요할 텐데?"

진시도 이미 자료를 훑어보았다. 지금의 식량 사정으로는 아마 2, 3개월쯤 버티는 것이 고작이리라. 지원에도 한계가 있다.

가능한 한 빨리 수확할 수 있는 작물을 심어야 한다.

"네, 지원을 부탁드리고 싶습니다. 인적 자원을."

"인적? 그게 무슨 의미지?"

하기야 사람 손이 부족하기는 하지만, 공연히 사람을 늘려 봤자 다 먹일 수 없다. 농민을 늘리라는 말이라면 차라리 현지인을 교육하는 편이 낫다.

"무관을 부탁드리려 합니다."

"무관? 도적 제압용으로?"

식량의 유무에 따라 빈부의 차가 여실히 드러나는 상황이다. 가난한 자는 끼니를 해결하지 못하고 결국 범죄를 저지르게 된다. 식량 지원을 서두른 이유는 범죄를 저지르기 전에 얼른 배를 채워 줌으로써 그 충동을 억제할 수 있기 때문이다.

교쿠오가 히죽 웃었다. 교쿠엔을 별로 닮지 않은 얼굴이었다. 상인이라기보다는 무관, 우아하다기보다는 용맹한 남자였다.

뒤에 서 있던 관리가 교쿠오에게 커다란 종이를 건넸다.

"이것을 봐 주십시오."

교쿠오는 탁자 위에 지도를 펼쳤다. 술서주 지도인데 곳곳에 먹으로 동그라미가 쳐져 있었다. 동그라미는 검은색과 붉은색으로 색이 나뉘어져 있고, 서쪽 지역으로 갈수록 붉은 동그라미가 많았다.

"흐음."

묘수풀이 바둑을 두고 있던 라칸이 고개를 들었다.

"도적인가?"

"그렇습니다."

동그라미는 도적이 나타난 곳을 표시하는 모양이었다.

"위치로 보아하니 붉은색은 이민족의 습격이로군."

"역시 잘 아시는군요."

교쿠오가 만족스러운 얼굴로 라칸을 바라보았다. 평소에는 하찮기 짝이 없는 중년이지만 인간의 움직임을 파악하는 데는 따를 자가 없다.

즉, 붉은 동그라미가 이민족으로 보이는 도적의 행패라는 뜻일까. 술서주가 국경 근처에 위치한 곳이기는 하나 아무리 그래도 너무 잦다고 진시는 생각했다.

"늘어난 건가?"

"네, 작년에도 많았지만 올해는 역시 특히 많습니다. 조금이나마 군비를 갖추긴 했지만 설마 황해가 일어날 줄은…."

징병을 진행하고 있다는 이야기는 들었으나, 여기서 이런 말을 들으니 진시는 대꾸할 말이 없었다. 교쿠오도 바보는 아니다.

"황해가 일어났기 때문에 도적이 리국까지 들어왔다고 생각하는 게 타당하겠지요."

황해는 광범위하게 영향을 끼친다. 대책이 없으면 없을수록 피해도 크다. 타국에서도 마찬가지로, 아니 그 이상의 피해를 입었다고 생각해야 옳다.

"그래서 이민족을 제압하겠다는 말인가?"

몇 년 전에도 있었지만 그때는 쫓아내는 일로 그쳤다. 장소는 술서주가 아니라 자북주의 서쪽이었던가.

"아뇨."

교쿠오는 새로운 지도를 그 위에 펼쳤다. 이번에는 더욱 넓은 범위의 지도로 샤오와 북아련, 아남까지 들어가 있었다.

"이곳을 노릴까요?"

교쿠오가 가리킨 곳은 샤오였다.

"…무슨 의미지?"

진시는 확인하듯 교쿠오를 쳐다보았다.

"보시는 그대로입니다. 이번에 피해가 특히 컸던 곳은 술서주에서도 서쪽에 기운 지역이지요. 각국에서 피해가 발생하여, 타국에서 작물을 수입하는 일도 어려워졌습니다. 하지만 그렇다고 식량을 육로로 운반하면 어떻게 될까요?"

아마 충분한 양을 나를 수 없을 것이다. 게다가 이민족의 습격은 물론 타국의 침공도 염두에 두어야 한다. 애써 긁어모은 식량을 눈 깜짝할 새 다 빼앗길지도 모른다.

"이 서쪽 지역에 식량을 전달하는 가장 빠른 방법은 무엇일까요? 육로가 아니라 해로라고 생각하지 않으십니까?"

그리고 샤오는 교역을 중심으로 하는 나라다. 해로든 육로든 접근이 쉽다. 식량을 안정적으로 공급하고 싶을 때, 샤오의 항구를 자유롭게 쓸 수 있다면 훨씬 편해질 것이다. 하지만 동시에 거액의 항구 사용료를 지불해야 한다. 샤오도 식량 불안 문제가 있으니 국내 유통 비용을 조달하기 위해 크게 바가지를 씌울 가능성이 높다.

"그것 때문에 전쟁을 벌이자고?"

진시는 최대한 목소리를 낮췄다. 공로를 가로채는 일쯤이야 얼마든지 당해도 상관없다고 생각했지만, 아무리 그래도 이 발언만은 용납할 수 없었다.

백성을 굶기지 않기 위해 하겠다는 일이 약탈이라니. 이래서는 도적이나 다를 바 없다.

"저런, 반대하십니까? 샤오와 전쟁을 할, 누구보다 큰 대의명분을 갖고 계신 분이 바로 달의 귀인이라 기억하고 있었는데요."

교쿠오의 말은 자신감으로 넘쳤다.

진시는 무슨 말인지 바로 알아들었다. 샤오의 무녀를 가리키는 이야기였다.

작년, 진시는 샤오의 무녀 하나를 죽게끔 하는 바람에 형식적으로 샤오에 빚을 지게 되었다.

실제로 무녀는 살아 있고, 진시가 몰래 숨겨 두고 있다는 사실을 교쿠오는 모르겠지만.

"무녀를 죽인 사람은 샤오의 여자. 아무리 중급 비로 후궁에 들어왔다고는 해도, 타국의 여자가 저지른 일을 전부 리국의 탓으로 돌리는 건 곤란하죠."

하기야 주위에서 보면 일방적으로 손해를 뒤집어쓴 것처럼 보이리라. 심지어 황족에게 창피를 주다니.

"샤오는 무녀를 죽여 리국을 협박했습니다. 전쟁의 명분으로는 충분하지 않겠습니까? **왕제 전하.**"

전쟁의 명분 따위, 시대에 따라서는 무엇이든 다 끌어다 쓸 수 있다. 황족에게 창피를 주었다는 일만으로 일족 전체를 몰살시킬 수도 있다.

"어떻게 생각하시죠? 라칸 공."

교쿠오는 라칸에게 물었다.

라칸은 묘수풀이 바둑을 그만두고 지도를 가만히 들여다보았다. 장기나 바둑판을 보는 눈빛이었다. 그러더니 부관에게 손을 뻗어 무슨 주머니를 받아 들었다. 주머니 속에는 장기 말이 들어 있었다.

"나는 대의명분 같은 건 잘 몰라. 그냥 장기에서 이길 뿐이지."

라칸은 지도에 말을 늘어놓기 시작했다. 부관이 미안하다는 표정으로 진시를 보고 있었다.

라칸에게 악의는 없다. 하지만 선善도 아니다. 자신과 피붙이에게 해가 되는 일만 아니면 아무것도 신경 쓰지 않는다. 그저 재미있는 유희에 참가할 기회가 있으면 놓치지 않을 것이다.

진시는 교쿠오가 라칸을 부른 이유를 알 수 있었다. 인간이라는 말을 다루는 장기. 땅을 뺏고 뺏기는 바둑. 둘 다 라칸에게는 유희에 불과하다.

"만일 달의 귀인께서 선두에 서 주신다면 서쪽 백성들은 사기가 하늘을 찌를 것입니다."

그리고 교쿠오가 진시를 부른 이유는 여기에 있었다.

"손님으로서의 당신이 아니라, 지도자로서의 당신을 모두가 보고 싶어 하지 않겠습니까?"

교쿠오는 착각하고 있다. 진시가 자신의 지위를 내세워 앞에 나서고 싶어 한다고 말이다.

황족으로서의 자존심을 자극하려는 것일까.

"그때는 제가 물심양면으로 최선을 다해 당신의 오른팔이 되어 드리겠습니다."

번득이는 눈빛이 따갑게 느껴졌다. 정말로 교쿠요 황후의 피붙이가 맞을까. 황후도 만만찮은 사람이지만, 그것과는 전혀 다르다.

교쿠오는 전쟁을 하고 싶어 죽겠다는 눈빛이었다.

"…무관을 부른다 해도, 전쟁을 치르게 되면 사람이 더 많이 필요하다."

"네. 이 서쪽 땅에는 충성심 강한 자가 많습니다. 설령 농민이라 해도 유사시에는 팔을 걷어붙이고 나서겠다는 자가 많지요. 왕제 전하의 깃발, 라칸 공의 전략. 그리고 미력하나마 요우 일족이 보좌할 것입니다."

"요우 일족…."

교쿠엔은 전직 상인이지만 술서주 전역에 그 힘이 미친다. 지금 세력은 어쩌면 17년 전 멸망한 이 일족을 뛰어넘을지도 모른다.

진시는 눈을 가늘게 떴다.

"그렇다면 교쿠엔 공은 이 사실을 알고 있는가?"

한순간 교쿠오의 눈썹이 꿈틀했다.

"아버지는 예전부터 샤오의 땅에 손을 뻗을 수 있으면 참 좋겠다고 말씀하셨습니다."

"호오, 그렇다면 교쿠엔 공은 아직 모른다는 말이로군. 그런데 요우 일족이 보좌에 나선다고?"

진시는 어디까지나 냉정한 태도로 대꾸했다.

여자들의 복마전, 후궁에 있을 때가 떠올랐다. 하지만 여자의 거짓말에 비하면 남자의 허풍 따위에서는 얼마든지 허점을 찾을 수 있다.

"하기야 해로의 이점을 생각하면 샤오의 항구는 정말이지 탐이 나는 곳이야. 하지만 폐해가 너무 커. 육로로 샤오를 면한 나라는 어떻지? 그쪽에서 들어오던 교역품이 뚝 끊길 텐데. 또 중립국 위치를 점하고 있는 샤오를 습격하면 과연 어떻게 될까? 약정을 어기는 야만스러운 나라라고 타국에 선언하는 꼴이 되지 않겠나? 교쿠엔 공이라면 그 점까지 계산했을 것이라 생각하는데."

교쿠엔은 전직 상인이다. 당장 눈앞의 이익만을 보는 사람이 아니다. 어떤 장애가 있는지 확실하게 확인할 것이다. 설령 아들이 편지를 보내 의견을 물었다 해도 시기상조라고 타일렀을 것이 분명하다.

교쿠오의 눈이 교쿠엔의 이름을 듣는 순간 흔들리는 느낌이 들었다.

그리고 불만 가득한 분위기를 내뿜는 듯했다.

진시는 표정을 누그러뜨리지 않았다. 교쿠오 입장에서는 아무리 왕제라 해도 자신의 반밖에 살지 않은 풋내기일 터였다. 분위기로 압도하려 하지 않을까….

"나는 중앙을 대표하여 와 있는 몸이다. 동시에 주상의 눈으로서 와 있지. 눈이 제멋대로 깃발을 드는 것은 이상하지 않은가?"

'주상'이라는 말에 뒤에서 대기하던 관리들이 동요했다. 관리들은 모두 서도 출신, 즉 교쿠오의 아군이다. 진시를 그냥 허수아비라고만 생각하고 있었으리라.

허수아비가 주인에게 반항하니 놀라서 술렁이는 것은 당연한
일이다.

속이 좀 후련한지 가오슌이 진시를 보고 희미하게 웃는 듯했
다. 취에는 엄지까지 치켜들고 있는데, 그러지 않아도 된다.

하지만 교쿠오도 순순히 물러서지는 않았다.

"그럼, 당신은 주상의 눈이기 때문에 스스로는 판단을 내리실
수 없다는 말씀입니까?"

역시 바센을 두고 오길 잘했다. 단순한 도발에 넘어가서는 곤
란하다.

"판단을 했기 때문에 이렇게 말하고 있는 것이다. 샤오를 침
공했을 때 피해보다 이익이 더 큰지는 계산했는가? 상인이라면
그것이 특기일 터."

진시는 도발에 도발로 받아쳤다. 이곳은 완전히 교쿠오의 영
역 안이었다. 진시도 지는 싸움을 하고 싶지는 않다. 여기서 추
격타를 가해야 한다.

"게다가 샤오를 공격하면 북아련이 가만히 있지 않을 것이다."

"북쪽 야만족들 무리가 두렵다는 말씀이십니까?"

"보자, 북아련에서 잡히는 붉은사슴이 우선 문제가 되지. 사
슴뿔은 질 좋은 정력제의 재료가 되니까. 후궁에서는 주상과
비들을 위해 매일 준비하고 있는 좋은 약이다."

진시는 자학을 담아 말했다. 한참 동안이나 환관 흉내를 냈던

입장이니 도발을 회피하는 일 따위는 너무나 쉽다.

"그리고 호랑이가 있다. 북쪽 땅에는 커다란 호랑이가 사는
데, 그 뼈로 술을 담그지."

호골주虎骨酒라고 한다. 자양강장에 좋다는 모양이다.

진시가 약에 대해 잘 알게 된 이유는 말할 필요도 없을 것이
다.

"약을 잘 아는 의관이 가르쳐 주었는데, 효능이 제법 강력하
더군."

정확히 말하면 의관은 아니지만 이 상대에게는 대충 말해도
통하리라. 또 효능이 정말 강력한지 어떤지도 사실은 잘 모른
다. 그런 약선요리는 후궁 요리사에게 맡겨 놓았기에.

"약에, 술이라."

라칸이 중얼거렸다.

"이봐, 온소. 전쟁이 시작되면 그런 약은 구할 수 없게 되는
건가?"

라칸이 부관에게 물었다.

"아주 못 구하지는 않겠지만 제법 비싸지겠죠. 전쟁이 시작되
기만 해도 약은 귀한 품목이 됩니다. 의사와 약사가 아주 곤란
해질 겁니다."

"그렇군."

라칸은 늘어놓았던 장기 말을 다시 주머니에 쓸어 넣고 자리

에서 일어섰다.

유능한 부관이라는 사실을 알 수 있었다. 진시가 라칸에게 말하고 싶었던 바를 자연스럽게 보충해 주는 것을 보니 말이다.

"라칸 공, 왜 그러십니까?"

교쿠오가 고개를 갸웃거렸다.

"미안하지만 난 그만 가야겠어."

라칸은 그렇게 말하며 등을 돌렸다.

"라칸 님, 기다려 주십시오."

온소라 불린 부관이 라칸의 뒤를 따랐다.

당황한 얼굴의 서도 사람들 앞에서 진시도 일어섰다.

"군사께서는 전쟁을 할 기분이 아닌가 본데, 나도 그만 돌아가도 괜찮겠지?"

교쿠오는 아무 말도 하지 않았다.

진시는 자리를 떴다.

"분한가 봐요."

취에가 작은 소리로 말했다.

안타깝게도 라칸의 성격은 진시가 교쿠오보다 조금 더 잘 알고 있었다.

약사의 혼잣말

10 화 ⋮ 황금비율

"이걸 어쩌나."

라한네 형은 고민하고 있었다. 의무실 탁자 위에는 커다란 지도가 펼쳐져 있었다.

"어떻게 해야 좋을까."

돌팔이 의관도 고민하고 있었다. 일을 시켜야 하기에 마오마오는 막자사발과 약초를 그 옆에 두었다.

"라한네 형이 왜 여기 있어요?"

보통은 의무실에 외부인이 출입하는 일을 달가워하지 않는다. 하지만 주위의 피폐한 분위기에 비하면 이곳이 그나마 제일 나으니 찾아오는 것도 이해가 된다.

"그게, 아저씨가 있어도 된다고 했는데."

"아가씨, 라한 형씨는 많이 지쳤어. 잘 돌봐 줘야지."

돌팔이 의관은 라한네 형의 이름을 라한이라고 착각한 모양이지만 고쳐 주기도 귀찮다.

라한네 형으로 말할 것 같으면 수일에 걸친 피로로 정정할 기력도 없는지, 아니면 알아차리지 못했는지, 아니면 익숙해져 버린 것인지 알 수가 없다.

'최고의 공로자이긴 한데 말이야.'

가만히 생각해 보면 황해로부터 수만 명의 목숨을 구했을지도 모르는 장본인이지만, 당사자는 전혀 알아차리지 못했다.

사태가 진정된 후 상을 줄 수 없을지 진시에게 물어보아야겠다.

"그런데 뭘 보고 있는 거예요?"

마오마오는 지도를 들여다보았다. 자세히 보니 꽤나 자잘한 글씨로 이런저런 말이 쓰여 있었다. 지방에 따라 다른 토양의 종류와 기후가 세세하게 적혀 있었다.

"황충 퇴치 여행을 떠났을 때 기록했던 지도야. 기왕 나갔으니 밭의 특징 같은 것도 적어 두고 싶었는데, 반 정도밖에 못 채웠어."

'어쩌지? 이 사람, 부려 먹을 만한데?'

그리고 부려 먹힐 만큼 부려 먹히며 쓸 만한 곳만 쏙쏙 뽑히는, 손해 보는 역할 담당이다.

하다못해 이번 일만큼은 제대로 평가해 주어야겠다고 마오마오는 생각했다.

"지도를 보니 어디에 작물을 심을지 고민하는 중인 건가요? 전에도 한 일 아닌가요?"

"이번에는 구체적으로 어떤 지역에 어떤 작물을 심는 게 좋을지 묻더라고. 계속 중앙에서 밥을 받아다 먹을 수는 없잖아? 비축분을 생각하면 최대한 빨리 키울 수 있는 걸 고려해야 해."

"고구마는?"

"키울 수 있을지 없을지도 모르는 걸 함부로 내줄 순 없어. 앞으로 몇 년은 더 실험해야 해."

라한네 아버지 같은 짓은 안 하는 모양이다.

"그럼 밀은요? 수확 못 한 밭 같은 건 전부 베어 버리고 새로 심으면 안 되나요?"

"밀은 키울 거야. 단 원래 키울 예정이었던 밭에만. 밀은 연작하면 수확량이 줄어."

"아!"

그랬지, 하고 마오마오는 고개를 끄덕였다.

"연작? 수확량?"

돌팔이 의관은 늘 그렇듯 이해를 못 하는 눈치였지만 일단은 옆에 있다.

"콩은 가능하지만 문제는 수확 시기가 늦다는 점이야. 그 점은 어쩔 수 없다 치고…."

라한네 형의 머릿속에는 농작물 재배 달력이 통째 들어 있는 모양이었다.

"제일 큰 문제는 종자야."

"종자? 씨앗 말이죠?"

"그래. 먹을 게 없으면 내년 씨앗을 남길 여유도 없어져. 그렇게 되면 끝장이잖아? 숙주를 시키느라 쓰기도 했고. 목숙은 그래도 괜찮은데 대두나 녹두를 몽땅 다 가져가 버리면 곤란하다고."

하기야 키울 씨앗조차 없으면 어쩔 도리가 없다.

"그런 연유로 빨리 키울 수 있는 작물과 밀 씨앗을 키울 밭에 대해 이래저래 생각해 봤어."

그리고 굉장히 규모가 큰 이야기인데, 당사자는 근처 밭 개혁 이야기라도 하는 듯 말하는 것도 무섭다.

라한네 형은 마오마오와 의논을 한다기보다는, 말을 내뱉음으로써 스스로의 머릿속을 정리하는 듯했다. 가끔 의논을 하자면서 해결책을 구하지 않는 경우조차 있다.

"역시 수확량과 인구와 토양의 질도 염두에 둬야 해. 계산은 별로 안 좋아하지만."

"라한이 있으면 계산이 빠를 텐데요."

"그 짜증 나는 안경 자식 얘긴 하지 마."

라한네 형이 쌀쌀맞게 대꾸했다. 요령 좋은 동생에 비해 형은 늘 꽝 제비만 뽑는 입장이니 어쩔 수 없다.

"동생이잖아요?"

"그럼, 너한테는 오빠냐?"

왠지 무의미한 언쟁이 될 것 같았기에 입 다물고 없었던 일로 하기로 했다.

"그러고 보니, 그 녀석한테서 편지가 안 오네."

"편지? 라한의 편지라면 얼마 전에 오지 않았나요?"

"나한테 온 건 아버지 편지뿐이야. 라한은 바지런히 편지를 쓰는 녀석이라 더 자주 올 줄 알았는데."

마오마오에게 왔으니 라한네 형에게 왔어도 이상하지 않다.

참고로 돌팔이 의관은 라한네 형이 '라한 형씨'가 아니라 '라한의 형'이라는 사실을 겨우 알아차린 모양이었다. 하지만 이름을 묻지는 않았다.

"……."

"왜 그래?"

"아뇨."

마오마오는 문득 며칠 전에 받았던 편지를 떠올렸다. 그때는 깊이 생각하지 않고 그냥 흘려보냈는데….

"잠시만 기다려 주세요."

"응? 으응."

마오마오는 2층 자기 방으로 올라갔다. 방에 들어가니 작은 생화가 꽂혀 있었다. 아가씨다운 취향의 가구는 전부 치웠지만 가끔 돌팔이 의관이 이렇게 꽃을 놓고 가곤 했다.

"이거다."

마오마오는 편지가 든 상자를 가져왔다.

"뭐지?"

"라한한테서 온 편지인데요."

"…그 녀석, 왜 이렇게 좋은 종이를 쓰는 거야?"

"장거리 이동을 견디기 위해서라고 생각했는데요."

마오마오는 라한의 편지를 가만히 내려다보았다. 기름종이를 뒤에 덧대서 보강한 종이다. 같이 온 야오와 옌옌의 편지도 같은 종이를 사용했다.

"이 글은 대체 무슨 의미인데?"

라한네 형이 왠지 험악한 표정을 지었다.

「야오 씨와 옌옌 씨가 아직 우리 집에 있는데, 어떻게 해야 좋을까?」

라는 문장을 가리키면서.

"이러쿵저러쿵 여차저차."

마오마오는 야오 일행 이야기를 짧게 했다.

이 시점에서 라한네 형은 어떤 표정을 짓고 있었을까. 눈꼬리를 치켜올리고, 눈을 부릅뜨고, 콧구멍을 벌렁거리며 짐승처럼 이를 드러내고 있었다. 머리카락은 하늘을 찌를 듯 솟구쳤다.

"흐이익…."

돌팔이 의관이 움츠러들었다.

마오마오도 솔직히 놀랐다. 평범한 라한네 형이 이렇게까지 분노한 표정을 지을 수 있을 줄이야. 그 모습을 나무에 조각하면 그야말로 귀신상이 될 듯했다.

"…그 자식, 나, 나를 오지에 몰아넣고, 자기는 미혼의 젊은 아가씨랑, 그것도 둘이나…."

옌옌이 있으니 그런 유의 실수는 결코 일어나지 않겠지만, 지금의 라한네 형에게 아무리 설명해 보았자 듣지도 않을 터였다.

"옛날부터, 그랬어…. 항상, 나중에 와서, 좋은 것만…."

돌팔이 의관이 겁을 먹기에, 마오마오는 근처를 지나가던 집오리를 잡아다가 라한네 형의 얼굴을 집오리 깃털에 파묻었다.

'받아라, 집오리 요법.'

잠시 후 라한네 형의 얼굴이 원래대로 돌아왔다. 집오리는 공짜로 일하지는 않겠다는 듯 돌팔이 의관에게 먹이를 달라고 졸랐다.

라한네 형이 다소 진정된 모습을 보고 마오마오는 본론으로 돌아왔다.

"그런데 이 문장, 뭔가 이상하지 않아요?"

"뭐어~? 어디가~"

라한네 형은 말투까지 바뀌어 버렸다. 라 가문 출신인 주제에 그럭저럭 괜찮게 생긴 얼굴도, 지금은 형언하기 힘들 정도로 비뚤어진 표정이 드리워져 있었다. 집오리가 안 된다면 고양이가 필요하겠지만, 안타깝게도 지금 이곳에 그 삼색 털뭉치는 없다.

"'아직'이 아니라 '또'라면 이해가 되는데요. 그 두 사람, 중간에 한 번 기숙사로 돌려보냈거든요."

"한 번? 이번이 두 번째라고?"

"라한네 형, 그 얼굴 너무 바짝 들이밀지 마세요."

"라한이라는 이름은 입 밖에 내지도 마!"

"아~ 알았어요, 알았어."

아무래도 라한네 형에게 동생의 여자관계는 역린인 모양이다.

만일 야오 일행이 숙부 문제 때문에 또다시 라한네 집으로 돌아왔다고 치자. 그럴 가능성은 생각할 수 있다. 하지만 라한이 '아직'과 '또'를 과연 잘못 쓸 사람일까?

'뭔가 마음에 걸리는데.'

마오마오는 라한의 편지를 물끄러미 응시했다. 편지는 기름종이에 딱 달라붙어서 떨어질 것 같지가 않았다. 아니….

'누군가가 벗기려 한 흔적?'

기름종이의 네 귀퉁이에 희미하게 벗겨진 듯한 흔적이 있었다.

'벗겼다가 다시 붙였나?'

마오마오는 다른 두 통의 편지도 확인했다.

라한의 편지에 누군가가 손을 댔다면 다른 편지도 똑같이 처리되었을 가능성이 높다.

문장을 자세히 확인해 보니 글자가 번져 있었다. 나중에 기름종이를 덧댔다가 앞장 글자까지 번진 것이 아닐까.

세 통의 편지, 혹시 전에도 무슨 일이 있었던 게 아닐까.

야오와 옌옌이 제안해서 한 일이라면 이 편지 세 통에는 연관성이 있을지도 모른다.

'불에 그을려 본다거나… 아니.'

기름종이를 붙였으니 불에 들이대면 타 버릴 것이 뻔하다. 굳이 기름종이를 붙인 이유는 혹시 편지를 조작하려 하는 상대가 내용물을 확인해 보고, 편지의 내용이 기밀 정보와 관련되어 있지는 않다고 방심하게 만들기 위해서가 아닐까. 그렇다면 기름종이는 그냥 속임수일 뿐이다.

마오마오는 편지를 물끄러미 들여다보았다.

라한네 형도 보았다.

돌팔이 의관은 일단 끼고 싶은지 생각에 잠긴 척을 했다.

"…이거, 정말 라한이 보낸 것 맞아?"

"왜죠? 라한의 글씨예요. 슬프지만 현실을 받아들이세요."

"무슨 소리야! 그게 아니고, 그 자식이 숫자에 유달리 집착한다는 건 알지?"

"네."

그것은 싫어도 안다.

"이 편지, 모양이 비뚤지 않아?"

라한네 형이 라한의 편지를 펼쳐 들었다.

"딱히 이상한지는 잘 모르겠는데요."

"아니, 이상하잖아. 그 자식은 편지를 쓸 때 항상 세로 5치, 가로 8치인 종이밖에 안 써."

"그런 걸 제가 어떻게 알겠어요?"

라한이 말하는 아름다운 비율이라는 것일까.

안타깝게도 마오마오는 라한의 편지에 그만큼 관심이 없다.

"종이가 부족했던 게 아닐까요?"

"아니, 넌 그 자식이 얼마나 숫자에 집착하는지 몰라서 그래. 내가 앞머리를 살짝 비뚤게 잘랐을 때 난 오히려 별로 신경 안 썼는데, 자는 사이에 그 자식이 멋대로 반듯하게 잘라 놓은 적이 있었어. 손톱만큼의 오차 때문에 머리카락이 거의 사라질 때까지 잘려 나간 내 마음을 네가 알겠어? 그 자식이 다섯 살 때 일이야."

"동생하고 얽히면 좋은 꼴을 못 보네요."

동생이랄까, 가족이랄까.

"그런 라한이라면 무슨 이유가 있을 거야."

라한네 형은 편지를 가만히 들여다보았다.

마오마오는 다른 두 통의 편지를 보았다. 야오의 편지는 라한 보다는 길지만 옌옌의 편지에 비하면 훨씬 나았다. 옌옌은 길 기도 긴데 글씨가 쌀알만 해서 읽고 싶지도 않았다.

라한과 야오의 글씨는 딱 좋은 크기라 읽기 편한데 말이다.

마오마오는 문득 라한의 편지와 야오의 편지를 겹쳐 보았다. 세로 길이는 딱 맞고, 가로 길이는 정확히 세 배다.

두 사람 다 글씨가 균일해서 겹쳐 보니 거의 들어맞았다. 가끔 야오의 감정이 깃든 부분만 글씨 크기가 살짝 달라진 정도 였다.

"이건…."

"왜 그래?"

유곽의 녹청관에는 과거 수험생이나 합격자가 오는 일도 드물지 않다. 그들의 말에 따르면 시험을 볼 때 고생스러운 점은 비좁은 움집 같은 자리에 앉아서 며칠에 걸쳐 계속 글을 적어야 하는 부분이라고 한다. 견본과 똑같이 균일한 크기로, 아름답 게 글씨를 써야 한다던 말이 떠올랐다.

"가로와 세로."

글씨 크기뿐만 아니라 세로줄에 들어가는 글자 수까지 똑같 다.

마오마오는 야오와 라한의 편지 귀퉁이를 맞추고, 라한의 '아 직'이라는 글자에 해당하는 야오의 편지 글자를 뽑아냈다. 그

리고 편지를 옆으로 밀어서 마찬가지로 '아직'의 자리에 있는
글자를 확인했다. 야오의 편지는 라한의 편지보다 가로로 정확
히 세 배 컸다. 다시 한번 편지를 옆으로 밀어 똑같은 자리에
있는 글자를 확인한 뒤, 세 글자를 이어 보았다.

"석, 탄, 찾아."

"석탄?"

"석탄 말이군요. 불타는 돌 얘기예요. 사용법에 따라서는 약
이 될 수도 있지만, 폐해도 크다고 들었는데요."

마오마오의 양아버지 뤄먼은 약이 동시에 독이라는 사실을
알고 있었다. 가능한 한 폐해가 없는 약을 사용하기 때문에 마
오마오에게는 그리 익숙지 않은 사실이었다.

"그 석탄이 어쨌다는 거지?"

"저는 잘 모르겠네요. 하지만 만일을 대비해 보고는 해 둘까
요?"

단순한 우연이라면 좋겠다고 생각하면서 마오마오는 편지를
상자에 넣었다.

"마오마오 씨, 마오마오 씨."

"왜 그러세요, 취에 씨?"

두 사람 사이에서 이 대화는 이미 정착되어 있었다. 하지만 취에가 하루 일과를 마치고 마오마오의 취침 직전에 찾아오는 일은 드물었다.

"무슨 일이에요, 이런 시간에?"

"네, 네. 라한 씨의 석탄 운운에 대한 보고예요."

마오마오는 이미 진시에게 라한의 편지에 대해 보고한 상태였다.

하지만 취에가 이런 시간에 찾아온 것을 보니 대강 결과는 예상할 수 있었다.

"사실 라한 씨가 달의 귀인 앞으로 보낸 편지가 거의 없었어요."

"역시⋯."

"아마 두 번에 한 번 꼴로는 왔겠지만, 아무리 멀어도 달의 귀인께 보내는 편지가 절반의 확률로 우편 사고를 당한다는 건 이상하잖아요?"

"흐음."

즉, 누군가가 라한의 편지를 빼돌렸을 가능성이 있다는 뜻이다.

그래서 꼭 무슨 말을 전달해야 했던 라한이 마오마오 앞으로 수수께끼 같은 편지를 보냈다면 납득이 된다. 어디까지나 진시에게는 가지 않는 부수적인 편지로, 그 누구에게도 들키지 않도록 마오마오 일행만 알아볼 수 있는 형태로 보내면 된다.

"알아차려 주면 다행이라는 느낌으로 보낸 걸까요?"

"그렇죠. 마오마오 씨랑 라한네 형이 같이 있지 않았다면 풀 수 없었을 테고, 마오마오 씨가 라한 씨의 편지를 받자마자 먹어 버렸다면 의미 없는 일일 테니까요."

"아무리 그래도 편지를 먹지는 않아요."

마오마오는 가끔 취에의 농담을 알아듣지 못할 때가 있다.

"네, 하지만 취에 씨네 염소는 가끔 먹는답니다."

"아직도 키우고 있군요?"

"네, 언제든 신선하고 비릿한 젖을 먹을 수 있죠."

"말만 들으면 별로 맛없을 것 같은데요. 그러고 보니 저녁 식탁에 염소고기가 오를 때마다 드디어 잡았나, 하고 생각하곤 했어요."

"엄마 염소는 아기를 낳고 젖도 제공해 준답니다. 아기는 수놈이어서, 또 한 마리 염소의 신랑이 되었죠. 아빠 염소는 먼 곳으로 가 버렸어요. 그렇게 늘었다 줄었다 해서 변함없이 세 마리예요. 아빠 염소는 취에 씨의 마음과 배 속에 영원히 살아 있을 거예요."

즉, 한 마리는 잡아먹은 모양이었다. 지난번에 티엔요우가 해체하던 가축이 혹시 그것이었을까.

"자, 그럼 본론으로 돌아갈까요?"

"그렇게 해 주세요."

취에의 잡담을 듣다 보면 날이 샐지도 모른다.

"석탄 이야기인데요, 사실 술서주에서는 소량이나마 석탄이 채굴되고 있나 봐요."

"호오, 호오."

"그런데 그것이 20년쯤 전의 이야기인지, 최근 들어서는 채굴된 기록이 없대요."

왠지 마음에 걸리는 이야기다.

"20년쯤 전이라면 혹시 기록이 아예 없다는 결말인가요?"

이 일족 숙청 사건이 벌어진 것이 17년 전. 당시 자료 따위는 그 난리통에 다 불태워졌을 것이다.

"네, 맞아요~ 아마 숙청된 측에 탄광 관리를 하던 사람이 있었던 게 아닐까 싶어요."

"그거 곤란하네요. 하지만 석탄을 직접 캐던 사람들이 있지 않나요?"

"그 부분도 난리 후의 어수선한 분위기 속에서 다 흐지부지되고 만 것 같아요. 채굴량을 그렇게 많이 기대할 수 있는 곳도 아니라, 그냥 파기된 게 아닐까…."

"그렇다면…."

"라는 걸로 해 두면 참 편하겠죠?"

취에가 뜻밖의 발언을 했다.

"마오마오 씨, 교쿠오 님이 진시 님과 군사 아저씨를 불러서 이야기를 나눴다는 사실 알아요?"

"몰라요. 알고 싶지도 않고."

마오마오는 명확히 거절의 의사를 표했다.

"아무래도 교쿠오 님은 타국에 전쟁을 걸고 싶은가 봐요."

"결국 내 의사는 무시하고 그냥 얘기하네요, 취에 씨."

"네, 정보를 공유해야 하는 상대에게는 반드시 전달하는 취에 씨거든요."

마오마오 입장에서는 별로 듣고 싶지 않은 내용이었다.

일부러 마오마오의 방으로 한밤중에 찾아온 이유가 다 있었다. 돌팔이 의관이 들었다면 난리가 났으리라.

"자, 그래서 어디랑 전쟁을 하려는 걸까요?"

"난 안 들려요~"

마오마오가 귀를 막자 취에는 눈을 가늘게 뜨더니 간지럼을 태우기 시작했다.

"앗, 거긴⋯."

간지럼을 견디지 못하고 마오마오는 침대로 쓰러졌다. 취에가 그 위로 몸을 덮쳤다.

마오마오는 귀를 막을 수 없었다. 취에가 귓가에 속삭였다.

"북아련이 아니라, 샤오를 노리나 봐요."

'듣고 싶지 않아.'

듣고 싶지 않았지만 들은 이상 질문은 하고 싶다.

"샤오를 왜요? 그 나라를 습격하면 손해가 더 크지 않아요? 물론 다른 나라를 습격하는 일도 바보짓이라고밖에 할 수 없을 테지만요."

"그러게요~ 이점이라 하면 제일 가까운 도시를 함락시킬 경우 항구가 따라온다, 해로를 마음대로 쓸 수 있다는 것은 매우 큰 장점이다, 작물 수입이 굉장히 편해진다, 그 정도겠죠?"

그것만으로는 부족하다고 마오마오는 생각했다.

"그리고 샤오는 작년에 무녀 사건이 일어난 덕에 트집을 잡기가 쉽다나 봐요. 제일 큰 피해를 본 달의 귀인을 앞세우면 한층 더 편하겠죠."

얼핏 보기에는 괜한 시비 같지만 분명 뒤에서 무슨 거래가 오 갔을 것이다. 하지만 무녀에게서 정보를 끌어낼 경우 공격하는 입장에서는 상당히 유리해질 텐데, 교쿠오는 무녀가 살아 있다 는 사실을 알고는 있을까? 아니, 모를 것이다.

"또한 피폐한 분위기 속에서 사람들은 흉포해지기 마련이죠. 그 화살 끝이 권력자에게서 벗어나 타국을 향하면 어떻게 될까 요? 황해로 일자리를 잃은 사람들은 그냥 두면 도적 신세로 전 락하겠지만, 그런 사람들도 전쟁터의 장기 말이 되면 군사 아 저씨가 다 요령껏 배치해 주지 않겠어요?"

전쟁을 시작하기에 썩 놀랍지는 않은 이유다. 하지만 마오마 오도 바보는 아니다.

"하지만 샤오는 중립국이니 만일 침공할 경우 다른 나라들이 가만 두고 보지 않을 텐데요? 취에 씨."

"그렇죠. 특히 북아련 같은 곳이 문제예요~ 쳐들어가서 단 숨에 항구만 함락해 버리면 어떻게든 되겠지만, 그래도 불리한 건 사실이죠. 돈도 많이 필요하고."

취에가 폴짝 뛰어올랐다.

"그때 탄광이 있었다는 산이 이곳 서쪽 끄트머리에 있었다면 어떻게 될까요?"

"서쪽 끄트머리…."

즉, 샤오와 접한 장소라는 뜻이다.

"리국에서는 석탄을 별로 안 쓰지만 목재가 흔치 않은 지방에서는 목탄을 대신할 귀중한 연료로 쓰이죠."

"그런 것 같더라고요."

마오마오는 실제 사용해 본 적이 없기에 잘 모르지만, 나무를 굳이 숯으로 만들지 않고 그대로 쓸 수 있는 불타는 돌이 있다면 분명 쓸모가 있으리라.

"태우면 냄새가 지독하기 때문에 목탄만큼 추천할 수 있는 물건은 아니라지만요."

아버지 뤄먼은 유학 중에 석탄을 태워서 이용해 본 적이 있다고 한다. 석탄을 태울 때 나오는 부산물은 독이면서 약도 된다고 했다.

하지만 채굴이 어려우면 의미가 없다. 중앙에서는 전 황태후가 삼림 벌채를 금지한 적도 있었지만, 그래도 석탄에 비하면 목탄이 훨씬 뛰어나면서 저렴한 연료다.

"그래요? 어떤 냄새가 나는데요?"

"으음, 저도 맡아 본 적은 없지만 자극적이고, 한 번 맡으면 잊을 수 없는 그 특유의 냄새가 있다고 하더라고요. 태워 보면 알 수 있지 않을까요?"

마오마오는 침대에 앉은 채 취에를 바라보았다.

"호오. 그럼 혹시 석탄이 잔뜩 매장되어 있고, 샤오 측에서 그것을 채굴할 수 있다면? 심지어 해로로 수출할 수 있다면 어떨까요? 게다가 샤오 측에서는 아직 석탄이 묻혀 있다는 사실도, 그 가치도 잘 모른다면? 뭐, 가치를 모를 리는 없겠지만요."

전쟁을 할지 말지는 이익이 나오느냐 안 나오느냐에 따라 달라진다.

"석탄에 다른 용도가 있다면 또 크게 바뀌겠지만, 그 점은 제쳐 두고."

취에가 양손으로 무언가를 옆에 내려두는 시늉을 했다.

"라한이 왜 찾으라고 했는지, 그 의미를 알겠네요."

마오마오는 단숨에 지쳐 버렸다.

라한은 무엇인가 정보를 얻어 이 술서주에 석탄이 있다는 사실을 알았다. 그리고 중앙에 남아 있는 술서주의 자료를 찾아냈다. 그때, 기록상으로는 석탄 채굴이 벌어진 적 없다는 사실을 알게 되었다면….

'농작물 생산량을 부풀려 보고하는 것과는 이야기가 달라.'

확실히 이것은 중앙에서 온 손님에게 들키면 곤란한 내용이다.

'국가에 비밀로 하고 탄광을 운영하고 있었다는 말인가?'

그렇게 되면 흉년이 든 농민들에게 자비를 베풀 여유가 생긴다. 심지어 그것이 교쿠오 혼자만의 판단이라고는 생각하기 힘들다.

불쾌한 땀을 뻘뻘 흘리는 마오마오와 달리 취에는 천연덕스러운 얼굴이었다.

"취에 씨."

"왜 그래요, 마오마오 씨?"

"그건 어디까지나 추측의 영역을 벗어나지 않는 이야기죠?"

마오마오의 좌우명이다. 추측만으로 행동하지 말 것. 이럴 때일수록 아버지의 말이 떠오른다.

"네. 하지만 수상쩍은 증거가 몇 가지 있긴 해요."

취에는 마오마오의 희망을 뚝 부러뜨려 버렸다.

"탄광은 위험한 장소잖아요? 그러니 당시엔 많은 노예들을 부렸다고 생각할 수 있죠. 맞아요, 바람을 읽는 민족의 생존자 중에서 한때 노예로 부려 먹힌 자들이 있을지도?"

"……"

취에의 정보망이라면 이미 옛 탄광 관계자들의 이야기도 다 들어 두었을지 모른다. 취에의 정보망으로 교쿠오의 모친이 바람을 읽는 백성 출신이라는 사실도 알아냈으니.

"동포가 궁지에 몰렸다면, 그것을 돕는 일은 대의명분이 되겠죠. 정의의 편인 거예요. 17년 전에 이 일족이 멸망당한 이유가 될 수 있지 않을까요?"

취에의 말은 이미 마오마오에게 들리지 않았다. 그저 한 가지, 머릿속에 있는 것은….

"취에 씨."

"네, 네."

"진시 님은 이득이 있다면 전쟁을 벌일까요?"

취에는 생글생글 웃기만 했다.

"그럴 수 있을 것 같아요?"

취에는 질문으로 대꾸했다.

'자기가 먼저 벌일 수는 없을 거야.'

마오마오의 생각을 읽은 듯 취에는 웃었다.

"달의 귀인은 평화로운 때일수록 유능한 분이에요."

칭찬인지 아닌지 알 수 없었지만 마오마오는 아주 조금 안심했다.

1 2 화 ⫶ 모자(母子) 싸움

　진시가 아침 식사를 마쳤을 무렵 멧돼지 같은 남자, 아니 바셴이 찾아왔다. 익숙해져 버렸는지 이미 머리나 어깨 위에 집오리가 올라앉아 있는 일은 신경도 쓰이지 않는다.

　"무슨 일인가요? 그렇게 요란한 발소리를 내다니."

　타오메이가 아들을 야단쳤다. 그 외에도 야단칠 일이 있을 텐데 타오메이 또한 익숙해진 모양이었다.

　"어머님! 지금 상황에서 어떻게 입을 다물고 있으란 말입니까?"

　바셴의 목소리에 집오리까지 덩달아 꽥꽥거리며 날개를 펼쳤다.

　"어머님이라니! 이곳은 일터입니다!"

　타오메이가 바셴을 철썩 때렸다. 집오리가 깜짝 놀라 퍼덕퍼덕 날갯짓을 하다 방 밖으로 나가 버렸다. 부조리한 일이지만 이것이 가오슌 일가의 일상이니 어쩔 수 없다. 진시도 익숙해졌다. 익숙해지긴 했지만 피곤하다.

"어머나, 참."

스이렌이 손으로 뺨을 감싸고 미소를 지었다. 취에는 불똥이 튀는 게 싫은지 드물게도 얌전히 있었다. 참고로 바료는 늘 그렇듯 장막 안쪽에 틀어박혀 있다. 종이 넘기는 소리가 들리는 것을 보니 진시의 업무를 준비하고 있는 모양이었다.

가오슌은 마침 방 안에 없었다. 있었다면 가장 괴로운 표정으로 아내와 아들을 지켜보고 있었으리라.

"바센, 근위병으로서의 자각을 가지세요. 부하가 당황해서 허둥대는 것은 주인의 허물이 됩니다."

"하지만 지금 이 상황을 정말 입 다물고 보실 수 있단 말입니까? 타오메이 님!"

어머님이라고 부르지 말라기에 바센은 호칭을 바꾸었다. 취에가 애써 웃음을 참고 있었다.

"중앙에서 온 관리들은 아무 말이 없지만 서도 관리들은 대체 뭡니까! '달의 귀인은 유명무실한 수장일 뿐 아무것도 안 한다, 교쿠오를 본받았으면 좋겠다'며 비웃고 있다고요!"

타오메이의 손이 또다시 허공을 날았다. 이번에는 주먹이었다. 취에가 "히익!" 하고 양손으로 얼굴을 감싸며 뺨을 오므렸다. 궁금한지 바료가 장막 틈새로 내다보고 있으나 어디까지나

견학일 뿐이다.

"경칭을 붙여야지요. 그 어떤 놈이라 해도 지위는 당신보다 위입니다. 누가 트집이라도 잡을 경우 달의 귀인의 얼굴에 먹칠을 하게 될 것이에요."

'그 어떤 놈'이라는 말에서 타오메이도 상당히 참고 있는 모양이라고, 진시도 눈치를 챘다.

안타깝게도 진시는 환관 시절 그런 말에 이미 익숙해져 버렸기에 아무 생각도 들지 않았다.

어쨌든 모자가 계속 싸우게 둘 수도 없었기에 할 수 없이 진시가 나섰다. 스이렌이 말린다는 방법도 있었지만, 당사자인 스이렌이 진시를 말끄러미 쳐다보고 있으니 어쩔 수 없다.

"두 사람 다 그만해라."

""하지만….""

이럴 때만 합이 잘 맞는다.

"어차피 서도에서는 내 인상이 별로 좋지 않은 게 사실이지 않으냐. 이미 알고 있던 일이다. 이제 와서 무얼."

"하지만 달의 귀인께서 하신 일을 교쿠오… 공의 공적으로 빼앗기고 있습니다. 앞에 나서서 확실하게 말씀하시는 편이 좋지 않을까 합니다."

"…내가 앞에 나서면 무슨 좋은 일이라도 있나?"

"""""……."""""

모두 입을 다물었다.

진시는 먼저 스이렌을 쳐다보았다.

"호위를 추가해야겠네요."

다음으로 타오메이.

"입장상 교쿠오 공의 허가를 받아 와야겠지요."

타오메이에게 교쿠오는 '님'이 아니라 '공'인가 보다.

"환자, 부상자의 위문을 나간다는 명목으로 의관도 붙일까요?"

바센이 드물게도 멀쩡한 말을 했다.

"그런데 요즘 완전히 잊힌 일이지만, 달의 귀인의 옥안에 내성이 있는 자가 대체 몇이나 될까요? 솔직히 그냥 틀어박혀 사는 게 훨씬 편하지 않을까요?"

취에의 말에 모두가 "윽!" 하고 입을 다물었다.

"…아내나 애인이 달의 귀인을 보고 마음을 빼앗겨 버렸다는 고충, 저는 안 받고 싶어요. 위장이 너무 쑤셔요."

장막 안쪽에서 바료가 중얼중얼 말하는 소리가 들렸다.

""""""…….""""""

모두 아무 말이 없었다.

바깥에서 소란스러운 소리가 들렸다. 오늘도 어딘가에서 싸움이 벌어진 모양이다.

"이런 건 어떨까요?"

제일 먼저 입을 연 사람은 취에였다. 취에는 진시의 의상함에서 허리띠를 하나 꺼내, 바센의 앞에 내밀었다.

"어머, 그런 수가 있었네."

스이렌은 그것만으로도 취에가 무슨 말을 하고 싶은지 이해한 듯했다.

"뭐야, 그런 수라는 게?"

바센은 상황 파악이 안 되는지 고개를 갸웃거렸다.

취에가 씨익 웃었다.

"달의 귀인께서 굳이 앞으로 나서지 않으셔도, 달의 귀인이 일을 하는 모습을 보이기만 하면 문제없겠죠?"

진시도 취에의 말뜻을 알아들었다.

"바센."

"네, 무슨 일이십니까?"

"그 허리띠를 주마. 바로 착용하고 내 대신 일을 해 다오."

"네?"

바센은 멍한 얼굴로 허리띠를 뚫어져라 들여다보았다.

13화 : 위문

49일째.

약초 추가분이 도착했지만 아직도 모자라다. 차 대용으로 끓이던 민들레도 다 떨어졌다.

50일째.

붕대 소독 차례가 돌아왔다. 완전히 너덜너덜해져서 쓸 수 없다. 못 쓰는 천을 다 모아 놓아야겠다.

51일째.

취에가 내일 하루 비워 놓으라고 했다.

52일째.

서도 광장 근처, 원래는 빈집이었던 곳을 개조한 건물이 간이 진료소로 바뀌었다. 진료 개시 전인데 벌써 줄이 늘어서 있다.

황해 소동으로 부상을 입은 사람들이나 환자를 무료로 진찰해 준다고 한다. 밥 짓는 장소도 가까웠기에 진료소는 북적거렸다.

"냥냥이 도와주러 왔구나."

이 말을 한 사람은 리 의관이다. 중견 의관 중에서 유달리 고지식하고 벽창호 같은 인물인데, 마오마오를 잘못된 이름으로 기억하고 있다.

요우 의관과 리 의관, 그리고 티엔요우가 이 진료소에서 환자와 부상자를 돌보고 있었다. 진시의 안배였다.

"마오마오입니다."

"…마오마오라고?"

"마오마오입니다."

정정해 주니 제대로 받아들여 줄 모양이었다. 류 의관도 만나면 정정해 줘야겠다. 라한네 형처럼 초월적인 힘에 의해 방해를 당하지는 않았으니.

'서도에 처음 올 때는 조금 걱정스럽긴 했는데….'

그 고지식했던 의관도 햇볕에 그을려 피부가 가무스름해지고, 연일 이어지는 노동 때문에 볼살이 조금 빠져 있었다. 하지만 야위었다기보다는 군살이 빠져 근육이 드러났다는 인상이라서 처음 느꼈던 우등생 같은 이미지에 야성미가 더해졌다.

"달의 귀인께 명을 받고 왔습니다. 구엔 님은 달의 귀인 곁을 벗어나실 수 없어서 제가 대신 왔습니다."

마오마오도 학습할 줄 아는 인간이다. 돌팔이 의관의 이름을 드디어 외웠다.

'돌팔이가 아버지 대리라는 건 다들 모르는 것 같긴 하지만.'

이 방에는 마오마오 외에 호위 리하쿠와 취에, 바센, 리 의관까지 넷밖에 없으니 말해도 문제없으리라. 잠깐 인사를 했을 뿐이지만 환자를 제쳐 놓았다는 것이 미안하게 느껴졌다.

참고로 마오마오가 나서서 대화를 나누고 있는 이유는, 바센의 인사가 이미 끝난 지 오래이기 때문이었다. 바센은 침착하지 못한 얼굴로 진료소 안을 둘러보았다. 방 밖에는 호위 두 명이 더 있어서 바센을 지키고 있는데, 솔직히 바센에게 호위 따위는 필요 없다고 말할 수 있는 분위기가 아니다.

'침착할 수 없겠지.'

바센은 늘 입는 무관복이 아니라 다소 멋을 낸 옷을 입고 있었다. 그리고 허리에는 진시에게 하사받은 허리띠를 둘렀다. 조개로 염색한 화려한 보라색 띠는 서민이 구할 수 있는 물건이 아니다. 누가 봐도 신분을 바로 알 수 있게 해 주는 물건이었다.

즉, 진시의 대리로 위문을 온 상황이었다.

'위문을 보낸다 해도….'

상황에 맞는 인물이 있을 텐데, 하고 마오마오는 생각했지만 이 상황에서 진시가 앞에 나설 수도 없을 터였다.

리 의관이 마오마오를 보았다.

"약은 네가 솔선해서 만들어 주고 있다고 티엔요우에게 들었다."

"그러셨군요."

쓸 만한 약이 부족하다고 한 소리 들을까 싶어 마오마오는 마음의 각오를 했다.

"보내 준 약은 그럭저럭이더군. 대용품으로 잘 쓰고 있다."

일단 칭찬이긴 한 모양이다.

"뭐 도와드릴 일은 없을까요?"

"일은 얼마든지 있지. 붕대 세탁, 열탕 소독, 끊임없는 싸움에서 발생하는 부상자 치료. 그 외에도 영양 부족으로 괴혈병과 각기병도 생겨나고 있어."

"알겠습니다. 우선 부상자 치료부터 하면 되는 거죠?"

마오마오는 짐을 내려놓고 손을 씻었다. 영양 부족 문제는 처리할 도리가 없다.

"그럼, 저는 붕대를 세탁할게요."

취에가 불쑥 끼어들어 말했다.

"나는 뭘 하면 좋지?"

"호위분은 얌전히 앉아 계십시오. 그게 제일 도움이 되는 일입니다."

리 의관이 묘하게 날카로운 눈빛으로 말했다.

"알겠다. 하지만 의자는 필요 없어."

리하쿠가 입구 근처로 가서 섰다.

"나, 나는⋯."

바센은 평소와 입장이 달라져서 어찌할 바를 모르고 쩔쩔맸다. 누가 명령을 내려 주면 참 좋을 텐데, 하는 얼굴로 리 의관을 본다.

"으음, 바센 님은⋯."

원래 우등생인 리 의관은 대답하기 힘들어 보였다. 무슨 명령을 내리면 실례가 되지 않을까 긴장하는 눈치였다.

'바센도 일단은 이름 있는 일족이니까.'

심지어 진시의 부관이라면 이미 지위가 리 의관보다 한참 위일 것이다.

"바센 님은 이쪽에 앉아서 약을 건네주시는 게 어떻겠습니까? 제가 준비할 테니 주머니에 담아서 건네주십시오."

"알겠다."

괜히 복잡한 일을 시키거나 힘쓰는 일을 맡길 수도 없으니 이런 타협안이 나올 수밖에 없다.

"겸사겸사 노고를 치하하는 말씀도 한마디씩 해 주십시오."

"뭐, 뭐라고 하면 되지?"

"으음…. '리국 백성들이여, 부디 건강하게 살아 다오'라는
건 어떨까요? 바센 님이 '건강 조심하세요'라고 말하기는 좀 그
렇잖아요~"

췌에가 끼어들었다. 시동생이지만 '님'을 붙여서 불러 주고
있다.

"그렇군요. '리국 백성'이라는 말을 잊지 마십시오."

마오마오는 리 의관의 말이 살짝 마음에 걸렸다.

"요우 의관님은 어디 계시나요?"

마오마오가 리 의관에게 물었다.

"그분은 진료소에 올 수 없는 환자들을 돌봐 주러 다니고 있
다. 원래 서도 출신이니 지리도 잘 알고 있어서."

"그렇군요."

요우 의관을 말하는 리 의관의 말투에는 왠지 가시가 돋친 느
낌이었다.

"요우 의관님이랑 무슨 일 있었나요? 뭔가 사정이 있는 것 같
은데요."

마오마오는 저도 모르게 노골적으로 물었다. 평소에는 실례
라고 생각했겠지만 지금의 리 의관은 누가 불평을 들어 줬으면
하는 눈치였다.

"요우 의관은 교쿠오 님과 친족도 아닌 사이다. 하지만 환자
들은 친족이라고 생각하겠지. 요우 의관은 훌륭한 의관이지만

정치 관계에는 어두워. 그런 이야기다."

그렇구나, 하고 마오마오는 손뼉을 쳤다. 즉, 서도 사람들은 요우 의관을 교쿠오의 친족이라 생각하고 있으며, 요우 의관은 딱히 그럴 생각이 없어도 굳이 부정은 안 한다는 말이었다.

요우 의관이 일을 열심히 하면 할수록 진시가 아니라 친족인 교쿠오가 높은 평판을 얻으리라.

'인선을 실수했나?'

아니, 당초로서는 그것이 최선의 인선이었을 것이다. 시기가 나빴을 뿐.

'인선'이라고 하니 티엔요우의 존재가 떠올랐다.

"티엔요우 씨는요?"

"오늘은 요우 의관의 보조로 따라갔다. 절개와 상처 봉합 실력은 정말 뛰어나니까."

실력이 좋다는 사실은 마오마오도 알고 있다. 교쿠오의 손녀 수술을 할 때도 정말 훌륭한 솜씨였다. 참고로 현재는 마오마오가 실까지 다 뽑았기에 더는 손녀의 왕진을 가지 않는다.

아무튼 티엔요우는 제일 젊다는 이유로 실컷 부려 먹히는 중인 모양이다.

"그럼 환자들이 기다리고 있으니, 슬슬 진료소를 열어도 되겠습니까?"

리 의관의 말에 마오마오 일행은 고개를 끄덕였다.

리 의관의 말대로 정신없이 바빴다. 의료 행위를 무상으로 받을 수 있다는 것 자체가 귀중한 기회인 모양이었다. 게다가 무관들도 일하는 틈틈이 들르기 때문에 쉴 틈이 없다.

주된 의료 행위는 리 의관에게 맡기고 마오마오 일행은 리 의관이 시키는 대로 움직였다. 진료를 받고 어떤 용태인지에 따라 마오마오는 상처 치료를 하기도 하고, 약을 내주기도 했다.

바셴은 영 불편한 표정이면서도 위로의 말을 걸며 봉투에 넣은 약을 환자에게 건넸다. 조금씩 익숙해졌는지 급기야는 약봉투를 잘라 달라고 종이와 가위를 내밀었더니 자연스럽게 잘라 주기까지 했다. 모두 열심히 일하고 있으니 놀고 있는 것보다는 낫다고 생각했는지도 모른다. 하지만 잔심부름을 시키는 것은 체면이 서지 않으니 환자에게 보이지 않는 장소에서 시켜야겠다.

'못 할 일은 없다니까.'

바셴은 평범한 문관만큼의 일을 할 수 있다. 하지만 진시의 부관이라면 일을 남들의 세 배는 해내는 것이 당연하다는 인식 때문에, 자꾸만 비교당해서 좀 가엾어질 정도다. 아무리 본분이 무관이라 해도 모두가 왕제의 직속 부하라면 그 정도는 할 수 있어야 당연하다고 생각하는 분위기였다.

아마 가오슌이 고생 없이 다 해치웠기 때문이리라.

취에는 이상야릇하면서 쓸데없는 움직임이 많은데 일이 빠른 것이 신기하다. 밀려 있던 붕대 세탁, 소독을 오전 중에 끝낸 취에는 마오마오의 일을 거드는 동시에 있는 재료로 대충 식사를 준비하기 시작했다. 가끔 어린아이 환자가 오면 간단한 마술을 선보여 즐겁게 해 주기도 했다.

제일 한가한 사람은 리하쿠였다. 호위로 입구에 서 있는 것이 전부이니 말이다. 나머지 두 명의 호위는 가끔 취에의 심부름을 했지만, 리하쿠는 정말로 그냥 서 있기만 했다.

"나, 진짜 말 그대로 꿔다 놓은 보릿자루인데."

웃고는 있지만 솔직히 꽤나 도움이 되는 존재였다. 조금은 야성미를 띠게 되었다고는 하나, 리 의관은 서도 백성들에 비하면 몸집이 가냘픈 편이다. 그러다 보니 장난으로 진료를 받으러 오는 불량배들이 적지 않다고 한다. 그런데 장식물이라 해도 입구에 6척 3촌* 이상 가는 거한이 서 있으면 상당한 억제 효과를 줄 수 있다. 누군가에게 시비를 걸려는 환자가 있을 경우 말없이 그쪽으로 가 주는 것도 도움이 되었다.

리 의관이나 마오마오에게 시비를 건다면 차라리 낫지만 바센을 노리면 곤란하다. 진시의 대리로 와 있으니 울컥 화를 낼 수도 없고, 무엇보다 괜한 시비가 붙어 평판에 흠이라도 가면

※6척 3촌 : 약 189센티미터.

안 될 일이다.

싸움 실력이라면 바센을 이길 자는 없고 뼈 한두 대 부러지는 정도로 끝난다면 그나마 경상이다. 그리고 서도의 형벌은 잘 모르지만 아무리 그래도 황족 대리인에게 손을 댈 경우 목이 날아가는 것은 당연한 일이다.

그러저러하는 사이 요우 의관과 티엔요우가 돌아왔다.

"다녀왔어!"

요우 의관은 마치 자기 집에 돌아오는 태도였다. 가무스름한 피부는 그야말로 현지인 분위기를 풍겼고, 그 뒤에는 다소 지친 티엔요우가 따라왔다.

"어서 오세요, 두 분. 진료를 하시겠어요? 식사를 하시겠어요? 진료를 하시겠어요?"

피로를 모르는 취에가 제일 먼저 대응했다. 고생을 위로하는 것 같으면서도 사실은 일을 시키려는 속셈이었다.

"식사도 하고 싶지만, 리 의관은 아직 식사 안 했겠지?"

"네? 식사 안 하는 거예요?"

티엔요우는 지친 상태였다. 오른손에는 치료 기구를, 왼손에는 천 주머니를 들고 있다. 건방지고 짜증 나는 데다 무슨 생각을 하는지 통 알 수 없는 남자지만 요우 의관 같은 상사에게는 덤비지 못하는 모양이었다. 마오마오는 솔직히 속이 시원했다.

"그럼, 식사를 하지요. 제한 시간은 지금부터 반 시간이에요."

취에가 짝짝 손뼉을 쳤다. 어느 틈엔가 대장 노릇을 하고 있다.

"좋아, 반찬은 뭐지?"

"반찬 같은 사치품이 어디 있어요? 있는 걸 전부 때려 넣어 만든 취에 씨 특제 볶음밥밖에 없답니다. 숨겨진 맛으로는 술 안주로 숨겨 두었던 비장의 말린 조개관자가 있지요."

취에는 국자와 접시를 들고 그럴싸한 자세를 취해 보였다. 남은 재료로 만들었다고는 하지만 고명과 달걀을 같이 볶아 넣어서 맛있어 보인다.

요리는 먹는 편을 선호한다고 하지만 사실 할 줄도 아는 사람이다.

"그리고 음료는 포도즙과 염소젖 둘 중 하나예요. 물은 탁해서 마실 수 없거든요."

우물에 황충이 둥둥 떠 있으니 어쩔 수 없다. 취에는 소쿠리로 물을 걸러 내며 빨래를 했다.

'음료수 배포도 신경 써야겠어.'

부패한 생수를 마시면 배탈이 난다. 설사약이 빨리 동나는 이유는 물일지도 모르겠다.

'물을 끓이고, 가능하면 소독도 해야겠네.'

사실 서도에서 붕대를 세탁하고 열탕 소독을 하는 일은 제법 사치스러운 행위다. 물도 연료도 중앙에 비하면 귀중한 자원이

다. 물은 말할 필요도 없고, 연료도 장작과 숯은 거의 없고 가축 똥이 많다.

'석탄이라….'

중앙에서는 장작이나 숯의 대용품 정도로만 생각하는 물건이라 쳐도, 술서주에서는 그 가치의 인식이 크게 다를지도 모른다.

'일부러 산에서 캐내다 쓸 정도의 이점.'

금과 은은 대용품이 없으니 캐낼 수밖에 없다. 아무 데나 흔히 있는 나무와 비슷한 가치를 지닌 물건을 굳이 캐내려 하지 않는 중앙. 가축 똥으로는 수요를 다 채울 수 없는 연료를 원하는 술서주.

확실히 이점이 있기는 하지만….

'전쟁을 거는 데에는 다른 이유가 또 있을 거야.'

마오마오가 끙끙거리고 있는데 누가 어깨를 툭 쳤다.

"마오마오 씨, 마오마오 씨. 생각에 깊이 잠기다 의식이 다른 곳으로 날아가는 일이 너무 많지 않나요~"

"취에 씨, 취에 씨. 제가 그렇게 멍하니 있었나요?"

"멍하니 있다고 할까, 입 밖으로 말이 줄줄 새는 일이 많아요."

"……."

마오마오는 살며시 입을 손으로 가렸다.

"자, 마오마오 씨도 밥 먹으러 가요. 요우 의관님이 하고 싶은 말이 있나 봐요, 바센 님한테."

"흐응, 귀찮을 것 같은 얘기네요."

"네, 재미있어 보이는 얘기죠."

취에와는 견해의 불일치가 많다.

볶음밥이 차려진 식탁에는 싱글싱글 웃는 요우 의관과 불쾌한 표정의 바센이 앉아 있었다. 티엔요우의 얼굴에는 빨리 밥을 먹고 싶다고 쓰여 있었으나 두 사람이 손을 대질 않으니 먹을 수 없다. 티엔요우도 일단은 예의라는 것을 아는 모양이다.

"하하핫, 바센 공이 대리라고요?"

"뭐가 그리 재미있지?"

얼굴을 맞대자마자 요우 의관과 바센은 험악한 분위기를 뿜어냈다. 분위기 개선용으로 집오리라도 데려올 것을 그랬다.

마오마오는 취에를 팔꿈치로 쿡쿡 찔렀다.

"왜 그러세요?"

"저 두 사람, 면식이 있나요?"

"아뇨, 제가 아는 한 초면일 텐데요."

둘은 귓속말로 소곤거렸다.

"요우 의관님은 어떤 분이세요?"

"음~ 그건 취에 씨도 알고 싶은 정보랍니다~"

"뜸 들이지 말고 알려 주세요. 다음에 거리 산책이라도 같이 나가요."

"오, 그거 좋은데요!"

마오마오가 외출하면 취에도 따라온다. 취에는 밖을 나돌아 다니는 일을 더 좋아하니 이 말에 덥석 달려들 것이라 생각했다.

"요우 의관님은 굉장히 명랑하고 활기찬 성격이지만 일할 때는 진지하고, 앞뒤가 똑같고, 누구와도 금방 친해지는 사람이에요. 솔직히 우리 남편하고는 평생 서로를 이해하지 못할 거예요. 빛 같은 사람이죠."

취에의 남편, 바센의 형은 아직까지 마오마오 앞에 나오지 않는다. 저렇게 적극적인 사람이 다가가면 발광할지도 모른다.

"앞뒤가 똑같다고요?"

"리 의관님 말대로 정치적인 일에는 관심이 없어 보여요. 서도의 기후와 지리에 익숙하고, 의술에도 조예가 있죠. 그런데 정치에 관심이 없는 사람이라니, 그야말로 최고의 인선이었어요."

'이었어요'라는 과거형 표현에는 오산이었다는 의미가 담겨 있었다.

"설마 갑자기 황해가 일어나고, 달의 귀인은 평판에 신경도 안 쓰고, 심지어 이 지역에서 유달리 인기가 많은 교쿠엔 님의 맏아드님이 계실 줄은 꿈에도 몰랐죠."

"그럼, 요우 의관님은⋯."

"네, 무슨 일이 있어도 달의 귀인을 배신할 분은 아니에요."

취에의 말에 마오마오는 어째서인지 안심했다. 하지만 마오마오가 안심해도 납득 못 하는 사람이 있다.

"도대체 무슨 의도야?"

아무렇지 않은 척하지만 콧구멍이 다소 커져 있는 바셴.

"무슨 의도라뇨?"

정말로 무슨 말인지 알아듣지 못한 얼굴의 요우 의관.

"당신은 달의 귀인의 명으로 이렇게 서도에 와 있어. 하지만 서도에서 달의 귀인의 평판은? 밥을 지어 사람들 먹이라고 내준 식재료는 물론 이렇게 진료소를 열 수 있는 것도 전부 달의 귀인 덕이 아닌가?"

"그렇습니다. 대단한 혜안이시죠. 이렇게 대규모 황해가 일어났는데 서도가 이만큼이나마 진정되어 있는 건 달의 귀인 덕분이라고 늘 생각합니다."

요우 의관은 솔직하게 진시를 칭찬했다. 심지어 중대한 말을 은근슬쩍 아무렇지 않게 내뱉는다.

"마치 황해를 이미 경험하고, 잘 알고 있는 냉정한 말투로군?"

바셴은 마오마오가 묻고 싶은 것을 물었다. 잘했어, 하고 마오마오는 마음속으로 바셴에게 박수를 보냈다.

"그야 당연히 알고 있지요, 여러 번 경험했으니."

"요우 의관이 경험을? 몇 번이나? 황해는 요 수십 년간 일어난 적이 없을 텐데?"

"일어났습니다. 그저 중앙에 보고할 만큼 대규모가 아니었을 뿐."

물론 요우 의관의 말이 아주 불가능한 이야기는 아니다. 하지만 바센은 이어서 물었다.

"보고하지 않는 것은 태만 아닌가?"

"태만? 바센 공께 묻겠습니다만, 대체 벌레가 작물을 얼마나 뜯어 먹어야 황해라는 명칭으로 부를 수 있을까요?"

"…사람들이 끼니를 거를 정도면 되지 않나?"

"끼니를 거른다? 그럼, 먹을 만큼의 밀과 보리가 남아 있으면 문제없는 겁니까? 아니면 달리 팔 것이 있어서 그것으로 식량을 보전하면 문제없는 겁니까? 그렇다면 풍년이 들어 수확량이 두 배가 되었는데 황해를 맞아 결국 예년과 같은 양밖에 수확하지 못했을 경우에는?"

"윽, 그건…."

바센은 말문이 막힌 눈치였다.

요우 의관도 상급 의관인 만큼 머리가 좋다. 예를 드는 것 같지만 사실은 전부 과거에 벌어졌던 일들일 것이다.

수확량은 똑같아도 농사짓는 땅의 면적이 커졌다면 노동력과 경비가 더 많이 소요된다. 하지만 아무런 참작도 없이, 그저 일률적으로 작년과 똑같은 세금을 뜯겼다면 삶은 곤궁해졌으리라.

"리국은 광대한 나라입니다. 하지만 워낙 광대한 탓에 서쪽 끄트머리까지는 전부 살펴볼 수 없지요. 어디까지나 숫자상의 수확량밖에 보이지 않으니, 황해가 일어났다고 보고해도 무시당할 뿐입니다. 그렇다면 술서주 안에서 해결하게 되는 것이 자명한 이치가 아니겠습니까?"

요우 의관은 앞뒤가 똑같다. 그래서 바센에게도 당당하게 말할 수 있다.

'요우 의관도 그렇게 생각하는구나.'

서도에서 진시의 평판이 낮은 이유에는, 중앙이 아무것도 해주지 않는다는 인식이 기저에 깔려 있는 탓도 있어 보였다.

"하지만 달의 귀인이 하신 행동은 정말로 옳았습니다. 이 일족이 떠오르더군요."

"이 일족?"

마오마오가 저도 모르게 물었다.

"그래, 알고 있느냐?"

마오마오가 대화에 끼어들어도 요우 의관은 신경 쓰지 않았다. 바센이 꽉 막힌 머릿속을 조금이라도 유연하게 만들기 전에는 대화에 돌아오기 힘들어 보였기에, 마오마오가 대신 이야기를 나누기로 했다.

"그래, 밥을 먹으면서 이야기해도 되겠지? 자, 어서 먹자."

"밥!"

티엔요우가 겨우 식사에 덤벼들 수 있겠다는 표정을 지었다. 내내 입을 다물고 있었던 이유는 그냥 기력이 다 떨어져서였던 모양이다.

  "이 일족은 황해가 발생했을 때 언제나 전면에 나서서 지시를 내렸지."

  "…실례지만 그들은 역적 아닌가요?"

  "역적? 흠, 뭐. 무슨 짓을 저질렀다 해도 그게 다 술서주를 위해 한 일이었을 거다. 적어도 내가 아는 한 역적 같은 사람들은 아니었으니까."

  요우 의관이 숟가락으로 볶음밥을 떠서 먹었다.

  "이 일족은 어떤 사람들이었나요?"

  마오마오도 한 입 먹었다. 푸슬푸슬한 쌀과 달걀에 적절히 간이 되어 있었다. 고명과 말린 관자도 맛이 좋았다. 슬쩍 취에를 향해 엄지를 치켜들고 칭찬했다.

  "다들 미인이었지. 가까이 다가가면 좋은 향기가 났고."

  "좋은 향기…. 그러고 보니 여계 가문이라고 들었는데요."

  "그래, 맞아. 이 일족은 여계였어. 리국의 건국 이야기에도 있지 않나? 왕모 이야기. 그 정도 여걸이라면 심복 중에 비슷한 여걸이 있어도 이상하지 않겠지. 이 일족은 그 후예였으니까."

  마오마오는 밥에 손을 댈 수 없었다. 티엔요우는 이야기에 관심이 없는지 밥에만 정신이 팔려 있었다.

"여계였다는 사실을 용케 알고 있었군. 젊은 놈들은 이 일족을 전혀 모르던데."

요우 의관이 솔직하게 감탄했다.

"저는 알고 있어요~!"

"나도다."

황족을 모시는 자들은 상식으로 배웠으리라. 하지만 중앙의 많은 백성들은 머나먼 서쪽 땅을 다스리던 영주 따위에게는 관심이 없다. 심지어 멸망했다면 더더욱.

"여자이기 때문에 더욱 다부지게 국경을 지킬 수 있었을 거야. 이 일족은 남편을 들이지 않고, 태어나는 자식들은 하나같이 이국 느낌이 드는 예쁜 아이들이었다. 이 일족의 아이들은 딸이 태어나면 영주가 되고 아들이 태어나면 여행을 보냈다더군."

자꾸만 혼혈이 반복되었기에 미인이 태어나고, 그래서 타국도 더 견제했다는 이야기일까.

"무녀의 나라 샤오와는 궁합이 잘 맞았지. 하지만 같은 여자라도 여제라 불리던 전 황태후와는 잘 안 맞았던 것 같아."

"여자끼리의 싸움에 대해서는 발언을 삼가도록 하겠습니다."

그나저나 뜻밖의 이야기를 들었다. 진시도 전혀 말해 주지 않았으니 정말로 몰랐던 것은 마오마오 혼자뿐이었는지도 모른다.

"그럼, 요우 의관님은 17년 전 어디에 계셨나요?"

"안타깝게도 나는 그때 이미 중앙에서 의관 노릇을 하고 있었지."

"그러셨군요."

마오마오와 요우 의관이 이야기를 나누는 사이 바센은 볶음밥을 다 먹어치웠는지 숟가락을 탁 내려놓았다. 밥을 먹으며 꽉 막혔던 머리가 많이 유연해진 모양이었다.

"요우 의관의 말이 무슨 뜻인지는 알았다. 달의 귀인께서 그간 아무 일도 하지 않았던 중앙의 벌을 대신 받고 있다는 인식을 갖고 생각해 보겠어. 하지만 현재 달의 귀인이 세운 공적이 전부 교쿠오 공에게 흘러가고 있다는 점은 문제가 아닐까 싶은데. 요우 의관도 거기에 한몫 거들고 있고."

"거들어? 내가요?"

"서도 출신이자 같은 요우 씨인 당신이 한 일은 전부 교쿠오 공의 공적이 되고 있어."

"정말이냐?"

요우 의관이 티엔요우에게 물었다.

"음… 리 의관님도 그러시던데요. 일단 '중앙에서 왔다'는 것을 전제로 치료를 시작하라고요. 그래서 전 그게 달의 귀인의 명으로 일하고 있다는 의미라고 생각했거든요."

티엔요우는 귀찮다는 듯 대답했다. 뺨에 밥풀이 붙어 있다.

"'중앙에서 왔다'는 건 이상하지 않나? 난 여기 출신이고, 얼굴을 아는 사람도 꽤 많은데."

"그럼, '왕제의 명으로'라고 하면 되지 않을까요?"

"그럼 뭐랄까, 그… 황족의 측근 같아서 좀 머쓱하지 않아?"

"네?"

이 아저씨, 대체 무슨 소리를 하는 걸까. 그러니까 도시로 나가서 엄청나게 출세해 시골로 돌아왔다고, 옛 지인들에게 놀림을 당하는 게 쑥스럽다는 말일까.

"마오마오 씨, 마오마오 씨. 요우 의관님을 돌팔이 씨랑 같은 범주에 넣어도 되는 거죠?"

"아무리 그래도 '귀여운 아저씨'에 넣기에는 느낌이 너무 다르니까 다른 범주로 부탁드릴게요. 의관님은 집오리에 가까운 범주가 아닐까 싶네요."

"알겠습니다."

취에가 말하는 범주가 대체 어떤 범주인지 마오마오는 대략 상상이 되었다.

"애당초 이 동네 사람들이라면 오래된 요우 씨와 새로 온 요우 씨의 차이 정도는 알 텐데?"

"오래된? 새로 온?"

마오마오가 고개를 갸우뚱했다.

"의사 요우 씨네 집은 오래된 집안의 요우 씨. 교쿠엔 씨네는 새로 들어온 요우 씨다. 지금은 자식도 많이 낳고 손자도 많이 낳아서 큰 일족이 되었지만 원래 처음 왔을 때는 교쿠엔 씨랑 부인이랑 아직 어린 장남뿐이었거든. 고용인은 많았지만."

"아니, 그건 동네 사람들 중에서도 마흔은 넘어야 알 수 있을 것 같은데요."

평균 수명이 대략 쉰 정도밖에 안 되는 평민들 중 마흔이 넘은 사람은 수적으로 그리 많지 않다.

무엇보다 교쿠엔 일족은 서도의 얼굴이다. 젊은이들에게 요우 씨라 하면 당연히 교쿠엔 또는 교쿠오일 것이다.

"그랬군, 그래서였어."

"의외로 새로 온 사람들이었군요. 당연히 옛날부터 대대로 이곳에 있었던 것으로 알았는데."

"장사 거점으로 들른 곳이었던 것 같은데, 아마 그 즈음부터 눌러 살았던 모양이지. 호적을 보면 시기가 뚜렷하게 적혀 있을걸."

"호적은 못 봐요. 다 불타고 없더라고요."

취에가 염소젖을 마시며 대꾸했다.

"그거 유감이군."

"그렇게 되었으니, 달의 귀인께 명을 받아 치료하고 있다는 사실을 환자들께 똑똑히 전달하셔야 해요."

바센 대신 취에가 본론을 야무지게 말했다.

"…안 하면 안 되나?"

덩치 큰 아저씨가 눈썹을 축 늘어뜨렸다.

"요우 의관님, 불량배 앞에서는 꿈쩍도 안 하면서 왜 그런 데서 쑥스러워하는 거예요?"

"시끄럽다, 티엔요우."

실력은 있는데 자신을 드러내기 부끄러운 성격인가 보다. 이런 사람이 상급 의관이 될 수 있었던 것은 상사가 실력주의인 류 의관이었던 덕분 아닐까 싶다.

"저기⋯."

일행을 뚫어져라 쳐다보는 눈이 있었다.

"식사 다 끝났으면 빨리 교대 좀 해 주시죠."

원망스러운 표정의 리 의관이 문틈으로 들여다보고 있었다.

약사의 혼잣말

1 4 화 : 티엔요우

요우 의관의 수줍음 많은 성격에 대해 이야기를 나눈 결과, 진시에게 뭔가 물건을 하사해 달라고 부탁하기로 결론이 났다.

"뭐, 몸에 걸치기만 하면 되는 거니까!"

요우 의관도 납득했다.

오히려 그편이 더 과한 칭송을 받을 수도 있다는 생각은 못 하는 것일까.

'허리띠든 옥 장식이든 아무거나 줘 버려.'

겸사겸사 리 의관도 무언가 하사받기로 했는데 이쪽은 또 지나치게 황송하다는 태도였다. 일이 끝나고 물어보았더니 맹렬히 거부하는 것이 아닌가.

"나, 나까지 받을 필요는 없잖아!"

"이봐, 나 혼자만 착용하게 할 셈이야?"

요우 의관이 리 의관에게 들러붙었다. 리 의관이 귀찮다는 듯

상사를 쳐다보았다.

"두 분만 받는 거예요?"

티엔요우가 끼어들었다.

"리 의관님이 안 받으실 거면 제가 받을게요. 똑같은 '리' 씨 잖아요."

리 의관과 티엔요우는 성이 같아서 번거롭다. 물론 마오마오가 리 의관의 이름을 알 리는 없다. 참고로 리하쿠도 있기 때문에 리 씨는 이 자리에 셋이나 된다.

"너는 안 줘!"

리 의관이 성을 냈다. 위아래로 하나같이 괴짜들이니 고생할 팔자다.

"그럼, 늦었으니 이제 그만 돌아갈까요?"

오후 진료도 끝나고, 취에가 짐을 정리했다. 이러니저러니 해도 유능한 사람이라 방 청소도 깔끔하게 해 놓았다.

"죄송한데요~ 이 천 주머니 누구 건가요?"

취에가 물었다. 분명 티엔요우가 낮에 가지고 온 물건이었다.

"아, 그거."

티엔요우가 천 주머니를 취에에게서 받으려다 떨어뜨렸다. 내용물이 데굴데굴 굴러 나왔다.

"……"

모두 입을 다물었다. 바센과 다른 호위가 마침 측간에 가느라 자리를 비운 상황이기에 다행이었다.

"이봐, 아가씨."

리하쿠가 심각한 표정으로 티엔요우를 쳐다보았다.

"이 녀석, 체포해야 하지 않을까?"

리하쿠의 눈빛은 심각했다.

"아뇨, 일단 확인부터 하죠."

마오마오가 굴러 나온 천 주머니 내용물을 일단 확인했다. 인간의 팔이었다. 인체의 일부, 팔 한 짝만 덜렁 바닥에 떨어져 있는 것이다. 세상 엽기적이기 그지없지만 이 자리에 있는 사람은 의관들과 마오마오, 리하쿠, 취에다.

"이 팔, 어떻게 된 거죠?"

"아~ 어차피 도로 붙이지도 못하잖아, 절단면이 이래서야."

티엔요우가 팔을 주워 들고 절단면을 쑥 내밀어 보여 주었다. 심하게 뭉개져서 꿰매도 붙을 것 같지 않다.

"황충이 간판을 고정시켜 놓은 밧줄을 다 뜯어 먹었어. 그래서 간판이 떨어져 밑에 있던 사람 팔이 뚝 절단된 거야. 주인이 필요 없다기에 달라고 했지."

"그걸 달라고 하다니…."

자신의 팔이 떨어져서 절망하고 있었을 텐데. 달라고 해서 주었다면, 그 사람 입장에서는 정중하게 땅에 묻어 달라는 의미일 것이라고 마오마오는 생각하지만….

"냥냥도 같이 해….."

티엔요우가 미처 말을 다 끝내기도 전에 리 의관이 절단된 팔을 집어 들었다. 그리고 티엔요우의 머리를 주먹으로 쾅 내리쳤다.

'오~ 세다, 세.'

"아야야… 전 그냥 공부를….."

"시끄럽다. 이건 정중하게 묻어 드려! 아니, 방치하지 마! 냄새 난다!"

"아….."

티엔요우가 아쉬운 듯 리 의관의 등을 바라보았다.

'리 의관님, 강해지셨네.'

인간은 극한에 몰리면 완전히 달라지는 경우가 있다. 쉽게 좌절하던 성품의 소유자가 아주 강인하게 바뀐 것이다. 아니, 원래 그런 소질이 있기 때문에 류 의관이 눈여겨보고 뽑았다면 더 대단한 일이고.

그에 반해 티엔요우는 상황이 조금 무섭다 해도, 그 어떤 일에도 꿈쩍하지 않는 정신만큼은 칭찬해 주어야 할까. 그리고 하사품은 절대 주어서는 안 되는 인간이다.

티엔요우는 리 의관에게 끌려 팔을 묻으러 갔다. 일행은 두 사람이 돌아오기까지 진료소를 닫아 놓고 기다렸다. 의관들이 사람 팔을 묻는 모습을 환자가 보기라도 했다가는 서도 백성들 사이에 무슨 소문이 퍼질지 모른다. 누가 보지 못하게 호위 한 명을 감시로 붙여 보냈다.

요우 의관이 싱글싱글 웃으며 리하쿠와 취에를 보았다.

"방금 그건 못 본 것으로 해 두도록."

"네, 취에 씨는 쓸데없는 말은 안 해요."

"알겠습니다."

의관들의 해부 행위는 금기이자 비밀이다. 이 두 사람이라면 분위기를 파악해 줄 것이다.

마오마오는 웃으며 입막음을 하는 요우 의관을 쳐다보았다.

"응? 왜 그러지, 냥냥?"

"냥냥이 아니라 마오마오예요."

"그래? 알았다. 마오마오란 말이지, 마오마오. 응, 외웠다. 그래서 무슨 일이지?"

"아뇨, 신입 의관에게 꽤 자상하신 것 같아서요."

마오마오의 말투에서 약간의 비아냥이 배어났다. 하지만 요우 의관은 기분 상한 기색 없이 싱글싱글 웃었다.

"아, 티엔요우 말이지. 그 녀석을 이쪽 세계로 끌어들인 건 나랑 류 의관이니까 약간의 책임을 느끼고 있는지도 모르겠군. 티엔요우는 툭하면 연줄, 연줄 하면서 투덜거리지만 그 덕을 제일 크게 보고 있는 건 그 녀석인데 말이야."

요우 의관은 팔짱을 끼고 고개를 끄덕거렸다.

"요우 의관님과 류 의관님이 끌어들이셨다고요? 연줄?"

마오마오는 고개를 갸웃했다.

"오, 몰랐어?"

"티엔요우 씨는 굳이 말하자면 남들 사정에는 신나게 고개를 들이밀고 참견해도, 자기 얘기를 나불나불 떠드는 사람은 아니라서요."

마오마오도 물어보려 하지 않았다.

"그럼, 앞으로를 위해 그 녀석에 대해 들어 두겠어?"

요우 의관은 왕진 도구를 정리하며 말했다.

"들어도 될까요?"

"티엔요우도 어차피 물어보지 않아서 이야기하지 않았을 뿐일 테니까."

"그건 그러네요."

마오마오와도 일맥상통하는 부분이 있었기에 남 이야기를 할 수 없다.

"그 녀석 집안은 원래 사냥꾼이었다. 류 의관과 내가 웅담을 구하러 갔을 때, 아직 관례도 올리지 않은 어린애가 혼자 곰을 해체하고 있었지. 안색 하나 바뀌지 않고 적확하게 필요한 장기만 도려내는 솜씨를 보고 류 의관도 놀랐다. 그 녀석이 티엔요우야."

요우 의관이 쉬지 않고 일하며 이야기를 했기에 마오마오도 약을 만들며 이야기를 들었다.

"그래서 재능을 알아보고 의관으로 발탁했다…. 그렇다면 실력이지 연줄은 아닌 것 같은데요."

"아니, 어떤 의미에서는 연줄이었지. 사냥꾼이었던 녀석의 아버지에게 내가 농담 삼아 말해 봤거든. '아들을 의관으로 만들지 않겠나'라고. 그랬더니 얼굴이 새파래져서는 파들파들 떨기 시작하는 거야. 하기야 의관들이 뒤에서 어떤 일을 하는지 알고 있다면 농담으로 들을 수 없는 이야기이긴 해. 하지만 겁먹고 떠는 모습이 유달리 이상하더라고."

'의관 일을 하라는 말을 듣고 떨었다고?'

확실히 일반인의 눈에는 끔찍한 행위로 보일지도 모른다. 하지만 사냥꾼이라면 조금 더 이해심이 있을 텐데.

"이유를 물어보니 대답은커녕 바로 쫓아내더군."

"대체 왜 그랬을까요?"

"할 수 없이 돌아가려는데 티엔요우가 따라 나왔다. 아버지가 반대해도 자기가 가출할 테니 제자로 삼아 달라면서. 물론 류 의관은 그런 말을 바로 받아들일 성격이 아니라는 걸 마오마오도 알고 있겠지?"

'그건 그래.'

마치 눈앞에 보이는 것처럼 상상이 되었다.

"티엔요우는 이렇게 말했다. 나는 화타의 자손이니, 의관이 천직 아닌가요?라고."

"화타요?"

마오마오는 문득 손을 멈추고 요우 의관을 쳐다보았다.

"그래. 전설상의 명의를 말하는 게 아니고, 예전에 지적 호기심 때문에 황자의 시체를 해부했다가 처형당한 그 화타 말이다. 의관과 같은 일을 하고 있으니 마오마오도 들은 적이 있겠지."

"네."

빼어난 기술을 지녔기에 화타라 불렸던 옛날 의관. 하지만 기술과 향상심이 있었는데도, 그만 호기심에 진 나머지 처형당한 자.

실재한 사람이라면 분명 그 자손이 살아 있어도 이상하지 않다. 동시에 그 자손은 선조의 실수를 되풀이하지 않으려 노력하리라.

"화타의 자손이 사냥꾼이 된 건가요?"

"이상한 일은 아니지. 의관 수업과 약재 수집은 옛날부터 사냥꾼도 거들던 일이니까. 사냥꾼의 딸과 화타가 정을 통했다 해도 아주 놀라운 이야기는 아니고, 무엇보다 이름을 사칭한다면 더 멀쩡한 인간의 이름을 대겠지."

듣고 보니 그런 것 같다고 마오마오도 납득했다.

"화타의 자손이라서 티엔요우를 의관으로 만든 건가요?"

"아니, 그건 아니지. 재능이 있어도, 정말로 화타의 자손이라 해도 그것만으로 의관으로 만들지는 않아. 굳이 이유가 있었다면 녀석의 눈이었겠지."

요우 의관은 크게 한숨을 내쉬었다. 손에는 사람의 기름으로 더럽혀진 단도가 들려 있었다. 왕진 때 쓰던 물건이리라.

"류 의관이 그러더군. 사냥꾼으로 그렇게 평생 살게 내버려 둔다면 녀석은 얼마 지나지 않아 곰이나 사슴과 마찬가지로 사람까지 해체할 거라고."

"……."

마오마오는 부정할 수 없었다. 아니, 오히려 반드시 그럴 것이라는 예감마저 느껴졌다.

"인간은 태어난 그대로 내버려 두면 욕망에 따라 살게 되는 생물이지. 그래서 교육을 시켜야 이성이라는 것을 얻게 돼. 그래도 욕망을 이기지 못하는 인간도 있고."

요우 의관은 단도를 깨끗이 닦아서 바구니 속에 넣었다.

"티엔요우는 호기심이라는 욕망에 이기지 못하는 인간이야. 짐승한테 질리면 인간에게 손을 뻗을 거라고 류 의관은 판단했지. 민가에서 멀리 떨어진 깊은 산중에 사는 사냥꾼이라면 그 누구에게도 들키지 않고 여럿을 해치는 일도 가능할 테니."

"그건 의관이 되어도 문제 아닌가요?"

마오마오가 솔직하게 물었다.

"그건 이끌어 주기 나름이라고 류 의관이 그랬다. 무얼, 키를 꽉 잡아 주면 돼. 류 의관은 엄격한 사람이지만 이러니저러니 해도 자상한 구석이 있으니까."

"그럴까요?"

마오마오는 반신반의하면서도 티엔요우의 내력을 납득했다.

"그런 이야기를 왜 제게 하시는 거죠?"

입장으로 따지자면 의관 보조에 불과한 마오마오다. 굳이 이야기를 할 필요도 없을 텐데.

"무얼. 뤄먼 씨의 교육 결과를 보니 갑자기 이야기하고 싶어 졌을 뿐이야."

'아버지 지인이었구나.'

요우 의관은 의관 경력이 긴 사람이니 뤄먼과 면식이 있어도 이상하지 않다.

'나도 아버지 손에 자라지 않았다면 그렇게 보였을지도 모르겠네.'

인정하기 싫지만 어떤 의미에서 티엔요우와 마오마오는 성질이 비슷하다. 뤄먼이 유곽에서 약방을 운영하며 마오마오를 교육하지 않았다면 지금쯤 어떻게 자랐을지 모르는 일이다.

"자, 그럼 슬슬 다 물었을 테니 돌아가자고."

"네."

마오마오도 돌아갈 준비를 했다.

어깨를 축 늘어뜨린 티엔요우가 터벅터벅 돌아왔지만 딱히
신경 쓰지 않았다. 빨리 돌아가자고 엉덩이를 걷어차 주어야겠
다.

위문은 별다른 문제없이 끝난 듯 보였다. 하지만 집에 도착할
때까지가 소풍이라는 말이 있다.

사건은 마오마오가 진료소를 나오자마자 일어났다.

"아가씨!"

갑자기 리하쿠가 마오마오를 안고 뒤로 물러났다.

마오마오의 발밑에 진흙 덩어리가 철썩 떨어졌다.

"너희가 벌레를 몰고 왔잖아! 다 너희 탓이야!"

어린애 목소리였다. 어디 있는지 알 수 없어, 마오마오는 주
위를 둘러보았다.

"마오마오 씨."

취에가 뒤에 서 있었다.

"얼굴을 봤고, 지금이라면 붙잡을 수 있는데 어떻게 할까요?"

취에가 마오마오에게 물은 이유는 진흙 덩어리가 마오마오를
향해 날아왔기 때문이다.

'나라서 다행이지.'

아마도 제일 둔해 보이는 마오마오를 노렸겠지만, 바센이 아
니라 정말 다행이다.

"딱히 맞은 것도 아니니 붙잡을 필요는 없어요, 취에 씨."

절대 붙잡아 오지 말라고 마오마오가 눈으로 호소했다.

"알겠습니다."

취에에게는 제일 편한 선택이리라. 여기서 오기를 부리며 어린애를 잡아 와 봤자 무슨 도움이 된단 말인가. 붙잡은 이상 벌을 내릴 수밖에 없다. 엉덩이를 가볍게 때리는 정도로 끝나면 다행이지만 아무리 그래도 왕제 대리의 시녀에게 몹쓸 짓을 했다는 명목이 있으면 100대는 족히 맞아야 한다.

마오마오도 별로 기분 좋은 일이 아니고, 취에도 마찬가지이리라.

'하라고 하면 취에 씨는 할 것 같지만.'

안 하는 것이 제일 낫다.

너무 무른 것 아닌가 싶기도 하지만, 마오마오는 세상에 무른 사람도 필요하다고 생각했다.

'너희가 벌레를 몰고 왔다니….'

"벌레가 온 건 더 서쪽에서였는데."

이치에 맞지 않는다.

"네, 저희는 동쪽에서 왔으니까요."

취에가 거들었다.

아이들이 말하는 '벌레를 몰고 왔다'는 것은 그런 뜻이 아니다.

운수나 저주를 믿는 사람들에게 본래 여기 있어서는 안 될 사람들이 서도에 왔고, 우연히 황해가 일어났다면 그것은 방문자의 잘못이 된다.

솔직히 마오마오도 열심히 설명하며 돌아다니고 싶지만 아마 이해해 주지 않을 것이다. 이해하려 하지도 않겠지.

"분위기 이상하네…."

마오마오는 진흙 덩어리를 못 본 체하고 마차로 향했다.

약사의 혼잣말

15화 ⋮ 폭동

불꽃이 파직파직 튀었다.

마오마오는 아궁이에 짚을 더 넣었다.

'가축 똥이 쓰기는 더 편할지도 모르겠네.'

아마 일부러 신경 써서 연료를 가축 똥 말고 짚으로 마련해 준 모양이다. 하지만 짚은 똥처럼 단단하지 않으니 열풍에 날아가 버리기도 한다. 장작과 숯은 고급품이라 서도에서는 잘 팔지 않는다.

냄비에서 약이 부글부글 끓었다. 열심히 끓여서 환약을 만드는 중인데 자꾸만 잠이 온다.

'피곤한가 봐.'

평소대로 일을 하고 있지만 지치는 것도 이해가 된다.

정말 지쳤을 때는 자신이 지쳤다는 사실을 알아차리지 못한다. 정점을 지나 조금은 쉴 수 있게 되었을 때, 피로는 갑자기

밀려온다.

식량 부족, 약 부족, 영양 부족.

모든 것이 부족하다. 부족한 부분을 메꾸기 위해 다른 무언가를 대용품으로 쓰고, 그 대용품을 다 쓰면 또 대용품을 찾아 나서고….

밭에서는 라한네 형이 일희일비하고 있었다. 고구마는 한밤의 추위를 이기지 못해 심을 수 없었기에 역시 마령서를 심기로 했다고 한다. 고구마 잎은 시들었지만 줄기는 요리로 해 먹을 수 있다는 모양이다. 밀은 순조롭다.

발아된 싹은 배급 식사에 조금씩 섞여 나가고 있다고 들었다. 각기병에는 밀기울이 좋다고 하기에 빵에 섞어 보았는데 평판이 별로였다.

때때로 괴짜 군사가 별저에 찾아온다. 고개를 살짝 숙이는 인사 정도는 해 두기로 했다. 취에의 정보에 따르면 이자가 교쿠오 측에 붙을 경우 상당히 위험해진다.

조사해 보니 석탄은 서도 내에서도 다양한 장소에서 사용되고 있었다. 제철소, 도기 굽는 가마. 독특한 냄새가 풍기기 때문에 바로 알아볼 수 있다고 한다. 둘 다 교쿠엔과 관련이 있는 장소라고 들었다.

생각할 것이 너무 많다.

그래서 불똥이 튀어 예비용 짚더미에 불이 붙었다는 사실을 너무 늦게 깨달았다. 왠지 뜨거운데, 하고 옆을 돌아보니 불길이 치솟고 있었다. 다급히 끈 덕분에 별일은 없었지만 돌팔이 의관에게는 걱정을 끼쳤고, 약을 가지러 온 티엔요우는 배꼽을 잡고 웃었다.

'안 되지, 이러면 안 돼.'

불은 방심했을 때 크게 솟구치는 법이다.

정신을 바짝 차려야 한다.

그리고 불이라 말할 때는, 단순히 진짜 불만을 이야기하는 것이 아니다.

75일째.

사건이 일어났다.

마오마오는 밤중에 바깥이 소란스러워 눈을 떴다. 겉옷을 걸치고 창밖을 내다보니 마당에 위병이 서 있었다. 흘끗흘끗 보이는 불빛이 을씨년스럽게 모여들었다.

마오마오는 잠이 덜 깬 눈을 뜨고 즉시 옷을 갈아입었다.

복도에서는 이미 일어난 리하쿠가 대기하고 있었다. 베개를 껴안고 나온 돌팔이 의관이 아직 잠옷바람인 것을 보니 리하쿠가 억지로 깨운 모양이었다.

"무슨 일이 일어난 건가요?"

마오마오는 리하쿠에게 물었다.

"나도 뭐가 어떻게 된 건지 모르겠는데, 짚이는 건 몇 가지 있어."

"뭔데요?"

"휘유…."

잠이 덜 깬 돌팔이 의관의 잠꼬대가 들렸으나 무시했다.

"며칠 전 서쪽 요새에서 소식이 있었어. 이민족이 쳐들어와서 식량 창고를 습격했다고."

"식량 창고라면… 그러니까 그건…."

정치에 어두운 마오마오도 예상할 수 있었다.

"그래, 간신히 긁어모은 비축분 식량이 있는 곳이지."

서쪽 요새라니, 샤오와의 국경과 가까운 곳이다.

"그래서 요 며칠 사이 높으신 분들이 처리 방안 이야기를 나누고 있었어."

"어쩐지 근래 들어 일이 일단락 지어졌다 싶더라니."

진시에게 불려가는 일도 없었다. 폭풍전야의 고요함이란 바로 이런 것을 말하는가 보다.

"지원을 하려고 해도 현재로서는 힘에 벅차. 진시 나리의 연줄로 이곳저곳에서 지원이 도착하고는 있지만 강탈당해서야 아무 의미도 없지. 그래서 이걸 어쩌나 하고 있는데, 슬슬 분위기가 수상쩍어지고 있는 거야."

"수상쩍은 분위기라뇨?"

"전쟁을 시작하자는 얘기가 나왔다는 말이야."

'그렇겠지….'

먹을 것이 없어지면 남의 땅을 털러 간다. 고래로 인간, 아니 동물이 쭉 더듬어 온 길이다.

"하지만 진시 님은 반대하는 입장이시잖아요?"

"그래. 그리고, 지금…."

시끌시끌한 소리가 들려왔다. 명확히는 들리지 않지만 '왕제를 내놔'라는 말이 들린 기분이었다.

"겁을 먹은, 세상 물정 모르는 왕제님께 직접 항의하러 온 거야."

이미 알던 일이고, 시간문제일 것이라고 마오마오도 생각은 하고 있었다. 오히려 너무 늦었을 정도다.

'자, 그럼 이제 어쩌나?'

마오마오가 할 수 있는 일은 뻔하다. 일단은 농업용 짐마차를 꺼내 와서 천을 깔았다.

그리고 잠이 덜 깬 돌팔이 의관의 손을 잡아끌었다.

"아, 아가씨. 난 아직 졸려…."

꾸벅꾸벅 조는 돌팔이 의관을 끌고 가서 짐수레에 태웠다. 아직 몽롱해서 상황 판단을 못 하는 덕분에 그나마 나았다. 정신이 들었다면 혼란에 빠져 소란을 피웠을 테니.

"의관님, 어차피 잘 거면 이 안에서 주무세요."

"응, 으응…."

돌팔이 의관은 짐수레 밖으로 팔다리를 뻗은 채 다시 잠들었다.

리하쿠는 신기한 표정으로 그 모습을 보고 있었다.

"의관님이 도망치다 뒤처지면 안 되니까요. 어차피 뛰어 봤자 전족을 한 후궁 시녀보다 느릴 테니까."

"으음…. 아가씨라면 몰라도 아저씨를 안고 뛸 수는 없을 테니 타당한 판단이긴 하네."

"그나저나 황족에게 항의를 한다니…."

마오마오는 리하쿠와 이야기를 나누며 가방에 상처약과 붕대를 욱여넣었다. 리하쿠는 심지어 머릿기름 종지까지 가져왔다.

"도성에서 이런 짓을 저질렀다간 주모자는 처형, 가담자들도 채찍질을 당할 텐데."

"그만큼 감정이 격앙되어 있다는 뜻이겠죠."

민중은 집단으로 발작을 일으키고 있다.

"참 난감하네. 나도 살해당할 바에야 차라리 죽이는 입장이 되고 싶긴 한데."

리하쿠는 쓴웃음을 지으며 천을 찢어서 몽둥이에 둘둘 말았다. 횃불을 만들 장작이 없었기에 의자 다리를 부러뜨려 만든 몽둥이였다. 무관인 만큼 싸우는 방법 정도는 배운 모양이었다. 가능하면 싸우고 싶지는 않지만, 못 할 것은 없다.

"하지만 이렇게 노골적으로 폭동이 일어날 경우 곤란해지는 건 그 땅의 통치자야."

"그러게 말이에요."

마오마오는 정치를 모른다. 하지만 지금 상황이 큰 문제라는 사실은 알 수 있다.

솔직히 시끄러울 정도로 심장이 쿵쾅쿵쾅 뛰었지만 호위로 리하쿠가 붙어 있어서 안심이 되었고, 돌팔이 의관을 돌봐야 한다는 책임감 때문에라도 움직여야 했다.

"민중이 제멋대로 저질렀다고 해도 그렇게 되도록 내버려 둔 건 교쿠오 님이야. 민초의 목을 한두 개 내놓는다 한들 황족의 명예를 손상시킨 대가로는 한참 부족하지."

마오마오도 안다. 그만큼 황족과 백성의 목숨은 무게가 다르다.

"교쿠오 님은 노골적으로 인기를 얻는 데에만 애쓰고 있었어. 아무리 진시 나리가 온화한 사람이라 해도 눈에 거슬릴 수밖에. 나리가 말려도 주위에서 가만히 있지 않겠지. 이미 중앙에는 이야기가 전달되지 않았을까?"

평소 온화하던 리하쿠마저 이렇게 생각하고 있었으니 중앙의 분노는 더욱 크리라.

"…그렇겠죠. 교쿠요 황후 전하나 교쿠엔 님은 어떻게 생각하고 계실까요?"

"보통은 충고를 하겠지."

"충고를 하겠죠."

입장이 있는 이상 두 사람 다 서도로 올 수 없다. 하지만 편지든 사자든 얼마든지 보낼 수는 있다.

그리고 진시와 괴짜 군사 외에 높으신 분이 한 명 더 와 있다. 그 인물이 중앙과의 연락을 게을리 하리라고는 생각할 수 없다.

"으음, 이름이 뭐였죠? 서도에 따라온 높으신 분, 또 한 명."

몇 번 들은 적이 있지만 늘 그렇듯 잊어버린다.

"아가씨는 사람 이름이나 얼굴 같은 거, 기억 잘 못 할 것 같긴 해. 보자, 그러니까, 나도 깜박 잊었나? 존재감이 옅은 건 생각나는데."

"리하쿠 님도 크게 다를 바 없으신데요?"

"잠깐만 기다려! 분명 제사를 주관하는 사람이었던 것 같아."

"제사라면 예부의… 아, 루, 루 시랑이에요!"

마오마오는 드디어 이름을 떠올렸다.

"맞아, 루 시랑이야. 그 사람이 아마 무슨 조치를 취했을 거라고 믿자고."

"믿기 이전에 지금 현재 폭동이 일어나고 있는데요."

"뭐, 그건 그래."

둘이서 한숨을 쉬고 있는데 요란한 소리가 났다. 쳐들어온 백성들이 별저 안으로 진입하려는 모양이었다.

"어쩌죠?"

부상자가 생길 경우 마오마오는 치료를 하고 싶었지만 우선은 자기 몸의 안전부터 챙겨야 한다. 무슨 일이 생겨도 횃불에 불을 붙여 집어 던지는 일 정도밖에 할 줄 아는 것이 없으니.

'별로 하고 싶지는 않지만 내 몸을 지키려면 어쩔 수 없지.'

그런 가운데 저벅저벅 발소리가 들려왔다.

마오마오와 리하쿠는 경계 태세를 갖추었다.

"마오마오 씨~ 있어요?"

취에였다.

"지금 어떻게 된 상황인지 설명해 줄까요~?"

"부탁드릴게요."

취에는 늘 그렇듯 긴장감 없는 목소리였다. 손에는 깃발을 들고 있다.

"폭도가 된 민중이 쳐들어왔어요. 예상대로 쌓인 울분이 폭발한 것 같아요. 달의 귀인에게 나가라는 둥, 나오라는 둥, 큰 소리로 고함을 질러 대고 있네요."

"네, 대충 상상이 가요. 들리니까요."

"그런데 방금 굉장히 큰 소리가 났는데요."

"났죠."

"교쿠오 님이 도착하셨어요."

마오마오는 의료 기구가 든 가방을 꽉 움켜쥐었다.

"괜찮아요. 교쿠오 님은 아무리 그래도 황족에게 손을 대지는 않았지만, 굉장히 재미있는 상황이 벌어졌거든요."

"취에 씨가 말하는 재미있는 상황이란 건 알고 보면 엉망진창일 것 같은데요."

"아무튼 나와서 보세요."

취에의 말에 마오마오는 밖으로 나갔다. 리하쿠도 따라왔다.

"의관님은?"

"글쎄, 그래도 일단은 데려가야겠죠?"

취에가 귀찮다는 듯 짐수레를 밀었다. 그러면서 리하쿠를 자꾸 흘끔흘끔 쳐다보았기에 리하쿠가 교대했다.

밖으로 나가니 남자의 우렁찬 목소리가 들려왔다.

"다들 알아들었나? 여기 계신 달의 귀인께서 서도 백성들을 위해 얼마나 힘을 써 주셨는지?"

민중들이 술렁거렸다.

"배급 식사를 마련할 수 있었던 곡물도 달의 귀인께서 머나먼 곳까지 일부러 가져와 주신 것이다. 지금 우리가 굶주리지 않을 수 있는 것도 다 달의 귀인 덕분이란 말이다! 무료 진료소도 달의 귀인이 배려해 주신 것이다. 가 본 자는 알 텐데."

'뭐야, 이건?'

목소리의 주인이 진시 편인 사람이라면 그나마 이해가 된다.

하지만 아무리 들어도 교쿠오의 목소리였다. 멀리까지 울려 퍼지는, 정말로 배우 같은 목소리다.

마오마오는 걸음이 빨라졌다. 더 가까이 가지 않으면 보이지 않지만 너무 가까이 가도 위험하다. 어디 잘 보이는 장소가 없을까, 하고 주위를 두리번거렸다.

"마오마오 씨, 마오마오 씨."

취에가 나무 위로 기어오르며 손짓을 했다. 마오마오도 마찬가지로 나무를 타고 올라갔다.

"떨어지면 안 된다!"

리하쿠가 돌팔이 의관이 탄 짐수레를 밀며 지켜보았다.

나무 위로 올라가니 상황이 어떻게 돌아가고 있는지 잘 보였다.

진시 뒤에는 바셴이 있었다. 교쿠오는 진시 앞, 민중들과의 사이에 서 있었다. 마치 무대를 둘러싼 듯, 민중들이 그 주위로 멀찍이 서 있었다.

"황해에도 발 빠르게 대응해 주셨다. 나도 할 수 있는 한의 처치는 했지만, 피해가 이 정도로 그친 건 오직 달의 귀인 덕분이다. 중앙에서 바로 지원이 온 것도 달의 귀인이 계시기 때문이다. 너희는 그걸 모르는 것이냐?"

뭐지, 이건. 이렇게까지 손바닥 뒤집듯 태도를 바꾼다고? 하고 마오마오는 생각했다. 지금까지 진시의 공적을 실컷 가로챈 남자가 이 자리에서 드디어 진시가 한 일을 칭찬하고, 민중들에게 알리다니.

심지어 진시가 처음으로 서도에서 민중들 앞에 얼굴을 드러낸 상황이었다. 요인들 앞이라면 몰라도 한꺼번에 수많은 일반인들 앞에 얼굴을 보인 적은 없었다. 늠름한 자태의 천상인 같은 그 용모는 서도 사람들에게도 통했다. 황홀한 표정의 여성들 몇 명도 눈에 띄었다.

'평소라면 여기서 겸손하게 굴었을 테지만….'

전부 진시가 한 일이 맞다. 부정할 이유는 없다. 진시에게 불평할 수 있는 사람이 있다면 자기 한 몸 바쳐서 황충 퇴치 여행을 떠난 라한네 형뿐일 것이다.

참고로 라한네 형은 별저 안에서 상황을 지켜보는 구경꾼 1로 녹아들어 있었다. 너무나 평범한 모습이었기에 손에 든 괭이가 없었다면 알아보지 못했을지도 모른다. 폭동이 일어났을 때를 대비해 호신용으로 챙겨 들고 있는 모양인데 괭이 말고 다른 멀쩡한 무기는 없는 것일까. 오히려 봉기를 일으키려는 사람으로 보이기도 한다.

교쿠오의 목소리는 우렁차고 잘 들린다. 연설보다는 연극 같았다. 민중은 그저 교쿠오라는 남자에게 시선이 못 박혀 있었다.

하지만 거기서 손을 드는 자도 있었다.

"와, 왕제님은 황해가 일어날 걸 어떻게 아셨죠? 끄, 끌고 온 게 아닌가요?"

그 질문에 맞아, 맞아, 하고 호응하는 소리가 울려 퍼졌다.

'참 어렵단 말이야.'

라한이 있었다면 과거 몇 년 동안의 통계 결과와 기후, 그리고 주변 병충해 등의 자료를 제시하며 설명했으리라. 하지만 아무리 자세히 조사한 자료가 있어도 숫자를 읽지 못하는 자들이 많다. 의미를 모르는데 납득할 수 있을 리가 없다.

진시가 한 걸음 앞으로 나섰다.

"그것은 내가 설명하도록 하지. 도성에서 행한 복점卜占 제사의 결과 서쪽에 흉조가 나타났다. 최근 교쿠玉 일족 덕분에 서도는 번영하고 있었으니 생각할 수 있는 재앙이라 하면 황해일 것이라 상정했다."

왕제가 직접 백성들에게 말을 걸었다는 사실에 민중은 술렁거렸다. 아름다운 목소리는 건재했지만 여기서는 교쿠오의 목소리가 더 우렁차다.

'복점이라니….'

혹시 제사를 주관하는 루 시랑을 데려온 이유가 거기에 있었을까. 어설프게 작황이나 근래의 병충해 상황을 숫자로 밝혀 봤자 얼마나 많은 백성들이 납득해 줄지 모르는 일이다. 차라리 점을 쳐 보았다고 말하는 편이 더 쉽게 납득할 민중도 많을 것 같았다.

'미신을 믿는 자가 있으면 미신으로 달래 줘야겠지.'

마오마오는 그건 그래, 하고 생각했지만 실수였다는 사실을 바로 깨달았다. 교쿠오가 진시의 이 말을 기다렸다는 표정을 지었기 때문이었다.

"실로 그렇습니다. 지금은 그 누구보다 달의 귀인의 힘이 필요한 상황입니다."

교쿠오는 손을 크게 치켜들며 민중에게 호소했다.

"천상인의 신탁이 있으면 보다 커다란 서도, 아니 술서주의 번영을 가져올 수 있지 않겠는가?"

교쿠오의 말에 민중이 끓어올랐다. 방금 전까지 진시를 적대시하던 자들이 마치 손바닥 뒤집듯 태도를 바꾸어 젊은 왕제에게 기대에 찬 눈길을 보냈다. 아직 불만이 있어 보이는 얼굴도 많았지만 목소리를 높일 정도까지는 아니었다.

"부디 달의 귀인께서 제사를 집전해 주셨으면 합니다!"

교쿠오는 분위기를 조성하는 데 능숙하다. 민중들이 손을 번쩍 들어 올렸다.

"아, 이런~ 이렇게 나오다니."

취에는 왠지 불만스러워 보였다.

"원래 달의 귀인께서는 제사를 집전할 생각으로 루 시랑을 데려오셨으니, 대답은⋯."

취에가 대답하기 전에 진시가 움직였다.

"알겠다."

진시는 승낙했다. 다른 선택지도 없었고, 원래 제사는 예정에 들어가 있었다. 황해 때문에 연기되었을 뿐이지만….

교쿠오는 웃고 있었다. 해맑게, 마치 승리를 확신하는 듯 어딘가 모르게 거만하기까지 한 웃음이었다. 그리고 말했다.

"그럼 술서주의 발전을! 서쪽에서 온 재앙의 소멸을 기원해 주시겠군요."

진시는 표정이 바뀌지 않았다. 하지만 가까운 측근이라면 알 수 있을 터였다. 그 안색에서 '아뿔싸' 하는 조급함이 배어난다는 사실을.

어둡고 멀었지만 그런 얼굴이리라고, 마오마오도 확신했다.

"그래, 맞는 말이야!"

민중들 중 한 명이 외쳤다.

"애초에 벌레가 온 걸 달의 귀인 탓으로 돌려서 무슨 소용인데? 달의 귀인이 끌고 오신 것도 아니잖아? 벌레는 어디서 왔지? 서쪽, 여기보다 훨씬 서쪽에서 온 거잖아!"

"그래, 맞아!"

민중이 찬동했다.

잘은 모르겠지만 웃을 장면이었나 보다. 서도 주민들이 키득키득 웃기 시작했다.

"그렇다. 만일 잘못이 있다면 달의 귀인이 아니라, 이곳 서도를 맡아 다스리는 내게 있지. 그렇지 않은가? 그러니 용서를 구하고자 한다. 천상인이신 달의 귀인께 예의에 어긋나는 일이 있었다면, 그것은 내 책임이니."

교쿠오가 진시를 돌아보며 고개를 숙였다.

"아니, 이런."

취에는 난감한 표정이었다.

"그리고 황해를 막지 못했다면, 그것은 지금 여기서 아버지 교쿠엔의 대리로 통치하고 있는 내 책임이다. 백성이 굶주린다면 잘못은 내게 있다. 정말 미안하다."

교쿠오는 민중들에게도 고개를 숙였다.

"교쿠오 님! 고개를 드십시오!"

"맞아요, 저희가 멋대로 저지른 일입니다. 교쿠오 님의 책임이 아닙니다."

민중들은 교쿠오에게 고개를 들라고 외쳤다.

무대가 바뀌었다고 마오마오는 생각했다.

방금 전까지 주역이었던 진시가 교쿠오에게 잡아먹혔다.

"…맞아요. 왕제님은 아무 잘못 없어요."

"나쁜 건 벌레를 가져온 서쪽 놈들이지!"

"그래, 그뿐만 아니라 우리 식량까지 강탈해 갔어!"

맞아, 맞아, 하고 민중들이 또다시 목소리를 높였다.

교쿠오는 '서쪽에서 온 재앙'이라고 말했다. 마오마오는 황해라고 생각했다. 하지만….

'뭐야, 이게….'

황해에서 서쪽 나라로 분노의 화살 끝이 옮겨 갔다. 술서주의 바로 서쪽에 있는 곳은 옆 나라 샤오였다.

"다른 불이 붙어 버렸네요."

취에가 싸늘한 눈빛으로 말했다.

"다른 불이라니…."

"굉장하네요. 무슨 꿍꿍이가 있겠다 했는데, 지금까지의 촌극이 다 여기로 이어졌던 거예요."

"촌극이라니, 뭐가요?"

취에는 손가락을 빙글빙글 돌렸다. 손에서 비둘기가 튀어나왔다.

"달의 귀인을 불러낸 것도, 군사님을 불러낸 것도, 일부러 달의 귀인께 무례한 태도를 취했던 것도, 민중들에게 나쁜 인상을 심어 주었던 것도 모두 지금 이 순간을 위한 계산이었던 거죠~ 만일 양녀를 후궁에 들여보낸 일까지도 다 포함되어 있다면 정말 대단하네요."

비둘기가 취에의 손안에서 벗어나 퍼덕퍼덕 날아올랐다.

"서쪽 놈들을 용서하면 안 돼!"

"식량을 되찾아 오자!"

"이민족을 다 죽여 버려!"

민중이 주먹을 쳐들었다. 방금 전까지 중앙에서 온 황족에게 향하던 분노가 그대로 다른 자에게로 옮겨 갔다.

"한창 무생을 목표로 하는 중이라고 라칸 님은 말씀하셨지만, 조연도 가능한 사람이네요. 오히려 그쪽에 더 능한 것 같지 않아요?"

"그게 무슨 뜻이에요?"

"그러니까 여긴 교쿠오 님이 만든 무대예요. 그리고 달의 귀인은 의도치 않게 무대에 올려져, 급기야는 강제로 주역이 되어 버린 거죠. 봐요, 황족에게 무례하게 굴었던 일을 깔끔하게 사죄하고 민중들이 갖고 있던 오해도 푼 상황에서 실로 유능하고 이목구비도 수려한 배우 같은 남자가 등장한 셈이잖아요? 뭐, 지금 상황으로는 교쿠오 님과 공동 주연 같은 느낌이지만요."

취에가 하고 싶은 말이 무슨 뜻인지 알았다. 교쿠오는 왕제와 서도의 영주 대행을 주인공으로 삼고, 적 역할로는 이민족을 배치했다. 결정적인 말은 아무것도 하지 않고 그저 사람들이 그렇게 생각하도록 유도했을 뿐이다.

"진시 님이 여기서 부정하면요?"

"…할 수 있겠어요? 방금 전까지 일촉즉발 상태였던 수많은 민중들 앞에서. 심지어 이쪽에는 힘이 약해 저항도 못 하고 쉽게 당해 버릴 사람들도 있는데. 달의 귀인은 틀린 말은 무엇 하나 하지 않았어요. 교쿠오 님도 잘못된 말은 안 했죠. 그저 민중들의 의식이 지금 '메뚜기'가 아니라 '비축분을 빼앗아 간 이국 사람들'에게로 향하고 있을 뿐이죠~"

마오마오는 취에가 자신에게 무슨 말을 하고 싶은지도 알 수 있었다.

"자기 손을 더럽히지 않고, 직접 납치를 하지도 않으면서 인질을 취하다니. 용케 그런 생각을 짜냈네요."

취에가 고개를 끄덕이며 납득했다.

예상대로 진시가 이야기를 시작했지만 명확한 부정이라고는 할 수 없는 내용이었다.

재해를 물리치기 위해 제사를 집전하겠다는 말밖에 하지 못했다.

진시답게 무난한, 하지만 민중들의 오해를 완전히 풀기에는 불충분한 말이었다.

마오마오는 침을 꿀꺽 삼키며 취에를 보았다.

"…그럼 교쿠오가 노리는 건…."

이미 마오마오는 경칭을 붙이는 일조차 잊어버렸다.

"정말로 목표가 무생이라면, 무대는 서도가 아닐지도 몰라요."

취에는 더욱 서쪽을 바라보았다.

"무슨 일이 있어도 서쪽, 샤오에 전쟁을 걸 이유가 있는 거겠죠. 성치적인 이득 외에도."

마오마오도 서쪽 하늘을 보았다.

머나먼 땅에는 샤오, 그리고 북아련이 있었다.

약사의 혼잣말

16화 ⁚ 교쿠엔의 자식들

　마오마오의 눈앞에서 진시는 기둥에 머리를 짓찧고 있었다.

　화려한 방 안, 종자들에게 둘러싸인 가운데 스스로 머리를 들이박는 모습은 우스꽝스럽다고밖에 표현할 길이 없었다.

　"도련님, 이걸 끼우고 하세요."

　스이렌이 살며시 진시와 기둥 사이에 둘둘 뭉친 솜옷을 끼워넣었다. 푹, 푹, 하는 한심한 소리로 바뀌었다. 들이받는 일 자체를 말리지는 않는 모양이다.

　"속았어!"

　"속았네요."

　"웃기지 마!"

　"웃고 있네요."

　마오마오는 계속 맞장구만 쳤다. 괜히 해결책을 제시하기보다 마냥 긍정만 하는 것이 낫다. 발작을 일으킨 기녀에게 이렇게 대응하다 보면 언젠가는 진정하곤 했다.

"이봐, 내 얘기 듣긴 하는 거야!"

"듣고 있어요."

아무래도 선택지를 틀린 모양이다. 이럴 때는 얌전히 맞장구만 치지 말고, 타개책을 제시해야 했다. 하지만 지금의 마오마오에게 구체적인 방안은 없었다.

다른 종자들도 마찬가지인 듯했다.

"달의 귀인이시여, 그 후로 교쿠요 황후 전하의 연락은 없었습니까?"

우선 가오슌이 입을 열었다.

'그 후로라니, 언제부터를 말하는 거지?'

교쿠오의 양녀 건으로 연락을 주고받고 있었던 것 같은데 그 이야기일까.

"연락은 있지만 교쿠오 공을 대처하기는 어려운 모양이다. 이번 건은 황후도 몰랐을 테니. 서둘러 연락을 해 봐도 시간에 맞추지 못하겠지. 하지만 전에 다른 연줄을 소개받았다."

'그랬겠지.'

아무리 혈연이라도 마음이 같을 수는 없다. 다른 연줄이란 누구 이야기일까.

"그럼, 교쿠엔 님은 어떻습니까?"

이번에는 바셴이 물었다.

"…내 예측이지만, 교쿠엔 공의 의사와는 다르게 흘러가는 것 같다. 이쪽에서 어떤 상황인지에 대해선 보고를 보냈어. 하지만 교쿠엔 공은 아들의 재량에 어느 정도 맡겨 둔 모양이야. 애매한 답장밖에 오질 않으니. 아마 교쿠오 공의 편지와 내 편지의 내용이 상당히 다르겠지."

"교쿠엔 님의 답장에 진시 님의 보고와 어긋나는 내용은 없었나요?"

타오메이가 물었다. 아마 편지가 교쿠엔에게 잘 도착하긴 했는지 확인하는 질문일 것이다.

"…아직은 없는 것 같다."

"그렇겠죠."

장막 뒤에서 목소리가 들렸다. 순간 누구인가 했는데 가오순의 또다른 아들, 바료의 목소리였다. 취에가 가끔 그쪽으로 가서 장막을 콕콕 찔러 보고는 했다.

'목소리를 낼 정도로는 익숙해졌나 보네.'

하지만 얼굴을 내밀기까지는 앞으로 몇 번을 방문해야 좋을지 모르겠다. 집오리로 변장이라도 하면 조금은 편하게 대해 주지 않을까. 가오순이 이어서 말했다.

"교쿠엔 님의 방식은 옆 나라와 사이좋게 지내면서도 견제하는 식이었습니다. 어느 정도 유도나 거래를 한 적은 있어도 노골적으로 선전포고를 하지는 않죠. 이번 일은 교쿠오 님의 독단이라 간주해도 되겠습니다. 동시에 교쿠엔 님도 아드님의 방식에 대해 이러쿵저러쿵 참견하기를 망설이고 있다고 생각합니다."

"교쿠엔 공도 이미 노령이니까. 한없이 참견할 수 없는 마음은 이해가 되지."

'그러게요….'

"네. 게다가 교쿠엔 님의 방식에 불만이 있는 백성도 적지 않습니다. 교쿠오 님의 지지 기반에는 교쿠엔 님이 쫓아낸 사람도 다수 포함되어 있습니다."

"그렇겠지."

진시는 솜옷을 내려놓고 의자에 앉았다.

"옆집 사람이 모두 좋은 사람이라고 생각할 수는 없을 테니."

마오마오는 작년에 있었던 서도의 결혼식을 떠올렸다. 새 신부가 옆 나라 샤오에 시집가기 싫어서 자살인 척하고 사라지려 했던 사건이었다. 가족 전체가 합심하여 저지른 범행이었기에, 해결한 후에도 안타까운 마음이 남았다.

'이국 사람의 아내가 되면 가축처럼 낙인이 찍힌다고 했지.'

세상에 자기가 좋아서 낙인을 찍어 달라고 몸을 내미는 멍청이는 그리 많지 않다. 마오마오가 아는 한 한 명뿐이다.

'아니, 그건 심지어 자기 손으로 찍은 거잖아.'

마오마오는 멍청이를 실눈으로 쳐다보며 현재 상황을 곱씹어

보았다.

'민중이 왕제에게 불만을 품고, 그것을 교쿠오가 중재했어. 뭔지 몰라도 이국 사람들 탓으로 돌리게 되고, 진시는 제사를 집전하게 됐지.'

그 자리의 분위기로 볼 때 이번 제사는 역병을 퇴치하는 일보다 앞으로 일으킬 전쟁의 필승을 기원하는 목적이 더 짙은 느낌이었다.

지금 진시는 연기하고 있는 제사를 어떻게 할지 고민이 되는 모양이었다.

"교쿠엔 공이 돌아와 주면 좋을 텐데…."

진시가 가능성 없는 이야기를 꺼냈다.

"아쉽지만 그건 무리일 것 같습니다."

"남의 힘에 기대면 못써요."

가오슌 부부가 나무랐다.

이야기가 정리될 것 같지도 않고, 무엇보다 어쩌다 이런 상황에 끼게 되었나 싶어 마오마오는 머리를 움켜쥐었다. 따지고 보면 며칠 만에 불려온 마오마오가 진시의 배에 생긴 화상을 진료하기도 전에 진시가 불평을 늘어놓기 시작한 탓이었다.

'취에 씨.'

자신을 끌고 온 장난꾸러기 시녀가 원망스러웠다.

이야기가 진행되지 않았기에 마오마오가 본론으로 되돌리기로 했다.

"고민이 많으신 것 같은데, 그래도 제사 방침은 이미 정하신 거죠?"

"…이거다."

진시가 종이를 보여 주었다.

"지진地鎮?"

땅地을 진정鎮시킨다고 쓰여 있었다.

"루 시랑이 제안하더군. 제사를 이 명목으로 집전하는 것이 어떻겠느냐고."

"의미는 알겠는데, 그리 자주 들어 본 말은 아니네요."

"제사가 무엇인지는 알지?"

"네. 주상께서 행하시는, 조상의 혼을 모시는 의식이죠?"

"그래. 하지만 주상이 다망하실 때는 내가 집전하는 경우가 많지."

그로 인해 예전에 그 기회를 틈타 진시의 목숨을 노리는 일이 있었다. 만일 마오마오가 진시에게 딸린 시녀였을 때 관녀 시험공부를 열심히 했다면 진시의 정체를 더 빨리 알았을지도 모른다.

"제사에 대해 자세히 설명해 줄까?"

"아뇨, 괜찮습니다. 지진이라는 게 무엇인지 구체적인 내용만 가르쳐 주세요."

마오마오는 딱 잘라 거절했다.

"알겠다. 본래 조상의 혼과 하늘과 땅을 모시는 것이 제사인데 이번에는 머나먼 서쪽 땅으로 왔으니 그 땅의 신을 진정시키는 형태로 제사를 지내는 것이 어떠냐는 이야기다. 즉, 황폐해진 대지에 제사를 올려 곡식의 풍년을 기원하자는 말이지."

"솔직히 말씀드리면 대충 새로운 제사를 만들어 봤다, 그런 형태인가요?"

"너무 그렇게 노골적으로 말하진 마라. 동방의 섬들에는 그런 축제가 실제로 있다고도 하고."

"왕제 전하가 조상의 혼을 모시는 제사를 올린 직후에 교쿠오 님이 타국에 선전포고 성명을 발표하면 곤란해진다. 그럼 조상의 혼이 아니라 그 지방의 토지신을 모신다면, 최악의 경우에 제사의 대상으로 삼을 수 있는 범위가 술서주로 한정된다, 그렇게 이해해도 될까요?"

"마오마오, 정치는 잘 모른다면서 의외로 이해가 빠르군⋯."

진시가 묘한 데서 감탄했다.

"제사 대상에서 벗어나는 범위에는 진시 님도 포함되어 있는 것 같은데요."

"제안한 루 시랑 본인도 그렇고. 사실 무엇보다 교쿠오 공이 아무것도 하지 않는다면 그보다 더 좋을 일은 없지."

불안한 점을 구체적으로 말하자면 제사 마지막에 타국에 전쟁을 선포하겠다는 뜻을 교쿠오가 당당히 드러냈다는 데 있다.

"하지만 드러내 놓고 무슨 짓을 했느냐, 하면 아직은 그렇지는 않잖아요?"

"그래. 나와 라칸 공에게 전쟁 이야기를 꺼내긴 했지만 아직 공표는 안 했지. 어디까지나 제안일 뿐, 나와 라칸 공의 의사가 없다면 실행할 수는 없다는 태도였다."

교쿠오라는 남자의 성가신 점이 거기에 있다. 절대로 자기 혼자 전쟁을 하려 들지 않고 주위를 끌어들여서 막무가내로 이야기를 진행시키려 한다.

교쿠오는 서도 백성들의 신뢰가 두텁다. 백성의 의견에 귀를 기울이며 정치를 하려 한다. 무척이나 좋은 영주 대행으로 보이지만 세상일은 그리 쉽게 굴러가지 않는다.

서도 백성들의 기분을 생각하면 분노의 화살 끝이 어딘가로 향하기는 향해야 한다. 왕제에게 향하던 분노가 지금은 타국으로 돌려졌다.

단기적인 도피처로 택하기는 쉽지만, 장기적으로 생각하면 상당히 난감한 선택이다.

"내가 전쟁을 반대하니까 강경수단을 취한 거지."

"네. 음험한 방식이네요. 자기 혼자 당당하게 선전포고를 하고 나가서 박살 나고 오면 될 것을."

"아니, 그것도 안 되지."

타오메이가 날카롭게 말하자 가오슌이 끼어들었다. 바센의 외모는 가오슌을 닮았지만 혈기왕성한 성격은 어머니를 닮은 듯했다.

'술서주에는 이국 사람들이 굉장히 많은데.'

마오마오는 위험한 처지에 놓일 이국 사람들이 불쌍하게 느껴졌다.

"그러고 보니 지금 서도 안에 이국 사람들이 얼마나 많은가요?"

민중들의 그 분위기로 볼 때, 이국 사람들을 보자마자 잡아다 자루에 넣고 몽둥이찜질이라도 시킬 것 같았다. 어디에 숨어 있을까.

"그 부분은 역시나라고나 할까, 군사 공이 해결해 주었다."

"그 아저씨가?"

마오마오는 얼굴을 찌푸리며 물었다.

"황해가 첫 번째로 밀려온 후 즉시 이국인 상단 등을 한 곳에 모아 보호하고 있더군. 군사 공의 말로는 뒤섞이면 골치 아파질 것 같아서 그랬다고 한다."

"…어디까지 알고 한 일일까요?"

그 괴짜 외알 안경은 모든 것을 본능적으로 감지하기 때문에 이해하기가 어렵다.

"많은 상단이 해로로 귀국하거나 또는 육로를 통해 화앙주로 이동했다. 그래도 서도에 100명 정도는 남아 있고."

"숨을 장소가 있었나요?"

"서도 백성들도 다 똑같지는 않으니까. 이국 사람들에게 원한을 품은 자도 있는가 하면, 자기 삶에서 완전히 떼어 낼 수 없는 이웃이라고 생각하는 자들도 있지. 항구 근처에 이국인들을 상대하는 숙박촌이 있어서 그곳을 통째로 빌렸다."

"용케 빌려줬네요?"

"그래. 마침 딱 좋은 연줄이 있어서. 그 상대가 슬슬 올 시간이 되었군."

"…저기, 손님이 오신다면 전 빨리 일을 끝내고 돌아가고 싶은데요."

의무실에는 그 북새통 속에서도 쿨쿨 잠만 자던 돌팔이 의관밖에 없다. 약뿐만 아니라 붕대도 부족해졌으니 안 쓰는 침대보라도 찢어다 만들고 싶은 심경이다.

"마오마오 씨가 그렇게 말씀하시는 중에, 손님이 오셨어요."

취에가 쓸데없는 보고를 했다.

진시가 히죽 웃었다.

"그렇게 됐다. 뒤에서 기다려 다오."

"…네. 그런데 뒤라는 게 어딘가요?"

마오마오가 주위를 두리번거렸다.

"자, 마오마오 씨. 이쪽으로 오세요."

취에가 안내한 곳은 방 한 모퉁이, 장막으로 칸막이를 친 공간이었다. 안에는 탁자와 의자가 2개, 그리고 다과가 놓여 있었다. 좁지만 갑갑할 정도는 아니었다.

"우리 남편만 공간을 쓰는 건 치사하니까, 취에 씨도 만들었어요."

"엄청 편안한 장소네요."

"네. 과자가 부족하면 위쪽 선반에 있어요. 차랑 과일 음료 중 어느 쪽이 좋으세요?"

"차요."

"알겠습니다~"

취에가 반대쪽 장막으로 나갔다.

"마오마오."

진시가 장막 너머에서 불렀다.

"이제부터 피곤해질 예정이니 보충을 하고 싶다만."

장막 틈새로 진시가 손을 쑥 들이밀었다.

"보충이라고요?"

마오마오는 취에가 말했던 선반을 올려다보았다. 그리고 선반에 놓인 바구니에서 종이로 싼 월병을 집어 진시의 손에 쥐여주려 했다.

"?!"

"……"

월병이 바닥에 떨어졌다. 종이가 벗겨져 바닥에 닿고 말았다. 마오마오는 주우려 했지만 오른손이 진시의 오른손에 붙잡혔다. 확인하는 듯 손가락과 손가락 사이로 진시의 손가락이 파고들어, 깍지를 꼈다. 오른손끼리라 미묘하게 불편했다.

길쭉한 손가락이 마오마오의 손등을 붙잡고, 손바닥에는 진시의 손바닥이 밀착했다.

두근두근 뛰는 혈류가 느껴졌다. 손톱은 깔끔하게 정리되어 있지만, 손바닥에 생긴 단단한 굳은살의 감촉. 손가락 끝에 먹물이 살짝 묻어 있고, 땀이 조금 배어났다.

마오마오도 손에 땀이 나기 시작했다. 그 전에 손을 놓고 싶어서 입을 열었다.

"뭐 하시는 거죠?"

"그러니까 보충한다고 했잖아."

"보충이라니⋯."

당분 보충이 아니었단 말인가, 하고 마오마오는 떨어진 월병을 바라보았다.

"무리할 일이 이어지기 전에 해 두고 싶었다."

"⋯무리해야만 하는 건가요?"

마오마오는 얼굴이, 몸이 불붙은 듯 달아오르지 않도록, 심장이 빠르게 쿵쾅거리지 않도록 천천히 호흡을 가다듬었다. 하지만 심장 고동도 손에 솟구치는 땀도 막을 수 없어 손바닥이 차츰 축축해져 갔다.

"내 입장에서 무리하지 않는다면 그냥 혼군일 뿐이지."

"공적을 타인에게 빼앗기면 결국은 혼군 취급을 받을 겁니다."

"그건 상관없어. 아는 사람이 알면 그걸로 족하다."

움켜쥐는 진시의 손바닥 힘이 한층 세졌다.

"손님이 왔다."

진시의 목소리가 바뀌었다.

"실례합니다, 달의 귀인이시여."

남자 목소리가 들렸다.

"음, 나야말로 바쁜 와중에 불러내서 미안하군."

진시가 담담히 대응했다.

하지만 여전히 마오마오의 손을 꽉 쥔 상태였다.

'이대로 손님과 이야기하겠다고?'

진시는 마오마오에게 등을 돌리고 있다. 마오마오는 장막에 가려져 진시의 등조차 보이지 않는다. 그저 꽉 쥐고 놓아 주지 않는 오른손만은 땀이 흥건하여, 밖으로 내보일 수 없는 진시의 감정을 다 드러내는 듯했다.

진시의 눈앞에 있는 상대는 누구일까. 진시는 어떤 표정을 지으며 상대를 마주 보고 있을까. 상대는 뒤에 마오마오가 있다는 사실을 알아차리지 못했을까.

마오마오는 도저히 참지 못하고 왼손으로 진시의 손등을 꼬집었다.

'이건 불경한 짓이 아니야, 절대 아니야.'

"…그럼, 의자에 앉도록."

진시의 목소리가 다소 토라진 듯 들린 것은 기분 탓일까. 마오마오는 겨우 손이 풀려났다. 진시의 손이 장막 너머로 사라졌다.

마오마오가 오른손을 들었다. 손등에 희미하게 붉은 자국이 나 있었다.

"보충이라니…."

"보충이 뭐예요?"

"?!"

여기서 큰 소리를 지르지 않은 것만으로도 마오마오는 우수한 인간이라고 보아야 했다. 취에가 다기를 들고 서 있었다.

"아무것도 아니에요."

"그래요? 어머나, 월병이 떨어졌네요~"

취에는 떨어진 월병을 주워, 후후 불어 먼지를 털어 낸 후 먹어치웠다.

"왠지 당황스러운 얼굴인데요, 마오마오 씨."

"그냥 기분 탓이에요, 취에 씨."

작은 소리로 이야기를 주고받으며 마오마오는 조금이나마 아무렇지 않은 척했다.

"뭐~ 그런 걸로 해 둘게요."

"……."

어디까지 알고 계시는지 알 수 없는 것이 취에다.

마오마오는 의자에 앉아 얌전히 차를 홀짝홀짝 마셨다. 장막 틈으로 손님이 보였다.

"여기서 보고 있다는 걸 손님에게 들키진 않을까요?"

"안심하세요. 들키지 않도록 스이렌 님이 감수해 주셨어요. 이 정도 대화 소리라면 안 들릴 거예요."

스이렌이 문제없다고 했다면 괜찮을 것이다.

손님은 30대 중반쯤 되었을까, 피부가 가무스름하고 머리가 붉다. 이국 사람이라기보다는 햇볕과 바닷바람에 머리카락과 피부가 변색된 듯했다.

진시와 남자는 탁자를 사이에 두고 앉았다. 마오마오와 취에의 위치에서 두 사람의 옆얼굴이 보였다.

"어떤 분이세요?"

"교쿠엔 님의 아드님들 중 한 분이에요~"

그렇다면 교쿠요 황후와 교쿠오와는 형제 사이다.

"둘 다 안 닮았네요."

"네, 어머니가 다르니까요. 교쿠엔 님에게는 11명의 부인이 있고, 자식이 13명 있어요."

"……."

부자는 정실 외에 첩을 한두 명 둔다고들 하지만, 그 온화해 보이는 호호 할아버지도 예외는 아니었던 모양이다.

"저분은 셋째 아드님이세요. 이름은 어차피 말해 봤자 마오마오 씨는 기억 못 할 테니 교쿠오네 동생이라고 해 둘게요."

굉장히 실례되는 말이지만 사실이니 마오마오는 반론할 수가 없다.

"라한네 형처럼 알아듣기 쉬워서 좋네요."

"네, 하지만 라한네 형과는 달리 확실한 이름이 있는 사람이죠."

마치 라한네 형에게는 이름이 없다는 듯한 말투다.

"교쿠오네 동생은 항구를 다스리고 있어요. 숙박촌을 빌릴 수 있었던 것도 교쿠오네 동생 덕분이에요. 교쿠요 황후 전하와 사이가 좋은지, 이야기를 들어 주더라고요."

"그런 연줄이었군요."

하지만 마오마오는 "어?" 하고 고개를 갸웃했다.

"그만큼의 힘이 있는 사람인데 서도의 현 상황에 전혀 개입하지 않는다고요? 그리고 다른 형제분들은요?"

자식이 13명이나 있다는데 아직 셋밖에 밝혀지지 않았다. 권력자의 자식들이라면 더 와르르 쏟아져 나올 줄 알았는데.

"그건 교쿠엔 님의 교육 방침 때문이에요. 교쿠오네 동생 모

친은 원래 뱃사람이었고, 다른 모친들도 각자 다른 분야에서
일을 하고 있죠."

"그럼, 형제들은 각자의 친모가 맡은 특기 분야를 물려받게
되는 건가요?"

"맞아요. 교쿠엔 님의 똑똑한 점은 그냥 마구잡이로 결혼해서
아내를 늘리기만 한 게 아니라, 한 분야에 뛰어난 사람을 가족
으로 끌어들였다는 데 있죠. 황족의 혈연 외교와 똑같아요."

상인으로서는 군더더기 없는 행동이다. 심지어 그중에서 교
쿠요 황후는 아름다움과 현명함을 무기로, 후궁의 패자가 되었
다.

"하지만 까놓고 말해 교쿠엔 님의 후계자는 교쿠오 님뿐이
죠? 아무리 장남이라지만 다른 형제들은 불만이 없을까요?"

가문이 크면 클수록, 재산이 많으면 많을수록 골육상쟁이 벌
어지게 된다. 부인이 11명, 자식이 13명이라니, 자꾸 엇나간 쪽
으로 추측하게 된다.

"그게, 교쿠엔 님의 부인들 사이에 등급이 있다나 봐요. 교쿠
오 님의 모친은 정실이고 그 외는 측실이라는 명확한 형태로."

"그렇군요."

진짜 부인은 교쿠오의 모친 하나뿐이고, 나머지는 관계를 만
들기 위해 측실로 들였다는 뜻일까.

'보기보다 냉혹한 짓을 하네.'

자상하게 생긴 호호 할아버지라는 교쿠엔의 인상이 단숨에 뒤바뀌었다.

"교쿠엔 님의 방식은 알겠는데, 그 외 다른 많은 부인들의 친족들이 불평하지 않을까요?"

"그 부분은 이래저래 잘 해 나가고 있나 보죠."

취에는 월병을 우물거리며 계속 밖을 훔쳐보았다.

교쿠오네 동생은 숙박촌에 체재하는 이국 사람들의 상황을 보고하고 있었다.

"그러저러하여 지금은 어찌어찌 잘 해 나가고 있습니다."

"정말 큰 도움이 되었다. 긴급 사태라고는 하나 민중이 이국인들을 습격할 경우 외교 문제가 될 수도 있으니."

"외교 문제라…."

볕에 그을린 사내가 비아냥거리듯 입술을 뒤틀었다.

"형이 어떻게 나서느냐에 따라, 제가 몰래 숨겨 두는 일이 다 무의미해질 수도 있습니다."

교쿠오네 동생의 말은 무척 불온하게 느껴졌다. 생김새는 투박한 뱃사람 같지만 왕제 앞이라 그런지 말투가 조심스러웠다.

"…실례인 줄 알지만 교쿠오 공은 전쟁을 하고 싶어 한다고 생각할 수밖에 없는데, 형제 사이에서는 어떤 태도를 취하고 있지?"

"…확실히 말할 수는 없지만, 짚이는 데는 있습니다."

교쿠오네 동생은 뼈마디가 굵은 손가락으로 깍지를 끼었다.

"큰형의 어머니, 저희는 모두 서모西母님이라 부르고 있습니다만, 서모님은 원래 바람을 읽는 백성이었다는 이야기를 아십니까?"

"음."

서모라는 말이 여신 '서왕모'에서 따온 말인지, 아니면 서도의 어머니라는 의미인지는 알 수가 없다. 아니면 이름에 서西 자가 들어갈지도 모른다.

"서모님은 자상한 분이셔서, 한때 같은 일족이었던 다른 바람을 읽는 백성들을 걱정하곤 하셨습니다. 아버지가 무역 일을 하실 때 따라가서 노예상을 둘러보며 동포를 찾아내 해방시켜 주셨다고 합니다."

"…그렇다면 교쿠오 공도 함께?"

"네. 많은 바람을 읽는 백성들을 샤오에서 발견했다더군요. 이국 사람들에게 학대당해, 뼈와 가죽만 남은 동포가 죽어 가는 것을 끝까지 돌봐 준 일도 있다고 합니다."

마오마오는 들으면서 반 정도는 납득하고, 반 정도는 갸웃했다. 취에도 비슷한 감상인지 얼굴을 찌푸리고 있었다.

"어떻게 생각해요, 마오마오 씨?"

"글쎄요, 저도 잘. 확실히 전쟁을 걸 이유로 들자면 이해가 안 가는 건 아니지만, 어디까지나 여러 이유 중 하나일 뿐이라는 느낌인데요."

마오마오가 솔직하게 말했다. 그렇다. 이유라고 하면 이해가
되지만, 그것만으로는 약하다. 동포의 복수라고 할까, 원래 바
람을 읽는 백성을 습격했던 건 같은 초원에 살던 다른 부족이었
다. 노예가 된 자를 학대하는 건 이국 사람뿐만이 아니다. 정치
적으로 말하자면 거의 생트집에 가깝다.

마오마오와 취에가 의문을 느꼈다면 진시도 마찬가지다.

"이유는 그것뿐인가?"

진시가 단도직입적으로 물었다.

"아무리 큰형이라고는 해도 동생들 모두가 교쿠오 공에게 아
무 말도 못 하지는 않을 터. 불만이 있으니 이렇게 다하이大海
공이 내 이야기를 들어 주는 것이 아니겠는가?"

교쿠오네 동생 이름은 다하이라는 모양이다. 뱃사람다운 이
름이다.

'교쿠玉가 들어가지 않는 이름이네.'

그 시점에서 이미 후계자 자리에서는 탈락이라고 마오마오는
생각했다.

교쿠요 황후의 이름에 '교쿠'를 붙여 준 것은 어린 시절부터
우수했기 때문일까, 아니면 후궁에 들어갈 때 개명했을까.

"교쿠오 공도 항구의 주인을 동생이라고 무시할 수 없었을 텐
데. 교섭 조건으로 무엇을 제시했지?"

310

다하이가 한순간 움츠러든 표정을 지었다가 희미하게 웃었다.

"달의 귀인께서는 사람들 앞에 더 많이 나서셔야겠습니다. 가진 게 얼굴밖에 없는 분이라는 말을 듣기는 싫으실 것 같군요."

"나선들 무슨 좋은 일이 있지? 사람들한테 떠받들려지기나 하라고?"

진시는 표정을 누그러뜨리지는 않았으나 말투는 많이 소탈해졌다. 마오마오가 모를 뿐 여러 번 만난 적이 있는 듯했다. 그렇지 않고서야 다하이도 저렇게 실언에 가까운, 무례한 말을 하지는 못할 테니 말이다.

"큰형은 샤오의 항구 사용권을 미끼로 내놓았습니다. 샤오는 타국의 배들에게 거액의 항구 사용료를 뜯어내고 있지요. 샤오에는 각국에서 모여든 상품이 많고, 어차피 내지 않을 수 없는 돈이라는 사실을 알고 높은 사용료를 요구해도 항구를 이용하지 않을 수는 없으니 울며 겨자 먹기로 내야지요. 큰형은 반대로 그것을 받는 입장이 되자고, 그리고 그 관리를 제게 맡기겠다고 했습니다. 가볍게 이 정도는 받을 수 있을 것이라면서."

다하이가 금액을 손가락 다섯 개로 내보였으나 마오마오는 일단 단위부터 알 수 없었다.

"그래서?"

"그래서라니, 무엇이 말입니까?"

"일견 이권을 내주는 것 같지만, 사실은 동생이 할 일을 늘리려는 것으로밖에 보이지 않아. 다하이 공이 아무리 유능하다 해도 타국의 배가 드나드는 두 개의 큰 항구를 관리하는 것은 무리일 테지. 아니면 몸을 반으로 쪼개서 두 사람이 되겠다는 말인가? 다하이 공은 신선의 도술을 쓸 수 있는 사람인가?"

진시가 비아냥거리듯 불가능한 이야기를 했다. 다하이의 표정은 바뀌지 않았다.

"제게는 오른팔, 왼팔, 그리고 두 다리를 맡아 줄 부하가 있습니다. 그들에게 맡겨야지요."

"전쟁이 벌어질지도 모르는 장소에 심복 부하를 놔두겠다고? 뱃사람은 동료를 귀중히 생각한다고 들었는데, 과대평가였나?"

진시는 노골적으로 도발하고 있었다.

'이건….'

옆에 있기만 해도 신경이 갉아 먹히는 기분이었다. 듣는 사람도 말하는 사람도 지칠 것이다.

'보충하고 싶은 것도 이해가 되네.'

이런 대화가 계속 이어지면 정신적으로 아주 힘들다.

"그만큼 항구의 이권이 크다는 말입니다."

"그럼, 다하이 공 이외의 다른 형제들이 입을 다물고 있는 이유는 뭐지? 항구만큼 큰 이권도 없을 테고, 오히려 타국을 침공할 때 부담할 군사 비용을 생각하면 아무리 생각해도 부정적인

312

면이 더 큰데."

"…형제들에게는 큰형이 각각 얻을 이점에 대해 설명했을 겁니다."

마오마오와 취에는 장막 틈새로 계속 밖을 엿보고 있었다. 월병은 이미 다 떨어지고, 취에는 마화아*를 조금씩 깨물어 먹고 있었다.

"제가 계속 보고 있어도 되는 건가요?"

"그럼요."

"아니, 저 다하이 씨라는 분이 알면 싫어하실 것 같은데요."

마오마오 본인이었다면 밀담을 나누는 방에 이런 시녀들이 숨어 있는 것은 싫을 터였다.

"저 사람은 달의 귀인을 상대하는 일 자체가 싫을 거예요~ 왕제 전하는 자기평가가 낮아서 그렇지, 이러니저러니 해도 유능한 분이시니까."

'하긴.'

다하이라는 남자는 진시보다 열두 살은 많아 보였다. 하지만 이야기의 주도권을 잡고 있는 사람은 진시인 듯했다. 무슨 중요한 단서를 쥐고 있는 것 같기도 했다.

'교쿠요 황후가 정보를 줬나? 아니….'

※마화아(麻花兒) : 딱딱한 튀김 꽈배기 과자.

진시가 탁자 위에 검은 덩어리 하나를 툭 내려놓았다.

"이점이란 건 이걸 말하는 거겠지?"

검은 덩어리는 돌처럼 생겼다. 단면의 광택이 흑요석 같기도 했지만 아니었다.

"술서주에서는 불타는 돌이라고 하더군."

'불타는 돌, 태울 수 있는 돌, 석탄이구나.'

마오마오는 그 곱슬머리 안경의 편지를 떠올렸다.

"석탄이 나는 광산이 샤오의 항구 근처에 있다고 하더군. 항구를 손에 넣으면 당연히 채굴도 가능해지지."

진시가 확인하듯 물었다.

"술서주의 연료 사정은 중앙보다 혹독하다고 들었다. 밤낮의 기온차가 심하고, 겨울에는 동사자도 적지 않다더군. 목재가 부족해서 밀짚이나 가축 똥을 연료로 이용하고 있지만, 그 양도 안정적이지는 않지. 연료의 안정적 공급을 전제로 이야기할 경우, 다하이 공뿐만 아니라 다른 형제들도 귀를 기울이겠지. 자, 그럼 문제는…."

'아, 저 표정 싫다.'

진시는 마오마오에게 문제를 가져올 때와 같은 표정을 짓고 있었다. 후궁 시절, 이 수상쩍은 미소 앞에서 대체 몇 번이나 벌렁 뒤집혀 죽어 있는 매미를 쳐다보는 표정을 지었는지 모른다.

"교쿠오 공도, 다하이 공도 석탄 이야기는 꺼내지 않았다. 그 이유는 무엇일까?"

'아… 진짜 싫은 표정이네….'

이렇게 되면 마오마오는 다하이를 동정하는 수밖에 없다. 진 시는 사정을 봐주지 않는다. 모든 것을 완벽히 준비해 두고, 퇴로까지 완전히 차단하고 나서야 행동에 나서는 부류다.

"기록에 의하면 과거에 술서주에서도 소량이나마 채굴이 되었다더군. 지금은 안 한다던데, 이유가 뭐지?"

"광산 자원이 고갈되었기 때문 아니겠습니까?"

"정말로 그런가?"

"…무슨 말씀을 하고 싶으신 거죠?"

다하이가 불쾌한 목소리로 대꾸했다.

"무얼, 중앙이 석탄의 가치를 재확인하고 감사에 들어가면 어떻게 될까 생각했을 뿐이야. 본래 제출해야 하는, 채굴한 석탄을 감추었다면 어떻게 될까?"

라한의 수수께끼 편지는 술서주에서 석탄 채굴을 감추고 있다는 사실을 알려 주는 신호였나 보다.

"석탄 채굴 보고가 끊어진 것은 17년 전이지. 이 일족의 혼란 속에서 무슨 일이 일어난 걸까?"

"저는 모르겠습니다."

"모르는 채로 석탄을 사용하고 있었다고?"

"어떻게 그렇게 확신하시죠?"

다하이와 진시가 대치했다. 방금 전까지 친근하게 대화를 나누고 있었던 만큼 심장이 더 바짝바짝 조여들었다.

"서도의 제철소는 상당히 시커멓게 더럽혀져 있다더군."

"철을 만드는 곳이니 더럽혀지는 것이 당연하지 않겠습니까?"

"그렇지. 나무를 태우든 석탄을 태우든 그을음은 검지. 하지만…."

진시가 마오마오 쪽을 흘끔 돌아보는 듯했다.

"독특한 냄새는 감출 수 없겠지? 게다가 제철소에 석탄이 대량으로 운반되는 모습을 확인했다."

취에가 마오마오에게 석탄의 냄새에 대해 물은 적이 있었다. 지독한 냄새가 특징이기 때문에 제철소에서 사용되고 있다는 사실을 알아내고, 확고하게 증거를 수집했을 것이다. 빈틈이 없다.

하지만 다하이도 여기서 인정할 리가 없었다.

"타국에서 석탄을 수입하는 건 드문 일이 아닙니다. 술서주에서 채굴한 석탄이라고 단정 짓는 건 너무 조급한 일이라고 생각합니다만."

"그렇다면 장부를 보여 줄 수 있겠나? 타국에서 석탄을 수입했다면 선박을 이용하지 않았을 리가 없을 텐데."

진시의 단정한 입술이 씨익, 하고 호를 그렸다.

"동생인 제게는 굉장히 세게 나오시는군요?"

다하이가 어이없다는 표정을 지었다.

"증거가 있으니 세게 나갈 수 있지."

왕제치고는 한심한 말이지만 권력을 함부로 행사하지 않는다는 뜻도 된다.

"그리고 회유책도 준비해 두었다."

"…역시 만만찮은 분이군요."

"석탄 이용에 대해 선제, 아니 '여제'와 밀약을 맺었겠지?"

"어떻게 그런 생각을 하셨습니까?"

"아무리 멸족 후 혼란의 시기를 겪었다 해도, 궁정의 재정을 짊어지는 부서는 잔소리가 많은 법. 본래대로라면 작년까지 징수되던 세금이 갑자기 사라질 리가 없다고 지적했을 것이다."

마오마오의 머릿속에 주판을 튕기는 라한의 모습이 떠올랐다. 어차피 다 암산으로 계산하는 주제에 항상 주판을 갖고 다니는데 솔직히 그 틱틱거리는 소리는 시끄럽다.

"그렇다면 석탄에 대해서는 궁정이 묵인하고 있다는 뜻이 되는군요. 그런데 그걸 달의 귀인께서 지적하시겠다는 뜻입니까?"

"말했을 텐데? 전 황태후, '여제'와의 밀약이라고. 현 주상과는 상관없는 일이지. 주상께서 모르셔도, 또는 알면서 입 다물고 계신다 해도 내가 지적하면 주위에서는 어떻게 움직일까? 호부 놈들이 세금을 뜯어내려고 눈을 번득이며 쫓아오겠지. 17

년분의 채굴량을 사정없이 계산해 댈걸. 그때 석탄의 가치를 다시 확인할 것이다."

'저 표정 진짜 싫다.'

정말로 보충이 필요했던 것이 맞을까? 상당히 들뜬 느낌이다.

"협박입니까? 황해에서 서도 백성들을 구제해 주셨나 했더니, 파탄으로 몰아넣는 것이 본 목적이십니까?"

"제안이다. 회유책도 준비해 놓았다고 하지 않았더냐. 나는 석탄의 가치도 존재도 몰랐다, 그것은 그냥 돌멩이나 다름없다. 그러면 되겠지."

"…눈을 감아 주시는 대신 무엇을 요구하시려는 겁니까?"

다하이가 눈을 가늘게 떴다.

"나는 솔직히 전쟁을 해서 이득이 될 것이 없다고 생각한다. 개인이 도박을 하겠다면 아무 상관도 없지. 허나 나라를 끌어 들이는 일까지는 찬성할 수 없어. 교쿠오 공이 제사를 드릴 때 만일 선전포고 발언을 한다면 서도 백성들은 몹시 흥분할 것이다. 내가 말려도 우르르 기세를 몰아 타국을 침공할 것이 뻔해."

"제게 큰형을 말려 달라고 하시는 겁니까?"

"바로 그거다. 전쟁이 시작되면 중앙에서 석탄을 가지고 시비를 거는 정도와는 비교도 되지 않을 만큼의 큰 손해가 발생하겠지. 우선 전쟁을 하려 해도 다하이 공의 배가 없으면 타국을 침공할 수조차 없을 터.”

진시의 말이 맞다. 마오마오는 멍하니 지도를 머릿속에 떠올렸다. 술서주는 초원이 넓고 먹을 것이 부족하다. 육로만으로 침공하는 일은 불가능하다.

“게다가 형제들 중 전쟁의 번거로움을 가장 잘 아는 사람은 다하이 공이라고 볼 수 있어. 내 이름을 대면 다른 형제들을 몇몇이나마 설득하는 데에도 도움이 되지 않겠나?”

“…제게 이익이 있습니까?”

“말하지 않았나? 중앙에서 석탄은 아무 가치도 없는 돌멩이라고.”

마오마오는 이미 다 식은 차를 홀짝이며 다하이가 가엾다고 생각했다. 12살은 어린 애송이에게 저렇게 농락당하면서 분하지도 않을까. 하지만 다하이의 얼굴을 보니 그렇게 분해 보이지는 않았다.

마오마오는 고개를 갸웃하며, 슬픈 얼굴로 마지막 마화아를 응시하고 있는 취에를 돌아보았다.

“취에 씨, 취에 씨.”

“무슨 일이세요, 마오마오 씨?”

“왠지 드는 생각인데, 이거 짜고 치는 담합 아닌가요?”

마오마오는 저도 모르게 물었다.

“우후후후. 높으신 분들은 참 힘들겠어요. 대의명분이 없으면 형제를 설득할 수도 없다니 말이에요~"

다하이가 진시에게 당하고도 아무렇지 않아 보이는 이유를 알 수 있었다.

처음부터 다하이는 진시 편이었다. 하지만 형제간의 상하 관계 때문에 존재를 드러내 놓고 움직일 수 없다. 그래서 할 수 없이 진시에게 협력해야 하는 이유를 얻으러 찾아온 것이다.

마오마오는 아까부터 계속 긴장하던 것이 바보처럼 느껴졌다.

'보충은 무슨 보충이야.'

괜히 식은땀만 흘리고, 손해만 봤다.

'정치란 참 귀찮다니까.'

마오마오는 절대 정치에는 얽히지 말아야겠다고 새삼 통감했다.

17화 ⫶ 제사 뒤에서

80일째.

이번에 진시가 집전하는 제사는 중사를 기준으로 삼는다고 한다.

마오마오는 제사라는 것을 잘 모르지만, 황제가 행하는 제사에는 순서대로 대사, 중사, 소사가 있으며 규모에 따라 목욕재계도 달라진다고 한다.

'중사는 사흘 정도 몸을 정결히 한댔지.'

진시 직속 시녀였을 때 진시가 하던 일이 떠올랐다. 분명 목욕을 할 때 의례 비슷한 일을 하고, 채식 요리를 먹었다. 아직 성장의 여지가 남아 있던 진시가 양이 부족하다는 듯 식사를 하던 일이 생각났다.

"내일은 축제네~"

항상 긴장감 없는 돌팔이 의관이 찢은 침대보를 둘둘 말며 말했다.

"축제라고는 해도 노점이 늘어서는 건 아니에요."

마오마오는 나무틀에 넣었던 환약을 다시 동글동글 빚어서 소쿠리 속에 늘어놓았다. 생약이 부족하기 때문에 대용품으로 만든 위장약이었다. 조만간 괴짜 군사의 부관을 만나면 나누어 주어야겠다.

제사는 서도의 중앙에 있는 광장에서 열린다. 사당이 있고, 눈에 잘 띄는 장소다.

"리하쿠 님."

"음? 왜 그래?"

대형견처럼 생긴 무관은 단도로 침대보를 깔끔하게 찢고 있었다.

"이런 시기에 축제를 열면 반대로 폭동이 일어나지 않을까요?"

"그게 어려운 점이랄까. 하지만 광장을 보니 경비하기는 쉽겠더라고. 원형으로 빙 둘러서 주위를 감쌀 수 있고, 넓으니까 활로 쏘아 맞히기도 어려워 보였어."

리하쿠가 볼 때 위험한 장소는 아닌 듯했다.

"문제가 있다면 폭동이 일어나 민중이 와르르 쏟아져 들어올 위험성이겠지."

"그렇게 되면 손쓸 여지가 없네요."

아무리 훈련된 무인도 수적인 폭력에는 이길 수 없다.

다치지 않는 것이 가장 좋겠지만 어떻게 될지는 모를 일이다. 무슨 일이 생기면 옷이 찢어져서 진시의 배에 난 화상 자국을 들키게 된다.

"하지만 요 며칠 사이 폭동이 좀 줄었어."

리하쿠가 찢은 천을 돌팔이 의관에게 건넸다.

"이러니저러니 해도 얼마 전 밤에 일어났던 폭동 덕분인지 조금씩 가라앉고 있는 모양이야."

"교쿠오 님이 민중들에게 직접 설명을 해 주셨기 때문인가요?"

"그렇지. 그리고 교쿠오 님의 뒤를 이어 다른 동생들도 이런 저런 말을 해 주고 있는 것 같아."

'그건 진시가 동생한테 직접 얘기했던 그거네.'

교쿠엔 일가는 서도의 다양한 산업을 맡아 운영하고 있다. 그들의 비위를 거스르면 서도에서 살 수 없으리라.

"하지만 아직도 왕제가 오는 바람에 황해가 일어났다고 하는 녀석들이 있으니 경비는 엄중히 서야겠지."

리하쿠는 무관이기 때문에 당일의 경비에 대해 자세히 들어둔 모양이었다.

"그럼, 제사를 올릴 때 교쿠오 님은 뭘 하세요?"

마오마오가 제일 궁금한 점이었다.

금방이라도 전쟁을 시작하고 싶은 남자가 과연 어떻게 나올까. 동생들이 말린다고 얌전히 있을 것 같지는 않다. 제사 때 갑자기 선전포고를 하지는 않을지 걱정된다.

"물론 인사하러 나오겠지. 하지만 경비 쪽 입장도 생각해서 자기 차례가 올 때까지는 공소에서 대기한다는 모양이야. 후반에 이런저런 절차가 다 끝나고 난 뒤 나온다던데."

공소에서 광장까지는 그리 멀지 않다. 대기하는 것이 놀라운 일은 아니지만….

"굳이 따지자면 그거, 교쿠오 님이 돋보이려고 일부러 그러는 것 같은데요."

"그렇지…."

경비가 힘들다고나 할까, 호위 대상이 둘로 분산되는 것이 별로 바람직해 보이지는 않는다. 무엇보다 서도 백성들에게 신뢰가 두터운 교쿠오가 광장에 있어 주는 편이 제어하기 쉬울 것이다.

그리고 아랫사람이 늦게 등장하는 것은 본래 실례되는 일이다. 나중에 시종과 경비들을 줄줄이 거느리고 공소에서 나오는 모습은 민중들의 마음속에 깊은 울림을 줄 것이다.

"그건 교쿠오 님이 제안한 일인가요?"

"아니, 그건 아냐."

리하쿠가 턱을 문지르며 눈을 감았다. 턱에는 다박수염이 나 있었다. 면도칼에 쓸 만큼 고급스러운 면도날을 구할 수 없어서 면도를 자주 하지 못한 모양이었다.

"제사 전에 교쿠오 님의 동생들이 남동생 여동생 할 것 없이 모여서 이야기를 한다고 들었어. 시간이 없어서 내일이 아니면 모일 짬을 낼 수 없다던데."

"호오."

다하이가 예상 이상으로 활약해 준 모양이군, 하고 마오마오는 감탄했다.

"아마 동생들도 큰형파와 막내파로 갈렸나 봐."

"막내?"

마오마오는 순간 고개를 갸웃했다가, 빨간 머리 황후를 떠올렸다.

"교쿠요 황후 전하 말인가요?"

막내라는 이야기는 처음 들었지만 듣고 보니 교쿠오와 교쿠요 황후, 두 사람의 나이 차이는 꽤나 크게 벌어져 있다. 놀라운 일은 아니다.

"그래. 큰형은 집안을 잇는 입장이고, 설령 막내라 해도 황후쯤 되면 발언력이 클 수밖에 없지. 자매들은 교쿠요 황후 전하에게 붙었고 남자 형제들 중에서도 몇 명은 교쿠요 황후파라고 해."

"자세히 알고 계시네요, 리하쿠 님."

마오마오는 덩치 큰 무관을 팔꿈치로 쿡쿡 찔렀다.

"그야 여기 오는 다른 호위가 이곳저곳을 돌고 있으니 나도 얘기를 들을 수밖에 없지. 제일 편한 별저 호위를 맡은 내가 부럽다고 하더니, 폭동이 일어난 후로는 아무 말 안 하더라고."

"문득 든 생각인데요, 교쿠오 님의 정책은 극단적인 느낌이 많이 들던데 서도 사람들은 그 점에 대해 별 생각이 없는 걸까요?"

"그건 지지층이 다른 거지. 아가씨가 보는 층에 교쿠오 님의 지지자가 많은 거야. 보는 측면이 다르면 여러 가지가 달라져."

"뭐랄까, 전에는 그런 얘기 안 하시지 않았어요?"

마오마오는 찢은 천에 뒤엉킨 돌팔이 의관을 풀어 주면서 물었다.

"시간의 경과와 함께 여러 가지 일이 벌어진 거야. 민중의 불만이 커지면 위정자를 향한 목소리도 높아지는 법이니까. 나중에 가서 사실은 마음에 안 들었다고 불평하는 사람도 생겨."

"그런 걸까요."

마오마오는 천을 감으며 제사가 무사히 끝날지 불안해졌다.

다음 날. 하늘은 구름 한 점 없이 쾌청했다. 비가 별로 오지 않는 서도에서는 길조라고 할 일도 아니지만 형식은 형식이고,

어쨌든 제사를 지내야 하는 상황이니 요 몇 개월 사이 어두웠던 분위기가 많이 밝아진 듯했다.

"아가씨, 위로 올라갈까?"

돌팔이 의관이 찐 고구마를 들고 계단을 올랐다. 마오마오는 남아서 의무실을 지키게 되었지만, 별저 3층에서 광장이 잘 보이기 때문에 그곳에서 견학하기로 했다.

무슨 일이 생겼을 때를 대비하여 마오마오도 제사 현장에 갈까 생각했지만 진시가 허락하지 않았다. 진시 본인이 다치는 것보다 마오마오가 다쳤을 때가 더 골치 아파진다고 생각했기 때문이다.

'진시가 그리 쉽게 다치지도 않을 테고, 무엇보다 괴짜 군사가 있으니까.'

마오마오가 있으면 괴짜 군사가 제사를 방해할 수도 있다.

3층은 전망이 좋고 바람도 잘 들었다.

방에는 돌팔이 의관과 취에, 리하쿠, 집오리, 게다가 라한네 형까지 있었다.

"아니, 내가 있으면 안 돼?"

라한네 형이 마오마오를 째려보았다. 집오리도 흉내를 내듯 부리를 도도하게 치켜들었다. 바센이 진시를 호위하러 갔기 때문에 여기에 있는 모양이었다.

"말이 입 밖으로 나왔나요?"

"그런 표정을 짓고 있기에 말해 본 건데, 긍정하면 상처받잖아."

"죄송합니다."

살짝 토라진 라한네 형에게 찐 고구마를 먹이려 했더니 많이 먹어서 질렸다고 밀쳐 냈다. 집오리가 라한네 형을 위로해 주고 있었다.

"보이긴 하는데 아무래도 멀어서 그런지 너무 작다."

돌팔이 의관이 눈을 가늘게 떴다. 무대가 보이기는 하지만 얼굴까지 확인할 수는 없었다. 하지만 진시는 싫어도 눈에 띄기 때문에 알아볼 수 있다.

"네, 이만큼 떨어져 있으면 아무리 활의 명수라도 못 맞히겠네요."

취에가 불온한 소리를 했다. 마오마오는 광장 주위 건물을 확인했다.

별저 외에 제법 높은 건물은 공소와 본 저택뿐이었다.

"이 저택보다 멀리 떨어져 있어도 활이라면 닿을 것 같은데 말이야."

돌팔이 의관이 눈을 크게 떴다. 이 방에서 광장 중심까지 직선거리로 따지면 2정* 정도 된다.

※2정 : 200미터.

"장궁이나 석궁이라면 닿을 수는 있겠지만 어떻게 맞히라고? 만에 하나 맞혔다 해도 상대를 즉사시킬 정도의 위력은 안 남아 있을걸. 유효 사정거리라는 게 있는데 보통은 1정도 안 돼."

리하쿠가 무관답게 설명했다.

"흐음, 그럼 안심이네."

돌팔이 의관이 안도한 표정으로 고구마를 베어 물었다.

"완벽하게 안심할 수 있는 거야?"

라한네 형이 이의를 제기했다. 책상다리를 하고 앉아 다리 사이에 집오리를 앉히고 쓰다듬으면서 말이다.

"활이란 사수나 성능에 따라 비거리와 적중률이 완전히 달라지는 법이야. 고성능 활이 개발되면 리하쿠 씨가 생각하는 상식은 완전히 날아갈지도 몰라."

라한네 형은 웬만한 일은 다 잘 해낸다. 한 분야에 특화되지는 않았으나 응용력이 높다.

"라한네 형 말대로야. 하지만 내 생각에 활은 어려울 것 같아. 활의 역사는 길고, 앞으로도 크게 변하지는 않을 테니까. 하지만 페이파 같은 걸 개량을 거듭하면 위험해질 수도 있겠지."

"페이파라고요? 의외네요."

무관이며 싸움 실력에 자신이 있어 보이는 리하쿠가 설마 페이파를 높이 평가하고 있을 줄은 몰랐기에 마오마오는 놀랐다.

"음, 지금은 활보다 위력이 떨어지지만 그 작은 대롱을 쉽게 갖고 다닐 수 있다는 게 무서운 점이지. 도구라는 건 개량하면 할수록 위력이 점점 올라가는 법이니까. 인간의 힘에 좌우되지 않는 도구는 조금만 개량해도 평가가 확 올라가는 법이지."

"어엇, 그럼 그 '페이파'라는 걸 누가 갖고 오면 위험한 거 아냐?"

돌팔이 의관은 페이파가 뭔지 잘 모르는 모양이었다.

"그렇게 되지!"

리하쿠는 천연덕스럽게 대꾸했다. 결과적으로 돌팔이 의관은 불안해졌다.

"리하쿠 씨, 결국 저격이 가능하다면 경비를 세운 의미가 없는 거잖아?"

라한네 형이 어이없다는 표정으로 집오리를 옆에 내려놓았다.

"그렇지. 하지만 페이파를 암살에 쓸 수 있게 만들려면 해결해야 할 과제가 너무 많아. 아무튼 이번 제사에서는 절대 쓸 수 없을 거야. 그러니 안심해도 되지 않겠어?"

딱 잘라 말하기에 마오마오도 리하쿠의 말을 믿기로 했다.

"아직 폭동이 좀 마음에 걸리긴 하지만, 지금은 얌전해 보이니까."

"먹을 것을 주는 동안에는 입 다물어 주겠지."

라한네 형이 눈을 가늘게 떴다.

"아니, 저쪽 안 보여?"

"뭐가요?"

춰에가 눈을 크게 떴다. 마오마오도 쳐다보니 노점 같은 무언가가 만들어져 있고, 사람들이 북적거렸다.

"추가로 온 물자를 나눠 주고 있는 거예요. 뭐~ 고구마네요."

"고구마?"

라한네 아버지, 대체 고구마를 얼마나 생산해 대고 있는 것일까. 라한네 할아버지와 라한네 어머니는 시골 생활에 불만이 있는 모양인데 알고 보면 고구마를 판 돈이 빚투성이인 괴짜 군사네 자산을 훌쩍 뛰어넘었을 수도 있다. 고구마 저택을 세울 수도 있겠다.

"평소에 노점을 하던 사람들을 고용해서 나눠 주는 일을 맡겼다나 봐. 익숙한 일이기도 하고, 고용으로도 이어지니까."

"호오."

마오마오는 재탕해서 연해진 차를 마셨다. 고구마는 연료만 있으면 구울 수 있고, 껍질을 깎을 필요도 없으니 편할 것이다. 단순히 물자를 나누어 주기만 하는 것이 아니라 다방면에서 경제를 재건하려 하는 것이 진시답다.

"게다가 고구마에 낙인을 찍어서 왕제가 주는 음식이라고 선전하고 있나 봐."

마오마오는 저도 모르게 차를 뿜을 뻔했다. 너무나 힘차게 쏟아져 나오는 바람에 입과 코뿐만 아니라 눈까지 올라온 듯했다.

"아니, 왜 그래?"

라한네 형이 마오마오의 등을 토닥여 주었다.

"아, 아뇨. 아무리 그래도 고구마에 달의 귀인의 인장을 찍는 건 너무 불경하지 않을까 싶어서요."

"그냥 단순한 초승달 낙인을 찍었다더라고. 복잡한 문양을 만들 수는 없으니까."

자학의 의미를 담은 것일까, 하고 마오마오는 불안한 기분이 들었다.

"낙인 찍은 고구마, 재밌어 보이네요. 취에 씨가 잠깐 가서 받아 올게요."

취에가 스윽 일어섰다.

"고구마는 여기도 많은데요?"

"나간 김에 뭐 신기한 과자는 없는지 보고 오려고요. 한마디로 보고만 있기 질렸다는 뜻이에요."

"취에 씨, 치사해…. 난 여기 있어야 하는데."

"맞아요~ 힘내세요~"

취에가 방을 나갔다.

마오마오는 손수건으로 얼굴을 닦으며 광장을 보았다.

진시로 보이는, 화려한 차림새의 남자가 광장을 걷고 있었다.

목소리는 들리지 않으나 관현의 음이 바람을 타고 희미하게 들려왔다.

마오마오는 아무 일도 일어나지 않으면 좋겠다고 생각하며 고구마를 베어 물었다.

약사_의 혼잣말

1 8 화 : 형제 회의

내가 왜 여기 있는 걸까. 리쿠손은 의문을 품은 채 회의실에 앉아 있었다.

공소 안의 어느 방, 가장 넓은 이 방에는 리쿠손을 비롯한 교쿠엔의 자식들이 모여들었다. 교쿠오를 포함하여 8명이 원탁을 둘러싸고 앉아 있다.

리쿠손이 아는 한 교쿠엔의 자식은 13명이다. 그중 한 명이 교쿠요 황후. 그리고 둘째 딸이 교쿠엔을 보좌하느라 중앙에 있다고 들었다.

나머지 11명 중 아직 3명이 부족하다. 전원이 모이기는 어려운 것일까, 아니면 어머니가 같은 자식은 굳이 참석하지 않은 것일까.

리쿠손은 교쿠오 형제들의 얼굴을 기억과 맞춰 보았다.

큰아들 교쿠오. 그 왼쪽에 앉아 있는 사람이 둘째 아들, 오른

쪽이 셋째 아들. 셋째 아들은 교쿠요 황후와 사이가 좋고 왕제
와도 몇 번 만났을 터였다. 두 사람 다 가끔 공소를 찾아온다.

큰딸과 셋째 딸은 각각 둘째 아들, 셋째 아들의 옆에 앉아 있
었다. 입구에서 먼 위치일수록 높은 사람이 앉는 것이 서도식
자리 순서인데 둘째 아들보다 큰딸이 연상이다. 여기서는 나이
순이 아니라 성별 차이로 순서를 정하는 모양이었다.

넷째 아들과 넷째 딸, 다섯째 딸의 모습은 보이지 않았다. 그
리고 리쿠손이 모르는 얼굴이 셋 있었다. 나머지 다섯째 아들,
여섯째 아들, 일곱째 아들인 모양이었다. 순서를 생각하면 교
쿠오의 정면에 앉아 있는 남자가 일곱째일까.

형제들 뒤에는 각각 의자가 하나씩 놓여 있고, 거기에 측근
이 앉아 있었다. 교쿠오 뒤에만 의자가 2개고, 하나는 교쿠오
의 측근이 앉아 있는데 나머지 하나는 어째서인지 리쿠손 차지
였다.

자신이 올 자리가 아니라는 생각이 자꾸만 들었지만 교쿠오
가 부른 이상 리쿠손은 얌전히 동석할 수밖에 없다. 원래 리쿠
손은 광장에서 제사를 구경하고 있어야 했다.

"무슨 용건으로 불렀어, 오라버니?"

큰딸이 목소리를 높였다. 약간 매부리코에 마흔이 넘은 여성
이었다.

"미리 설명하지 않았느냐? 서도의, 아니 술서주의 장래 이야

기를 나누자고."

교쿠오가 크게 팔을 벌리며 말했다. 덩치가 크고 근육질인 교쿠오와 달리 큰딸은 연약하고 선이 가늘었다. 각각의 모친이 다른 만큼 같은 형제라도 다종다양한 생김새와 체구를 지니고 있다.

"큰형, 난 큰형 얘기에 찬성 못 해."

셋째 아들이 뚜렷한 목소리로 말했다. 볕에 그을린 피부와 머리카락을 지닌, 그야말로 바다의 남자였다. 분명 항구를 다스리는 인물로 여차하면 둘째 아들보다 발언력이 더 강할 수도 있다고 들었다.

"뭐냐, 다하이? 형 얘기는 끝까지 들어야지."

교쿠오가 셋째 아들 다하이를 나무랐다. 하지만 상대는 어린애가 아니라 30대 중반의 성인 남자였다.

"얘기는 대충 알아. 전에도 했던 얘기잖아?"

다하이가 리쿠손을 흘끔 쳐다보았다.

"신경 쓰지 않아도 돼. 여기 있는 인간들은 이야기를 들어도 상관없는 사람들뿐이니까."

리쿠손이 자기, 즉 교쿠오 측 사람이라고 말하고 싶은 것일까, 아니면 왕제의 귀에 들어가도 문제없는 이야기라는 뜻일까.

다하이가 시선을 돌렸다.

"샤오를 공격한다는 이야기를 듣고 아버지가 가만히 계실 리가 없잖아. 아무리 큰형이 영주 대행이라 해도 도가 지나친 판단이라니까."

"나도 다하이와 같은 의견이야."

둘째 아들도 목소리를 높였다. 체구가 크고 볕에 그을린 남자였다. 이쪽은 육로 운송을 맡고 있다고 한다.

"형이 말하는 이익은 전쟁에 따르는 필요 비용에 비하면 애매한 수준이야. 나는 상인이라고. 노동력을 전장에 차출한다니 말도 안 되는 일이고, 무엇보다 실패했을 때 얼마나 적자를 볼지 알기나 해?"

둘째 아들의 말에 다른 형제들도 찬성의 빛을 표했다.

그에 반해 교쿠오는 차분했다.

"이런, 이런. 아무래도 너희는 나를 만나기 전에 이미 이야기를 맞춰 놓은 모양이구나? 전에는 분명 긍정적으로 생각하던 사람도 있었을 텐데?"

"나는 찬성 안 했어."

"나도."

큰딸과 셋째 딸이 말했다. 셋째 딸은 화려한 생김새에 풍만한 몸매를 지니고 있었다. 젊어 보이지만 벌써 30대 중반은 되었을 터였다.

누나들의 말에 다섯째 아들 이하 남동생들은 거북한 표정을 지었다.

큰딸은 남동생들의 표정을 본체만체하며 말을 이었다.

"전쟁이라도 시작해 봐, 우리 융단은 하나도 안 팔릴 게 뻔하잖아? 겨우 샤오에도 커다란 판로가 열렸는데."

큰딸의 말에 셋째 딸도 동의했다.

"우리도 포도주 못 만들어. 어차피 농민들한테서 징병할 거지? 포도 농가 사람들은 절대 못 보내. 모처럼 이국산 포도주보다 맛있다는 평가를 얻어서 중앙 고객들이 계속 늘어나고 있는 상황이란 말이야."

큰딸과 셋째 딸이 눈꼬리를 치켜올렸다. 여성이지만 확고한 역할을 맡아 하는 두 사람이었다. 교쿠엔의 딸다운 상인 근성 앞에서 남자들은 어쩔 줄 몰라 했다.

"거센 반발이구나, 동생들아."

교쿠오가 쓴웃음을 지었다.

"거세고 나발이고, 난 서도의 직물 산업 전반을 맡고 있는 입장이야. 전쟁이 일어나면 고급품이 안 팔리고, 직공들도 전부 길거리에 나앉게 될 거란 말이야. 내 판단으로 수백, 수천 명의 직공들, 그 직공들의 가족들까지 굶주리게 만들 수는 없어. 앞으로 10년간의 급료와 안전을 보장해 주지 않으면 난 찬성 못해."

"욕심이 많네."

교쿠오가 난처한 표정을 지었다. 순간 달변가인 여동생 앞에서 밀리는 듯했으나 금세 원래의 표정으로 돌아왔다.

"듣자하니 육로 운송, 해상 운송, 직물과 양조 산업은 순조로운 모양이구나. 황해를 맞고서도 다시 일어날 수 있을 정도로."

교쿠오가 턱을 쓰다듬으며 입을 다물고 있는 세 남동생들을 돌아보았다.

"그럼 제철, 도기, 목축은 어떻지?"

리쿠손과 비슷하거나 더 어려 보이는 남자가 조심스럽게 손을 들었다. 몸집이 작지만 근육질의 체구였다. 앉은 순서로 볼 때 다섯째 아들일까.

"…솔직히 힘들어. 아버지가 말씀하신 대로 서도에 용광로를 만들었는데, 이익이 올라가질 않아. 올라갈 리가 없지."

"왜? 일 제대로 하고 있는 거 맞아? 철제품은 수요가 있잖아?"

셋째 딸이 큰 눈을 가늘게 뜨고 남동생을 쳐다보았다.

"하고 있어! 하지만 그게 아니야. 서도는 항구가 가까워서 철광석을 들여오기 쉽지만 연료가 없어. 철을 녹일 만큼의 연료가 필요한데 가축 똥이나 밀짚으로는 어렵다고. 장작이나 목탄은 너무 비싸고, 무엇보다 교역으로 물건이 넘쳐나기 때문에 고객들은 이국산의 보다 질 좋은 제품만 사려고 해. 일이 있다 해도 저렴한 물건으로 간신히 가격을 맞춰 주는 게 전부야."

"그럼, 제품 가치가 더 높은 상품을 만들면 되잖아?"

셋째 딸이 어이없다는 표정을 지었다.

"만들고 있어! 하지만 거기에 이르기까지 밑천이 얼마나 필요한지 알아? 누나도 서도산 포도주가 팔릴 때까지 아버지한테 도움을 받았잖아!"

"뭐, 그건 그렇지만⋯."

셋째 딸은 거북해 보였다.

"나도."

이번에는 과묵해 보이는 20대 중반의 남자가 손을 들었다. 연령순으로 이야기한다 치면 여섯째 아들이 된다.

리쿠손은 그냥 장식품처럼 앉아서 형제들의 대화를 지켜볼 수밖에 없었다.

"도기를 굽는 것도 연료가 없으면 어려워. 서도가 점점 발전하는 건 좋지만 동시에 물가가 오르고 있어. 특히 인구가 늘어나면 한정된 연료 가격은 계속 오르지. 이건 어쩔 도리가 없어."

여섯째 아들은 다섯째 아들과 달리 냉정하게 발언했지만 내용은 거의 비슷했다.

"그럼, 마지막은 난가?"

일곱째 아들이 입을 열었다. 동안이지만 뺨과 귀에 뚜렷한 흉터 자국이 있었다.

"전쟁에 반대한다면 뭐, 반대해도 상관은 없어. 하지만 우리가 생산한 양털 가격을 지금보다 3할 올릴 거야."

"무, 무슨 소리야?"

일곱째 아들의 말에 직물업을 담당하는 큰딸이 화를 냈다.

"우리 양털은 계속 가격을 동결하고 있었어. 어머니와 할아버지, 그리고 아버지 사이에서 아마 이런저런 이야기가 오갔을 거야. 가족끼리는 좀 싸게 달라는 식으로. 하지만 내 대에서는 정당한 가격으로 거래하고 싶어. 솔직히 3할도 양심적인 가격이야. 형들도 말했잖아? 서도는 발전해서 물가가 올랐다고. 그렇다면 직물 재료인 양털도 가격을 올려야지."

일곱째 아들의 의견에 다섯째 아들, 여섯째 아들이 고개를 끄덕였다.

"갑자기 3할은 너무하잖아. 차례차례 단계적으로 올리면 안돼?"

"단계 밟다가 내가 죽어!"

일곱째 아들이 언성을 높이며 매서운 눈빛으로 큰딸을 노려보았다.

"황해로 가축들은 다 도망치고 천막도 너덜너덜 다 뜯겼어. 식량을 사고 싶어도 팔지 않는 상황, 알고는 있지? 도망치지 않고 남아 있던 가축의 1할은 이미 팔아 버렸고. 지금까지는 누나가 양털 값을 후려쳐서 사 가도 포기하고 살았어. 하지만 남은 양털과 만들어 둔 유락*을 팔아서 식량을 사려 했는데 그조차 잘 되질 않아. 참고로 제철과 도기 쪽에 연료가 되는 가축 똥을 저렴하게 공급했던 것도 우리야. 올 겨울은 추울 것 같으니 연료를 팔 여유도 없고 그저 먹을 것을 사들이는 데만도 벅차. 가족이니까 싸게 해 달라고 해도 내가 죽으면 의미가 없잖아!"

일곱째 아들은 이곳에 있는 형제들 중에서 가장 나이가 어렸지만, 가장 호전적인 성격인 것 같다고 리쿠손은 판단했다. 큰딸이 얼굴을 일그러뜨렸다.

일곱째 아들은 아직 하고 싶은 말이 남아 있는지 교쿠오를 쳐다보았다.

"큰형, 그러니까 올해는 그걸 내줘."

"그걸?"

"응, 여기서 드러내 놓고 말해도 문제없겠지?"

일곱째 아들이 원탁을 한 바퀴 빙 둘러보았다. 한순간 리쿠손과도 눈이 마주친 듯했다.

"양털 가격 인상과 **석탄**이 있으면 우리는 어떻게든 될 거야. 어떻게든 해 볼게."

일곱째 아들의 말에 리쿠손은 간신히 평정을 가장하는 데 성공했다. 심장이 크게 쿵, 하고 내려앉을 만큼 놀랐지만 어디까지나 '그게 뭐지?' 하는 표정으로 일관했다고 믿고 싶다.

....

※유락 : 버터.

"불타는 돌이라. 그건 나도 필요해."

"나도, 나도."

여섯째 아들과 일곱째 아들이 연이어 목소리를 높였다.

석탄, 불타는 돌. 말 그대로 불을 붙이면 타는 돌을 말한다. 중앙에서는 채굴되지도 않고, 마땅히 쓸 길도 없기에 가격이 저렴하지만 술서주에서는 다르다. 한파가 오는 해에는 석탄을 태워 난방하는 일이 많다. 없으면 안 되는 물건이다.

리쿠손은 형제들의 관계성을 파악했다. 사업적으로 성공한 손위 형제들은 안정을 원하고, 전쟁을 원치 않는다. 반면 손아래 형제들은 황해 때문에 간신히 유지하던 균형이 무너져 곤란한 상태였다. 그 부분을 교쿠오가 파고든 것이다.

"샤오를 손에 넣으면 근린 광산도 우리 차지가 된다. 항구를 통해 석탄을 운반할 수도 있어. 내륙으로 물자를 운송하는 일도 편해지지. 제철도, 도기도 산업을 더 키울 수 있고. 추위로 얼어 죽는 사람도 없어질 거야. 장기적으로 보면 분명히 이익이야."

교쿠오는 낭랑하게, 마치 대사를 읊듯 선언했다.

다하이가 의자를 차고 일어섰다.

"큰형 의견은 탁상공론도 아니고, 말 그대로 너구리 굴 보고 피물 돈 내서 쓰는 격이야. 샤오가 그렇게 쉽게 함락될 거라고 생각해? 석탄을 캘 수 있는 광산이 있을 거라고 어떻게 장담

해? 샤오는 중립국이야. 리국이 멋대로 쳐들어가면 타국도 가만히 있지 않을 거야. 아버지는 물론이고 황제도 화를 내겠지. 요糜가 아무리 총애를 받아도, 조카가 동궁이 되어도 아무 도움이 안 돼! 이 일족뿐만 아니라 우리 일족의 숨통까지 끊어 놓을 생각이야?"

리쿠손의 심장이 또다시 격렬하게 요동쳤다.

"이 일족은 어쩔 수 없었어."

슬픈 듯 고개를 숙이는 교쿠오를 보고 동생들이 술렁였다.

리쿠손은 숨을 깊이 들이마시며 진정하라며 스스로를 타일렀다.

주위를 보니 형제들은 표정이 두 부류로 갈라져 있었다. 나이 많은 자들은 불안을, 나이 어린 자들은 당황을 느끼는 모양이었다. 다섯째 아들보다 나이가 어린 자는 17년 전의 사건에 대해 제대로 들은 적이 없는 모양이라고 리쿠손은 이해했다.

"이 일족은 '여제'의 눈 밖에 났으니까. 방치해 두었다가는 서도 전체가 멸망당할 수도 있었어. 썩은 과일을 버리지 않으면 상자 속 과일 전체가 썩어 버려. 어쩔 수 없었다."

눈 밖에 난 이유가 무엇인지 교쿠오는 말하지 않았다.

둘째 아들이 크게 한숨을 쉬었다.

"두 사람 다 진정 좀 해."

둘째 아들은 자리에서 일어나 교쿠오와 다하이 사이에 섰다.

"진정해, 다하이. 나도 형이 서도의 발전을 위해 고민하고 있다는 사실은 알겠어. 다들 황해 때문에 신경이 곤두서 있는데, 위에 선 너까지 짜증을 내서 어쩔 거야?"

"하지만 둘째 형…."

"물론 교쿠오 형의 의견은 나도 반대야. 연료 문제는 확실히 중요하지만 급하게 굴 필요는 없어. 지금은 천재지변을 이겨 내고 복구하는 게 최우선 사항이지. 하지만 괴로운 시기가 아무리 오래 이어진다 해도, 형제들끼리 서로 도우며 살아가라는 게 아버지의 가르침이잖아? 형도 조금만 더 느긋하게, 동궁이 성장하기를 기다리면 안 되겠어?"

둘째 아들의 말에 교쿠오는 웃음을 터뜨렸다.

"후후, 하하하. 동생아, 대체 몇 년을 더 기다리라는 말이냐? 조카가 무사히 제위에 오르리라는 확신은 있고?"

"오鸞 오라버니, 말이 너무 지나쳐!"

셋째 딸이 탁자를 내리쳤다. 교쿠오가 눈을 부릅떴다.

"교쿠오라고 불러라!"

교쿠오가 처음으로 언성을 높였다.

분노한 목소리에 셋째 딸은 놀라서 '아차' 싶어 눈을 커다랗게 떴다. 자신의 실수를 깨달은 듯했다.

"…죄송해요, 교쿠오 오라버니."

"아니, 알면 됐다."

교쿠오는 금세 미소를 되찾았다.

다른 형제들도 새삼 교쿠오를 돌아보았다.

리쿠손의 눈에 방금 전까지 이 형제들은 기탄없이 의견을 주고받을 수 있는 사이로 보였다. 하지만 방금 교쿠오의 목소리와 다른 형제들의 반응을 보니 이들 사이에는 커다란 간극이 있는 듯했다.

교쿠엔의 자식은 총 13명. 하지만 '교쿠ㅎ'라는 글자가 붙는 이름은 교쿠오와 교쿠요 황후 둘뿐이다.

열셋이나 되는 아이의 아버지인 교쿠엔은 처음부터 후계자를 교쿠오 하나로 정해 두었다. 그래서 형제들 사이에서도 절대적 강자는 후계자인 교쿠오로 정해져 있었다. 교쿠오의 동생들이 교쿠오에게 반발할 수 있던 것은 어디까지나 교쿠오가 그것을 허락했기 때문일 뿐이었다.

교쿠오가 분노를 드러냄으로써 동생들은 새삼 깨달은 모양이었다.

이렇게 이야기를 나눌 수 있는 것도 교쿠오가 허락했기 때문이라는 것을. 자신들은 교쿠오 주연의 무대에 모여든 배역인 셈이었다.

따라서 이름 없는 단역인 종자들은 아무 대사도 내뱉을 수 없다. 리쿠손 또한 단역 중 하나였다.

회의실 분위기가 아주 탁하고 나빠졌다. 둘째 아들이 어쩔 줄 몰라 하며 의자에 앉았다.

평소였다면 더 차분하게 대화를 나눌 수 있었을 것이라고 리쿠손은 생각했다. 하지만 황해가 일어나고, 벌써 석 달 가까이 괴로운 삶이 이어지는 상황이다. 교쿠엔의 자식들은 직접적으로 굶주리지는 않겠지만 짊어진 책임이 무거운 만큼, 정신적 부담이 너무 크다.

"내 이야기는, 과도한 망상이 아니라 진실이다."

교쿠오가 목소리를 높였다.

"현 주상의 후궁에서 몇 명의 아기들이 죽은 줄 아느냐?"

"……."

동생들은 입을 다물고 서로 얼굴만 쳐다보았다.

"모르겠지? 그렇다면 중앙 출신에게 물어보자. 리쿠손, 요절한 황제의 자식이 몇 명이냐?"

여기서 리쿠손이 주목을 받았다. 단역인 줄 알았는데 리쿠손에게도 이름이 주어졌다. 교쿠 형제들이 자신을 빤히 쳐다보고 있으니 자리가 영 불편했지만, 그래도 대답하지 않을 수는 없었다.

"동궁이실 때 한 분, 그리고 황제가 되신 후로 세 분이 요절하였습니다."

"그렇다고 한다. 지금의 동궁은 아직 세는나이로 몇 살이지? 어린아이의 목숨은 7살이 될 때까지는 안심할 수 없는 법이야."

황제의 자식은 평민보다 정성스럽게 키우지만 그래도 갓난아기는 쉽게 죽는다. 애써 키운 자식들이 전염병으로 모조리 죽어 버리는 일도 드물지 않다.

"우리 동생 요는 동궁과 공주를 낳았다. 하지만 다른 비빈에게도 동궁과 크게 다르지 않은 나이의 자식이 있지. 아무리 현 동궁으로 자라고 있다 해도, 과연 안심할 수 있겠느냐?"

일부러 다른 비를 언급함으로써 병사뿐만 아니라 암살을 당할 가능성도, 교쿠오는 제시했다.

"…그럼, 리화 비가 동궁의 생명을 노린다는 말이야?"

다하이가 묻자 교쿠오는 고개를 가로저었다.

"하하하, 리화 비보다 더 무서운 분이 계시지 않으냐?"

교쿠오는 오른손을 높이 들어 창밖을 가리켰다.

그 방향에는 제사가 이루어지는 광장이 있었다.

"형, 대체 무슨 소리야?!"

둘째 아들이 탁자를 쾅 내리치며 벌떡 일어났다.

"교쿠오 오라버니, 아무리 그래도 그 발언까지 옹호할 수는 없어."

큰딸과 셋째 딸도 고개를 가로저었다. 다른 형제들도 불편한 표정을 지으며 각자의 종자들을 바라보았다. 리쿠손은 형제들을 지켜보는 것만으로도 벅찼지만, 종자들도 교쿠오의 말에 당황하는 눈치였다.

"왜지? 황제의 자식들이 좀처럼 성장하지 못하는 이유도 알 수 있지 않으냐? 주상은 후궁에 있는 어린 자식들보다 동복 남동생, 달의 귀인을 더 총애하시는 것이 아니겠느냐?"

교쿠 형제들이 술렁거렸다.

"?!"

"그럴 리가… 아니…."

"달의 귀인을?"

놀라는 자도 있는가 하면, 납득하는 자도 있었다.

리쿠손은 어떻게 반응해야 좋을지 난감했다.

달의 귀인은 오랜 세월 병약하다는 이유로 밖에 나온 적이 거의 없었다. 다른 황족도 없고, 동복 남동생이라는 이유로 현 주상이 달의 귀인을 매우 아낀다는 이야기는 들었다. 공무직에 오르지 않은 이유도 주상의 과보호 때문이라고 생각하는 사람들도 있다.

하지만 실제로 등장한 것은, 외모는 천녀처럼 우아하고 아름답지만 동시에 문무 양면으로 뛰어난 청년이었다. 주위에서 놀라 전율한 데에는 모자란 왕제가 아니었다는 점 외에도 한 가지 이유가 더 있다. 진시라는 이름으로 후궁을 통솔하는 환관 노릇을 하던 존재였기 때문이었다. 그뿐만 아니라 왕제는 무대에 등장하면서 시 일족을 숙청해 버렸다.

달의 귀인은 워낙 용모가 아름다웠기에 환관 시절부터 여성뿐만 아니라 많은 남성들에게도 관심을 샀다. 환관 진시의 정체를 알고 충격을 받아 은거할까, 목을 맬까, 배를 가를까 하면서 어쩔 줄 몰라 하던 관리들을 리쿠손은 수없이 보았다.

주상은 왜 진시에게 환관 비슷한 짓을 시켰느냐는 질문을 받았을 때, '고름을 짜내기 위해'라고 대답했다. 실제로 자북주를 다스리던 시 일족이 모반을 일으켰다가 멸족당한 기억은 아직도 생생하다.

"초, 총애라니, 아무리 그래도…."

셋째 딸이 왠지 얼굴을 붉혔다. 무슨 다른 의미로 해석한 모양이지만 지적하는 자는 없었다. 그 가능성도 시사되었기 때문이다.

"이야기를 들은 적이 없느냐? 달의 귀인이 정말로 선제의 자식이 아닐 수도 있다는?"

"그건 뜬소문이겠지. 아버지도 선제가 젊었을 때와 닮았다고 하셨어. 선제가 아니라면 대체 아버지가 누구라는 건데?"

둘째 아들이 어처구니없다는 듯 말했다.

하지만 교쿠오의 표정은 달라지지 않았다.

"당시 황태후는 황후였지. 그런 여성에게 접근할 수 있는 남자는 한정되어 있어. 선제가 아니라면 가족 정도일 거야."

씩 웃는 교쿠오의 얼굴을 보고 서도 백성들이라면 쾌남이라고 생각했으리라. 하지만 이야기하는 내용은 실로 사악했다.

"예를 들어 현 주상이라거나."

"…달의 귀인이 주상의 아들이라고?"

다섯째 아들의 안색이 변했다. 뿐만 아니라 종자들까지도 술렁였다.

술서주는 유목민이 많은 곳이기에 아무래도 친족끼리의 혼인이 잦은 편이었다. 하지만 모자간의 근친혼은 금기로 여겨진다.

"아주 무리한 이야기도 아닐 텐데? 어린애 아니면 흥미가 없는 선제, 아직 젊었던 황태후. 나이 차이는 선제와 황태후보다 황태후와 현 주상이 오히려 더 가깝지 않으냐? 원래 황족은 근친혼을 밥 먹듯 했지. 과거에 조카딸이나 이복누이와의 사이에 자식을 보았다는 기록도 남아 있고."

"너무 황당무계한 소리야! 아무리 그래도 그건 말도 안 돼!"

다하이가 외쳤다. 큰형에 대한 경의는 완전히 사라진 목소리였다.

"하지만 앞뒤는 맞지. 왕제가 선제를 닮았다는 이야기도, 현 주상의 자식이라면 설명할 수 있어. 주상이 끔찍이 사랑하는 이유도. 그리고 후궁에서 아이가 오래 살아남지 못하는 이유 역시, 제일 후계자로 삼고 싶은 장자에게 왕위를 물려주기 위해서 그러는 거라면 이상하지 않아."

"그렇다면 주상은 그 외에 태어난 아이를 성장시킬 생각이 없었다는 말이야? 현 동궁이나 다른 자식들도 살해당하게 된다고? 증거는, 증거는 있어?"

큰딸이 교쿠오를 몰아붙였다. 큰딸의 종자는 당황하면서 주인을 말렸다.

"맞아, 증거. 억측만 갖고 이런 이야기를 했다는 사실이 알려지면 우리 역시 이 일족, 아니 시 일족과 같은 꼴을 당하게 될 거야!"

"증거라. 그럼, 이런 이야기를 해 볼까?"

교쿠오는 주위에서 당황하든 말든 개의치 않고 천천히 다리를 바꿔 꼬았다.

"왕제가 태어났을 때, 그때까지 황후를 모시던 시녀들이 거의 다 해고당했지. 그중 한 명이 술서주로 시집을 왔는데, 그 남편이 내 지인이다. 하지만 불행하게도 남편이 죽는 바람에 나를 찾아왔어. 왕제 일로 중요한 이야기가 있다면서."

교쿠오는 뜸을 들이듯 말했다.

"저, 정말이야?"

큰딸이 천천히 뒤로 물러났다.

"그래, 작년 일이다. 때마침 왕제가 서도에 왔을 때의 일."

"처음 듣는 얘긴데."

다하이가 매우 의심스럽다는 눈길로 교쿠오를 쳐다보았다.

"입 밖에 내서 이야기한 게 처음이니까. 너무 수상쩍지만 그래도 이야기는 들어 봐야겠다고 생각하던 참에, 그 전직 시녀가 죽었다. 마차에 치여서, 사고사를 당했지."

교쿠오는 유감스럽다는 듯 양손을 벌렸다. 마치 누군가가 그 전직 시녀의 입을 막기 위해 그런 짓을 저질렀다는 말투와 태도였다.

리쿠손의 전신에 미지근한 땀이 흘렀다.

교쿠오라는 남자는 외부적으로 평판이 좋다.

교쿠오라는 남자는 무대를 갖추는 데 능숙하다.

교쿠오라는 남자는 상대의 약점을 찌를 줄 안다.

확증은 없지만, 이 회의실에 있는 전원에게 달의 귀인의 출생에 대한 의구심을 갖게끔 만든다. 잘 구워삶아 유도한다.

"지금의 내 이야기를 달의 귀인이 과연 들어 줄까? 말하지 않는 편이 좋을까? 알고 있을까, 모르고 있을까?"

낭랑한 목소리가 회의실 안에 울려 퍼졌다. 손짓발짓을 섞은 동작은 그야말로 무대 위 배우 같았고, 무척이나 황당무계한 그 이야기가 마치 물 흐르듯 귓속으로 들어온다.

"아버지의 바람은 서도의 번영이지. 자, 얌전히 황족에게 꼬리만 흔들어서 과연 번영을 손에 넣을 수 있을까? 개가 될 바에야 차라리 17년 전에 멸망하는 게 낫지 않았을까?"

교쿠오는 개가 될 뻔했던 이 일족의 예를 들었다.

큰형에게 반대하던 동생들의 표정에 불안이 스쳤다. 얌전히 왕제를 계속 지지해도 좋을지 어떨지, 고민이 되는 눈치로 보이기도 했다.

리쿠손은 생각했다. 그래서 두렵다.

교쿠오는 저지르고 말 것이다. 본인이 생각지도 못한 곳에서 저지르고 말 것이다.

리쿠손은 자신이 이 자리에 불려온 이유를 알 수 있었다. 이것은 왕제가 알아도 상관없다는 도발이었다. 그래서 어정쩡한 위치의 자신이 선택된 것이다. 중앙에도 서도에도 소속되지 않은, 박쥐 같은 존재가.

교쿠오의 '말할 수 있으면 말해 보라'는 목소리가, '어차피 말해 보았자 어떻게 되겠나' 하는 목소리가 리쿠손의 머릿속에서 메아리쳤다.

"자, 그럼 이제 준비를 해야겠지. 우리 형제가 모이지 않으면 제사도 끝내지 못할 테니. 다들 준비는 되었겠지?"

교쿠오가 해산을 알렸다. 잔뜩 지친 동생들이 곤혹스러운 얼굴로 방을 나갔다.

마지막으로 남은 다하이는 회의실을 나가기 전에 교쿠오를 쳐다보았다.

"큰형… 오늘 제사는…."

"오늘은 얌전히 있어 주마. 너희도 당황스러울 테니."

안심해도 될지 알 수 없다.

하지만 리쿠손은 의자에서 일어나지 못했다. 고개를 들지도 못하고, 계속 숙인 채….

19화 ⁝ 바람은 운다 전편

괜찮다, 괜찮아, 하고 교쿠오는 스스로를 계속 타일렀다.

이제 곧 끝난다. 이제 곧 모든 것이 정리된다.

지금까지 다리에 계속 엉켜 있던 실이 끊어져 나가는 느낌이었다. 그리고 지금, 목에 감겨 있는 무수한 실들을 끊어 내기 위해 자신은 움직이고 있었다.

30년 가까이 자신을 고민하게 만들던 악몽을 날려 버릴 수 있다.

이제 곧, 이제 곧이다.

교쿠오는 선반에 놓여 있던 날개깃을 집어 들었다. 어머니가 예뻐하던 매의 깃이었다. 어머니가 죽은 뒤 그 매도 뒤를 따라가듯 죽었다. 어머니가 분명 잘 돌봐 주라고 했는데 난감했던 기억이 난다. 교쿠오는 새 시중 같은 걸 들겠다고 생각해 본 적도 없었으니.

"이 지역을 지켜 다오."

어머니의 말이 떠올랐다. 어머니는 다정한 사람이었고, 그 누구도 원망하지 않고 살았다. 아버지 교쿠엔은 그런 어머니를 서모라 불렀다. 술서주에서 그 누구보다 존경받는 어머니로 만들겠다는 아버지의 마음이 담겨 있는 호칭이었다.

교쿠오의 이름은 머나먼 동쪽 땅에서 서식하는 새의 이름에서 따 왔다고 들었지만, 기왕이면 독수리처럼 강한 이름을 붙여 주었으면 했다.

"아버님은 어머님을 늘 구해 주신단다, 연극 속 무생처럼 말이야."

그렇다면 휘파람새 같은 약한 새의 이름을 붙여서는 안 되었다. 더 강하고 고결한 이름으로 지었어야지.

교쿠오가 날개깃을 내려놓음과 동시에 문을 두드리는 소리가 들렸다.

"들어와."

"교쿠오 님, 면회를 요청하는 자가 있는데 어떻게 할까요?"

부관이 들어왔다. 교쿠오는 옷을 갈아입기 위해 공소 집무실에 와 있었다. 이야기가 너무 길어져서, 빨리 제사 장소로 가야하는 상황이었다. 손님을 신경 쓸 때가 아니었다.

"누구지?"

"북서쪽 마을의 타쿠바츠拓跋라는 자입니다. 어떻게 할까요?"

어떻게 할까요, 라는 건 방 안에 호위를 둘까요, 라는 의미였다. 교쿠오 입장에서는 시간이 없으니 빨리 끝내고 싶었다.

"호위는 필요 없다. 너도 나가 있어."

타쿠바츠는 교쿠오의 젖형제다. 타쿠바츠의 어머니는 바람을 읽는 백성 출신의 노예였다. 교쿠오의 어머니인 서모가 동족의 정으로 노예 신분에서 해방시키고, 자신의 저택으로 거두어들였다. 타쿠바츠의 어머니는 서모와 사이가 좋아 교쿠오의 유모 노릇도 했다.

교쿠오는 서모와 유모가 함께 새를 돌보던 일을 떠올렸다.

"실례하지."

부관에게 안내를 받아 들어온 타쿠바츠는 옷을 다 갈아입은 교쿠오 앞에 섰다. 시원찮은 체격의 사내였다. 곱슬기 있는 검은 머리에 색이 옅은 눈동자는 이국의 피를 연상시켰다. 유모에게는 노예 시절부터 자식이 있었다. 타쿠바츠의 아버지는 유모를 노예로 소유하고 있던 옛 주인이었다.

타쿠바츠는 어머니와 함께 본 저택에서 일했지만 어머니가 건강이 나빠진 후로 일을 그만두었다.

아버지 교쿠엔은 지금까지 잘해 주었다며 유모에게 돈을 주었고, 두 사람은 조용한 농촌으로 이사했다.

그 후 교쿠오와 타쿠바츠는 별다른 연락을 주고받지 않았다.

타쿠바츠는 새로운 환경에 적응하느라 벅찼으리라. 교쿠오도 교쿠오대로 툭하면 형 노릇을 하려 들던 타쿠바츠가 사라져서 속이 시원했다.

하지만 서모의 이야기에 의하면 농촌으로 이사한 후 유모는 거동도 못 하게 되고, 노망이 났다고 한다. 노예 시절 고생을 많이 한 탓에 일을 그만둔 후로 너무 빨리 늙어 버린 모양이었다.

타쿠바츠는 생활이 궁핍할 때마다 아버지를 의지하러 여러 번 찾아왔다. 아버지는 타쿠바츠에게 일거리를 주었다. 하지만 타쿠바츠를 보고 다른 농민들까지 아버지에게 돈을 빌리러 오는 일이 늘어났다. 그 농민들 중 대부분은 어머니가 해방시켜 준 전직 노예들이었다.

교쿠오는 배은망덕이란 바로 이런 일을 말한다고 늘 생각했다. 아버지가 왜 그렇게 무르게 구는지 너무나도 의아했다.

"무슨 일이지? 직접 찾아오다니 별일이 다 있군."

교쿠오는 왜 이런 바쁜 시간에 찾아왔느냐고 타쿠바츠를 질책하고 싶은 마음을 꾹 참았다. 아버지는 지금 서도에 없다. 젖형제라고는 하나 얼굴을 보는 것도 꽤 오랜만이었다.

솔직히 빨리 이야기를 끝내고 싶었다. 타쿠바츠의 얼굴 따위는 보고 싶지도 않았다.

"갑자기 찾아와서 미안하다. 하지만 꼭 확인하고 싶은 일이 있어서."

마지막으로 만난 것이 언제였을까. 유모가 본 저택을 떠난 것은 교쿠오가 열다섯 살이었을 때였다. 그때까지 한 살 위의 타쿠바츠는 계속 형 노릇을 하려 들었다.

예전에는 신경 쓰지 않았지만 지금은 불쾌하기 짝이 없다. 그렇다고 큰소리를 낼 수도 없다.

어른스럽게 대응할 생각이었다.

"단도직입적으로 말하겠는데 나도 바빠. 바로 제사에 참석해야 해."

"그럼, 단도직입적으로 말하마. 샤오와 전쟁할 생각이냐?"

타쿠바츠가 번득이는 눈으로 노려보았다.

"할 수밖에 없으면 해야지. 어쩔 수 없는 일이야."

교쿠오는 목깃을 정돈하며 대답했다.

"그런 분위기로 몰아가고 있는 게 너잖아! 대체 왜지? 예전엔 자주 그랬잖아. 교쿠엔 님처럼 다양한 곳을 돌아보고, 다양한 사람들과 손을 잡고 장사를 발전시키고 싶다고. 서도를 크게 키우고 싶다고 말이야. 네게도 자식과 손주가 있잖아. 가족들을 위험에 빠뜨릴 생각이야? 전쟁을 한다는 건 그런 거야."

타쿠바츠는 언성을 높였다. 예전에는 타쿠바츠가 더 크다고 생각했는데 지금은 정말이지 비루하기 짝이 없는 모습이었다. 유모가 노망이 난 탓에 제대로 일도 못 하고 가난한 처지에 빠져, 그저 아버지에게 돈만 뜯으러 오던 젖형제.

오늘은 교쿠오 자신에게 돈을 뜯으러 온 줄 알았더니, 그런 이야기를 하기 위해서였나.

"그런 말을 했던 것도 다 옛날 일이야. 무엇보다 가족을 지키기 위해 행동에 옮겨야 할 때고."

교쿠오가 아직 아무 의심도 품지 않았을 때, 하늘이 파랗기만하다고 생각했던 어린 시절의 이야기였다.

"보다시피 서도는 위험해. 황해 때문에 백성들은 피폐해졌지. 부족한 물자를 보충하기 위해서는 다른 무언가를 희생시켜야만 하잖아?"

"그런 사태를 회피하는 게 권력자가 할 일이야! 교쿠엔 님이셨다면 다른 방법이 없을지 찾아보셨을 거다. 넌 제대로 찾아보긴 했어? 왕제님도 야무지게 자기 할 일을 하고 계시는 판국에!"

귀에 거슬리는 목소리가 교쿠오의 귀로 들어왔다. 곱슬머리, 색소 옅은 눈동자. 이국의 피가 섞인 남자.

타쿠바츠는 생김새부터 행동까지 무엇 하나 마음에 들지 않는 남자였다.

"너랑은 상관없을 텐데. 내게는 할 일이 있어. 바로 제사에 참석해야 한다고. 널 상대할 시간이 없어."

"거기 가서 백성들을 자극시켜 전쟁에 나가게끔 하려는 거겠지. 무대만 갖춰지면 넌 사람들을 아주 능숙하게 선동할 수 있으니. 아까도 동생들한테 바람을 잔뜩 불어 넣더만."

"닥쳐!"

교쿠오는 결국 언성을 높였다. 관리들은 내보냈지만 목소리가 크게 울려 퍼지면 방으로 들어올지도 모른다. 그렇게 되면 곤란하다.

왜냐하면….

"상관이 왜 없어? 나는 네 형인데."

교쿠오는 싸늘한 눈빛으로 타쿠바츠를 보았다.

결코 누가 들어서는 안 되는 말을, 타쿠바츠는 내뱉고 말았다.

"무슨 소리야? 나랑 너는 형제지만 젖형제일 뿐일 텐데. 형인 척하는 것만은 봐주겠어. 하지만 넌 내 형이 아니야."

"…그래, 네가 그런 걸로 하고 싶은 건 알아. 교쿠엔 님도 서모님도 그렇게 키우셨으니. 우리 어머니도 마찬가지 생각이었고."

타쿠바츠는 탁자 위에 책 한 권을 던졌다. 그 낡고 지저분한 양피지 덩어리는 호적표였다. 오래된 호적표, 벌써 몇 십 년 전에 만들어진 물건이라는 사실을 알 수 있었다. 눈앞에서 젖형제가 책장을 팔랑팔랑 넘겼다.

"하지만 여기엔 똑똑히 적혀 있지."

서모의 이름이 있었다. 그 자식으로는 모르는 이름이 적혀 있다. 하지만 태어난 해는 교쿠오와 같다.

"우리 어머니가 교쿠엔 님 곁을 떠난 게 건강이 나빠져서라는 말은 거짓말이야. 교쿠엔 님이 우리 모자를 숨겨 두기 위해 저택에서 내보낸 거지."

타쿠바츠가 주저 없이 말했다.

"나는 샤오 상인의 자식이었다고 해. 상인은 자식들이 돌림병과 사고로 줄줄이 죽고 가족 전부를 잃었을 때, 잊고 있던 노예가 낳은 자식을 떠올렸지."

교쿠오는 말이 없었다. 빨리 제사에 참석하러 가야 하는데, 분위기 파악 못 하고 옛날이야기를 늘어놓는 남자를 이대로 방치할 수도 없었다.

"언젠가 그 상인이 교쿠엔 님을 찾아온 적 있지 않았어? 너는 그 상인을 보고 아무 생각도 안 들었어?"

"……."

유모와 타쿠바츠가 사라진 지 며칠 지나지 않았을 때였다. 저택에 낯선 이국 사람이 찾아와 교쿠오의 양어깨를 움켜쥐었다.

이국 사람은 샤오어로 빠르게 무어라 쏟아 냈다. 알아듣기 힘들지만 "아들, 아들."이라고 외친다는 사실만은 알 수 있었다.

이국 사람은 붉은 머리에 옅은 녹색 눈동자를 가지고 있었다. 모질도 타쿠바츠와 비슷하게 곱슬기가 있었고, 눈동자 색도 거의 비슷했다. 하지만 그 듬직한 체구와 생김새는 그야말로 늙은 모습의 교쿠오 그대로였다.

이국 사람은 교쿠오를 타쿠바츠로 착각했던 것이다. 교쿠오가 이국 사람의 손을 뿌리치기 전, 서모가 끼어들었다. 서모는 교쿠오의 머리를 껴안고 겁먹은 표정으로 이국 사람의 얼굴을 응시했다.

서모는 본래 바람을 읽는 백성이었다고 들었다. 초원 생활을 그만두고 아버지와 함께 행상에 나섰다고…. 그리고 노예가 된 옛 동족들을 해방시켜 주었다고….

아니다, 순서가 틀렸다.

교쿠엔이 우선 서모와 유모를 포함한 바람을 읽는 백성 출신의 노예들을 해방시켜 주었다. 그리고 서모는 교쿠엔의 아내가 되어, 함께 행상을 떠나게 되었다.

서모와 유모는 노예 시절 같은 이국 주인을 모시고 있었다. 그리고 교쿠엔이 거두었을 때, 서모의 배 속에는 이국 사람의 아이가 있었다. 이국 사람은 그것도 모르고 교쿠엔에게 노예였던 서모를 팔았다.

"나와 교쿠오는 같은 아버지를 둔 형제야."

교쿠오는 듣기 싫었지만 귀를 막는 것만으로는 부족했다. 그럼에도 불구하고 타쿠바츠는 천연덕스럽게 말을 이었다.

"어머니가 말씀해 주셨어. 분명 노망이 나지 않았다면 무덤까지 가져갈 이야기였겠지. 교쿠오의 친아버지가 누구인지, 절대 이야기할 생각이 없었을 거야. 어머니는 교쿠엔 님과 서모님의 결혼을 진심으로 기뻐하셨다고 하니까."

교쿠엔과 서모가 원래 면식이 있었고, 심지어 약혼한 사이였던 일. 다른 부족의 습격을 받아 서모와 유모가 노예로 팔려 갔던 일. 이국 사람인 주인이 여자 노예들에게 차례차례 손을 대서 유모가 먼저 타쿠바츠를 낳고, 서모가 교쿠오를 임신한 일. 교쿠엔이 노예를 사들여 할 일과 살 곳을 마련해 준 일. 서모는 교쿠엔에게 구혼을 받았으나 배 속에 아이가 있다는 이유로 거절했던 일.

"그게 네 진짜 이름이야."

술서주에 눌러 살려면 호적을 등록할 필요가 있었다. 한 번 등록된 호적은 서도의 공소에 보관되어 이 일족의 관리를 받았다.

교쿠엔은 친자가 아니라 해도 반드시 친자로 키우겠다고 서모에게 약속했다. 서모는 그 고집에 꺾였고, 아이는 새롭게 교쿠오라는 이름을 받았다.

유모는 그때 교쿠엔의 저택에서 일하게 되었고, 함께 온 타쿠바츠도 그대로 젖형제가 되었다.

교쿠오는 기억도 하지 못할 만큼 어린 시절의 일이었다.

탁자 아래에서 교쿠오는 자신의 무릎을 벅벅 긁었다.

알고 있다. 알고 있었다.

이제 와서 듣지 않아도 교쿠오는 진실을 알고 있었다. 진실을 알면서도, 교쿠오는 교쿠엔의 장남으로 살아가야 했다.

아버지에게는 정의가 있다. 서도를 지켜야 한다는 정의가. 서모도 같은 바람이었다. 그러기 위해서 교쿠엔의 장남인 교쿠오는 완벽해야 했다.

정의를 행하기 위해 필요한 악, 그것은 다른 권력자들에게 비하면 사소한 수준이었다. 아버지는 그만큼 자상한 사람이었다.

익숙지 않은 농사에 여러 번 실패한 전직 노예가 아버지에게 돈을 빌리러 오던 일이 떠올랐다. 아버지는 자상하게 돈을 빌려주었다. 갚지 못한 만큼은 농번기의 일손으로 고용해서 갚게 했다. 이자치고는 얼마 되지 않는 셈이었다. 오히려 일을 가르치는 수고를 생각하면 빌리는 편이 더 이득이다. 그런데도 아버지는 욕심을 부리지 않았다. 그 자애로운 사내는, 그만큼 타인을 먹여 살릴 자신이 있다는 뜻이었을까.

하지만 허용할 수 있는 범위라는 것이 있다. 그것을 깨뜨린 것은 처음으로 해방시켰던 노예들이었다. 교쿠오의 정체를 알고 있었던.

꿩도 울지 않아야 사냥꾼에게 잡히지 않는 법.

아버지는 교쿠오를 사랑해 주었다. 도가 지나친 협박을 한 자들은 차례차례 사라졌다. 그중에는 전직 노예도 있었고, 서모를 아는 다른 바람을 읽는 백성도 있었다.

사라져 줘야 한다. 옥죄에 흠집이 생겨서는 안 된다.

교쿠오가 아버지의 뒤를 잇기 위해서는 방해되는 것들을 전부 없애야 한다.

"이 호적표는 어디서 났지?"

"린 대인이 숨겨 둔 것을 받아 왔다."

한참 전에 별저에서 무슨 소동이 벌어졌을 때의 일이리라. 교쿠오의 귀에도 들어온 이야기였다.

"사라진 린 소인인가 하던 자가 너였나? 예전부터 그걸 찾고 있었던 모양인데, 왜지?"

"…교쿠엔 님에게 부탁받은 일이었다. 만일 린 대인이 옛날 문서를 숨기고 있다면 알려 달라고 하셨지. 무슨 일이 있으면 태워서 처분해 달라고도 하셨어. 가끔 날 부르신 건 그 때문이야."

교쿠오는 이해가 되었다.

"그랬군."

역시 아버지 교쿠엔은 자신을 사랑하고 있었다. 17년 전 이 일족에게 저지른 일로 호되게 혼이 나긴 했지만 그래도 후계자 자리에서 쫓겨나지는 않았다. 교쿠오는 교쿠엔을 위해 일했다. 백성들에게서 사랑받기 위해, 약한 자들에게 자비를 베풀기 위해, 그리고 누구에게나 신뢰받는 강한 무생이 되기 위해.

아버지는 분명 교쿠오가 하는 일을 용서해 주리라. 아버지의 뒤를 이은 교쿠오는 흠결 하나 없는 위정자가 되어, 늘 서도의 발전을 염두에 두며 살아가고 있으니 말이다.

그러니 지금 하는 일도 옳은 일이다.

"네가 서도를 생각한다면 절대 다른 나라를 침략하겠다고는 하지 말아 줘. 그렇지 않으면…."

타쿠바츠가 품에서 단도를 꺼냈다.

교쿠오는 물러서지 않았다. 하지만 이 이상 시간을 잡아먹을 수도 없다. 끓어오르는 피를 일단 식히고, 크게 한숨을 내쉬었다.

"알았어. 아무것도 안 할게."

"정말이지?"

"그래. 하지만 제사에는 참가해야 해. 내가 나가지 않으면 분위기가 나빠져. 왕제의 체면에 먹칠하고 싶지 않아."

"…알았다. 하지만 호적표는 당분간 내가 갖고 있으마. 교쿠엔 님께도 확실히 여쭈어보아야 하고."

타쿠바츠는 그렇게 말한 뒤 단도를 탁자 위에 내려놓고 호적표를 집어 들었다. 타쿠바츠는 제멋대로 비밀을 퍼뜨리고 다니진 않으리라.

"타쿠바츠, 나도 이 말만은 해야겠어. 나는 서도를, 술서주를 위해서라면 그 어떤 일이든 다 할 생각이야."

"알아. 항상 교쿠엔 님처럼 훌륭한 사람이 되겠다고 했잖아."

타쿠바츠가 미소를 지었다.

"그래."

"네게 교쿠엔 님은 위대한 아버지겠지. 내게도 그 누구보다 존경할 수 있는 아버지야."

"……."

교쿠오의 내면에서 무언가가 뚝 끊어졌다.

여기서는 무슨 일이 있어도 냉정하게 굴 생각이었다. 하지만 타쿠바츠는 교쿠오를 동생이라 하고, 심지어 교쿠엔을 아버지라 불렀다.

교쿠오는 교쿠엔의 장남이어야 했다. 서도를 다스리는 자랑스러운 아들이어야만….

"커헉!"

타쿠바츠의 비명 소리가 울려 퍼졌다.

정신을 차리고 보니 오른손에는 단도가, 왼손에는 칼집이 들려 있었다. 미지근한 감촉이 손등을 타고 흘렀다.

"대, 대체 왜…."

타쿠바츠가 눈을 부릅떴다. 입에서 피거품이 솟구쳤다. 피가 흘러 탁자와 바닥을 더럽혔다. 들고 있던 호적표가 떨어지고, 피로 붉게 물들었다.

"방해하니까."

타쿠바츠를 찌르면서 교쿠오의 의식은 과거의 사건을 되새겨 보고 있었다.

아버지 같은 사람이 되고 싶었다. 아버지에게 인정받고 싶었 다.

교쿠엔의 등은 컸다. 교쿠오도 커졌다. 하지만 다르다.

처음에는 딱히 신경 쓰지 않았다.

교쿠엔과 서모는 장사를 하는 사람들이었고 늘 고용인들에게 둘러싸여 있었다. 교쿠엔은 장사에 재능이 있고 서모는 현명했 다. 서모는 교쿠엔에게 무엇이 필요한지 확인하고 움직일 줄 아는, 우수한 인재였다.

교쿠오는 무엇 하나 아쉬울 것 없이 자랐다. 하지만 교쿠오가 다섯 살이 되었을 때, 서모와는 다른 별개의 여자와 그 자식이 가족에 추가되었다.

교쿠엔은 새로운 자식을 예뻐했다. 아직 두 살 정도밖에 안 된 여동생이었다. 서모도 여동생을 예뻐했다. 두 번째 여자도 교쿠오에게 다정하게 대해 주었다.

그 2년 후, 세 번째 여자가 남동생과 함께 찾아왔다.

네 번째, 다섯 번째….

차례차례 가족이 늘어났다. 늘어날 때마다 교쿠오는 조급해 졌다. 항아리에 가득 담겨 있던 꿀이 물로 희석되는 기분이었 다.

교쿠엔이 고르는 여자들은 하나같이 현명했다. 어떤 자는 마술馬術에 능했고, 어떤 자는 산술算術이 특기였다. 여자들은 자기 자식들에게 각각 특기 분야를 가르쳤다. 여자들이 아버지를 떠받치고, 여자들의 보좌는 그 자식들이 맡아 했다.

가족이라는 연결고리를 얻어, 새로 들어온 요우 일가는 서도에서 점점 커져 갔다.

그와 동시에 교쿠엔과 교쿠오를 잇는 인연은 점점 옅어져 가는 느낌이 들었다.

하지만 그렇지 않았다. 교쿠엔은 교쿠오를 후계자로 선택했다. 서모가 교쿠엔의 정실이라는 사실은 분명했고, 다른 여자들은 어디까지나 측실이었다.

교쿠엔처럼 서도를 지배할 수 있는 사람은 교쿠오뿐일 터였다. 남동생들도, 여동생들도 아니었다.

자신이 교쿠엔의 친아들이 아니라는 사실을 알게 된 후에도 교쿠오는 냉정을 유지했다. 아무리 교쿠엔과 피로 이어진 사이가 아니어도, 교쿠엔은 교쿠오를 가장 아꼈다. 혈연관계인 친자식이 아니라도 그 이상으로 사랑해 주었다.

그래서 동생들에게도 다정하게 대할 수 있었다. 참을 수 있었다. 교쿠오 자신만은 마치 뻐꾸기 새끼처럼 동생들과는 다른 생물이지만, 아버지가 큰아들로 인정해 주는 이상 맏이의 역할을 다할 생각이었다.

하지만 교쿠엔이 마지막으로 맞아들인 여자와 아이만큼은 참을 수 없었다. 빨간 머리에 옅은 녹색 눈동자. 노예였던 서모를 괴롭힌 주인과 똑같은 색을 띠고 있었다.

양피지에 먹이 배어드는 듯, 저주가 스멀스멀 흘러서 넘쳐 올랐다.

뚝.

핏방울이 바닥에 떨어지는 소리에 교쿠오는 현실로 돌아왔다.

"…쿠…오…."

타쿠바츠가 핏발 선 눈으로 교쿠오를 보고 있었다.

"…윽."

작은 소리로 뭐라 말하는지 교쿠오는 알아들을 수 없었다.

교쿠오는 단도를 바꿔 쥐고, 타쿠바츠의 배를 후벼 팠다.

더는 목소리가 나오지 않았다. 타쿠바츠는 그저 원망스러운 눈으로 교쿠오를 쳐다보는 수밖에 없었다.

"젖형제로서의 옛정이다."

교쿠오는 단도를 일단 뽑았다가 늑골을 피해 심장을 찔렀다. 최후의 숨통이 끊긴 타쿠바츠는 신음하며 경련하다 절명했다.

단도는 타쿠바츠가 가져온 물건이었다. 교쿠오를 덮치려다 오히려 역공을 당했다는 각본이면 충분하리라.

교쿠오는 호적표를 집어 들고 천에 싸서 서랍에 넣었다.

요란한 소리가 났기에 누군가가 눈치챈 모양이었다. 발소리가 울려 퍼지다 문 앞에서 멈추고, 문 두드리는 소리가 났다.

"교쿠오 님, 무슨 일이십니까?"

"들어와라."

"교, 교쿠오 님?!"

　들어온 사람은 부관이 아니라 리쿠손이었다. 회의에도 동석했기에 교쿠오가 늦어지는 것을 보고 상황을 살피러 온 모양이었다.

"이게 어떻게 된 일입니까?"

　리쿠손은 놀라면서도 평정을 가장했다. 교쿠오의 보좌라며 아버지가 중앙에서 보낸 사내였다. 역시나 소란을 피우며 못난 꼴을 보이지는 않았다.

"어떻게 된 일이냐니, 상황을 모르겠나?"

"…이분은 방금 교쿠오 님께 면회를 요청한 사람이죠?"

　부관과 함께 타쿠바츠를 보았던 모양이다.

"그렇다. 젖형제라는 이유로 내가 너무 물렀어. 돈을 뜯으러 왔다가, 원하는 대로 되지 않으니 화를 내더군."

　교쿠오는 타쿠바츠의 단도를 보였다.

"교쿠오 님께서?"

"그래. 이 정도 남자한테 내가 질 것 같나?"

　교쿠오의 얼굴은 아직도 일그러져 있었다. 타쿠바츠 잘못이

다. 마치 자신이 교쿠엔의 장남인 것처럼 나불댄 것이 문제였
다.

교쿠오는 단도를 탁자 위에 내려놓았다. 어서 빨리 옷을 갈아
입고, 피 냄새를 가리기 위해 향을 피워야 한다.

"네, 교쿠오 님의 실력에는 이길 수 없었겠지요."

리쿠손이 쪼그리고 앉아 타쿠바츠를 관찰했다. 상처를 확인
하는 모양이었다.

"내게 잘못은 없으나 어쩔 수 없는 일이었다. 가능하면 온건
하게 처리하고 싶었는데. 나는 제사에 참석해야 할 몸이란 말
이다. 나를 방해했으니까 그런 거다. 빨리 꺼져 버려."

교쿠오는 저도 모르게 내뱉듯 말해 버렸다.

리쿠손의 눈이 공허하게 교쿠오와 타쿠바츠 사이를 헤매고
있었다.

"네, 그렇군요."

순간 교쿠오는 리쿠손을 놓쳤다. 어떻게 된 일인가 싶어 돌아
보니 코앞에 리쿠손의 얼굴이 있었다.

"다른 분들께는 그리 전하겠습니다."

리쿠손의 싸늘한 표정. 하지만 그 시선만큼은 열기를 띤 듯
번득이고 있었다. 어떻게 된 일일까.

"교쿠오 님은 역적의 습격을 받으셨습니다. 그리고…."

교쿠오의 몸이 갑자기 뜨거워졌다.

"칼에 맞으셨습니다."

이게 어떻게 된 일이지, 하고 생각하던 교쿠오의 몸이 기우뚱하며 쓰러졌다.

바로 코앞에 타쿠바츠의 얼굴이 있었다. 바닥에는 피가 흘러넘쳤다. 꿀럭꿀럭, 꿀럭꿀럭.

"제가 왔을 때는 이미 늦었기에 할 수 없이 제가 역적을 처단했습니다, 라고 말이죠."

리쿠손이 대체 무슨 말을 하는 거지? 의미를 알 수가 없다. 교쿠오는 뭐라 말하고 싶었지만 목소리가 나오지 않았다. 입에서 붉은 거품이 솟구쳤다.

"!"

목소리 대신 새가 지저귀는 듯한 신음만 흘러나왔다.

"왜냐는 표정은 짓지 마십시오. 당신은 주역이 될 겁니다."

리쿠손이 무표정하게 눈물을 흘리고 있었다.

"비극의 주역이."

리쿠손의 눈에서 눈물방울이 흘러 바닥에 떨어져 튀었다.

이래 가지고는, 더는 무리다. 서도를 위해 아무것도 할 수 없다.

아버지의 장남으로서 서도를 다스릴 수 없다.

샤오로 가서 아버지처럼 노예를 구하고 싶었다.

옛날, 어머니를 희롱했던 그 주인에게 벌을 내릴 생각이었다.

교쿠오는 교쿠엔의 아들로서 그 누구에게도 자리를 빼앗겨서는 안 되었다.

아들이 아니라는 증거는 눈에 띄는 족족 없애 버리면 된다.

그러기 위해서는 무슨 짓이든 다 할 수 있다.

서도를 위해 부정한 짓에 손을 댔던 이 일족을 함정에 빠뜨리는 일까지도….

그리하여 언젠가 모든 것이 사라졌을 때, 안심하고 교쿠엔 대신 서도를 다스릴 생각이었다.

마차 소리, 말 울음소리, 마차 바퀴가 삐걱거리는 소리, 마부의 고함 소리.

시장 소리, 상인들이 호객하는 소리, 활기 넘치는 소음, 아이들의 웃음소리.

건조한 공기와 메마른 대지. 척박한 땅에서도 늠름하게 살아가는 사람들을 더욱 풍요롭게 해 주고 싶었다.

이젠 못 하게 되었다. 그래서 깨달았다.

이상하다고, 교쿠오는 생각했다.

어째서일까, 자신은 교쿠엔의 후계자로서 자리를 이어 서도를 번성시킬 생각이었는데…. 왜 그 때문에 서도를 위험에 빠뜨리고 있는 것일까.

오랜 세월 뒤엉켜 있던 실이 이제 와서 술술 풀려 나가는 감각.

몇 십 년이고 엉켜 있던 실은 뚝 끊어지자 문제없이 풀려 버렸다.

그 실과 함께 교쿠오의 숨통을 끊은 남자가 눈앞에 있었다. 증오와 연민이 섞인 표정을 지은 채로.

―너는 누구지?

교쿠오의 의식은 거기까지였다.

더는 무언가를 생각할 수도, 이룰 수도 없었다.

아버지처럼 서도를 발전시킬 수도 없다.

무생을 목표로 하던 남자의 허망한 마지막이었다.

약사의 혼잣말

"어른이 되면 바람이 되어야 한단다."

어머니가 하던 말이었다. 열다섯 살이 되면 관례를 올리고 바깥 세계로 나갈 수 있다. 그때까지 세상에 대해서 열심히 공부해 두어야 한다고 했다. 앞으로 2년만 더 노력하라고….

바람이 되어, 서도 땅의 공기가 정체되지 않고 흐르게 만들라고.

리쿠손이 리쿠손이라는 이름이 아니었던 시절의 기억이다.

여자는 마을을 지키고, 남자는 초원을 달린다. 리쿠손은 그렇게 배웠다. 언젠가 집을 나가야 한다는 사실은 섭섭했지만 바람이 되어, 어머니와 누나를 도울 수 있다면 상관없다고 생각했다.

리쿠손은 오전에는 교사에게 공부를 배우고, 오후에는 마을을 산책하고, 밤에는 어머니와 누나에게 일족의 역할에 대한

이야기를 들었다.

한낮의 산책은 즐거웠다. 주어진 용돈으로 어떻게 낭비하지 않고, 얼마나 좋은 상품을 살 수 있을 것인가. 어디에 쓰면 만족할 것인가. 그 또한 공부의 일환이었다. 독립한 친족 남자들의 대부분은 상인이 된다. 리쿠손도 아마 그 길을 걸을 것이다.

리쿠손은 노점을 돌아보며 맛과 가격과 양을 비교하고, 가장 만만한 건조 과일과 염소젖을 구입했다. 그리고 그것을 가지고 장기 도장으로 향했다.

도장에는 한가한 어른들이 왁자지껄 모여 있었다. 그곳에서는 다양한 정보도 오간다. 술집에 가면 더 많은 이야기를 들을 수 있지만 리쿠손은 아직 관례 전이기에 가게에 들어갈 수 없다.

장기 도장에서는 술판을 벌이는 한가한 사람도 많은 가운데, 가끔 진짜 명인을 만날 기회도 온다.

"아니, 도령 왔구나."

장기판 앞에 앉은 노인은 공소에서 일하는 전직 서기관이었다. 지금은 반쯤 은퇴한 상태로, 문서를 수집해서 새로운 역사서를 편찬하고 있다고 한다. 서도에서 장기를 가장 잘 두는 사람이다. 모두가 린 대인이라 부른다.

"응."

리쿠손은 린 대인 옆에 앉아 장기판을 내려다보았다. 린 대인

옆에 있으면 귀찮은 주정뱅이들이 들러붙는 일도 없다.

"어?"

리쿠손은 고개를 갸웃거렸다. 린 대인이 지고 있었다. 별일이네, 하고 리쿠손은 린 대인의 대국 상대를 바라보았다.

아직 청년이라 불릴 연령의 남자였는데 차림새가 그야말로 너덜너덜하다고 해도 좋을 정도로 너저분했다. 다박수염에 다 해진 옷, 머리는 묶어 올리지 않고 대충 묶기만 한 상태에 가깝다. 의복의 질은 나쁘지 않지만 아무래도 상태가 엉망이다. 햇볕에 그을리지도 않고 빈약하기만 한 체구는 서도 주민으로 보이지 않았다. 하지만 여우처럼 가느다란 눈은 번쩍번쩍 빛났다.

"웬 쪼끄만 '보병'이 있군."

여우눈 남자는 외알 안경을 쓰고 있었다. 수입품이지만 이런 아저씨가 착용하면 하나부터 열까지 다 수상쩍어 보인다.

보병이란 말이 무슨 뜻일까 했는데 아무래도 리쿠손 자신을 가리키는 듯했다. 일방적으로 보병 취급을 받은 리쿠손은 두 주먹을 불끈 쥐었다.

"누가 보병이야!"

"도령, 화내면 안 돼. 라칸 씨는 원래 그런 생물이니까."

린 대인이 리쿠손을 달랬다.

"그치만 보병이라고…."

"보병, 좋지 않니? 주위의 다른 사람들은 전부 바둑돌로 보인다니 말이다."

"바둑돌⋯."

리쿠손은 보병과 바둑돌이 뭐가 다른 걸까, 하고 생각하며 장기판을 바라보았다. 라칸이라는 수상한 인물은 주위를 무시할 만큼 장기가 어마어마하게 강했다. 리쿠손은 린 대인이 지는 모습을 처음 보았다. 젊을 때보다 체력이 많이 떨어졌다고는 해도 기성이라 불리던 린 대인이 지리라고는 생각도 못 했다. 승률은 반반인 모양이었다.

리쿠손은 신경이 쓰여서 다음 날도, 그다음 날도 장기 도장에 찾아갔다. 라칸은 제대로 된 직업이 없는지 매일 도장에 왔다. 장기 도장에 없을 때는 기원에 있는 모양이었다. 계속 놀기만 하는 사람이다.

어느 날 린 대인이 오지 않고, 라칸이 시시하다는 얼굴로 다른 사람과 장기를 둔 적이 있었다.

"또 왔네, 이戌*네 꼬맹이가."

린 대인이 있으면 들을 일 없는 말도, 리쿠손 혼자일 경우는 듣게 된다.

이네 꼬맹이. 이 일족의 아이라는 뜻이다. 서도를 다스리는 일족이지만 그 독특한 세습제를 싫어해서 험담을 하는 사람도

※십이지에서 '개'를 의미하는 글자이기도 함.

많다.

이 일족은 대대로 여자가 장이 되고, 태어난 아들들은 관례와 동시에 집을 나간다. 이 일족의 여자에게 남편은 없고, 아이들은 아버지가 누군지 모른다. 짐승 같다며 경멸하는 자도 있다.

본래 남존여비 풍습이 강한 유목민의 유동이 잦은 서도다. 그런 말을 들을 수도 있다는 사실을 리쿠손은 안다. 아버지가 누구인지 모르는 자식을 술복자戌服子라고 야유하는 일도 있다.

그래도 리쿠손에게는 몇 백 년 동안 서쪽 땅을 지켜 온 이 일족이라는 자부심이 있었다.

린 대인이 없으니 할 수 없이 라칸 옆에 앉았다. 얼굴을 몇 번 본 적이 있지만 이 남자는 리쿠손의 얼굴을 기억하려 하지 않는다. 뿐만 아니라 다른 그 누구도 기억하지 않는다. 그저 자신의 장기판 앞에 앉아 돈을 내려놓고 장기를 둔다. 그것이 전부다. 약한지 강한지, 또는 다른 기준에 따라 장기 말에 비유하는 것이 전부다.

"아저씨, 얼굴을 기억 못 해?"

"인간의 얼굴, 잘 모르겠는걸."

어른답지 않은 말투를 쓰는 어른이다.

"잘 모른다니, 여러 번 보면 기억하게 되잖아?"

"바둑알이나, 잘해야 장기 말 정도로밖에 안 보여."

무슨 말인지 모르겠지만 리쿠손은 라칸이 거짓말을 하는 것 같지 않았다. 분명 라칸 입장에서는 가축의 얼굴을 구분하는 만큼 어려운 일이리라. 유목민 중에는 양의 얼굴을 전부 구별할 줄 아는 자도 있지만 리쿠손은 알아보지 못한다. 라칸에게 인간의 얼굴은 양의 얼굴과 똑같이 보일지도 모른다.

"그럼, 꼭 판별하고 싶을 때는 어떻게 해?"

"……."

라칸은 생각에 잠겼다. 리쿠손의 질문에 대해 생각하면서도 장기 두는 손은 사정없었다. 대국 상대가 얼굴이 시퍼레져서 패배를 인정하고 돈을 내려놓았다. 내기 장기로 생계를 유지하는 것일까.

"귀 모양을 기억하고, 키가 얼마나 큰지를 기억하고, 머리카락 모질을 확인하고, 땀 냄새를 기억하고, 목소리의 높이로 구분하고…."

"얼굴을 기억하는 게 빠르지 않아?"

"얼굴은 모르겠어. 눈과 코와 입이 있는 건 알겠는데, 합치면 뒤섞여서 결국 바둑알로밖에 안 보여. 콧구멍 크기나 눈썹 길이는 알겠지만."

전체가 아니라 하나하나의 특징을 기억하는 모양이다. 아주 피곤한 일이기에, 어지간히 중요한 사람이 아니고서는 굳이 안 한다고 한다.

"아저씨는 중앙 사람이야?"

"그래, 곧 돌아갈 거다. 돌아가야 해."

다음 대국 상대를 물리치며 라칸이 말했다.

"중앙…."

리쿠손의 어머니는 바람이 되어 흘러가라고 말했지만 중앙까지 흘러가는 것을 허락해 줄까. 기왕 흐를 거라면 한없이 먼 곳에 가 보고 싶다.

"아저씨, 내가 중앙에서 잘되면 일자리 줄 수 있어?"

"음… 보병부터 출세해 올라오면 그러지."

"알았어."

무엇이든 연줄을 만들어 놓는 편이 좋다고 누나도 말했다. 상인이 될지 어떨지는 몰라도, 다양한 사람들을 알아 두는 편이 좋다.

저녁때는 일가족이 총출동해서 식사를 한다. 리쿠손 주위에는 온통 여자들뿐이다. 원래 여자가 많이 태어나는 혈통인 데다, 작년에 남자 한 명이 관례를 올리고 여행을 떠났기 때문에 남은 남자는 리쿠손뿐이었다.

아이들은 리쿠손 외에 연년생 터울 세 자매가 있다. 리쿠손에게는 사촌 동생이며 셋 다 아버지가 같은지 얼굴이 꼭 닮았다. 세 살, 네 살, 다섯 살. 제일 나이가 많은 아이는 똑똑하지만 아래의 둘은 아직 말도 제대로 하지 못한다. 어쩔 수 없이 리쿠손이 돌봐 주는 일이 많다.

리쿠손의 친누나는 이미 관례의 나이를 넘어, 어른으로 취급받고 있었다.

리쿠손은 사촌 동생들이 식사하는 것을 돌보며 어른들의 이야기에 귀를 기울였다. 식량 이야기, 수입품 반입 이야기, 리국에서 수출하는 상품 이야기.

어머니는 일족의 중심인물이었다. 현재 이 일족을 다스리는 사람은 어머니의 여동생이며 리쿠손의 이모다. 이모에게는 딸이 태어나지 않았다. 이대로 가면 나이와 재능으로 볼 때 리쿠손의 누나가 차기 우두머리가 될 예정이었기에, 누나는 대화에 적극적으로 참여했다.

이국과의 교역에서 지금은 굉장히 힘든 시기인 모양이다. 여러 해 적자가 이어지고 있어서 중앙에서도 불만이 많다고 한다. 옛날에는 질 좋은 종이를 대량으로 수출했지만 지금은 질나쁜 상품밖에 나돌지 않는다. 종이는 가볍고 운반이 편리한 주요 상품이었던 만큼, 어른들은 그것을 대신할 상품을 찾지 못해 쩔쩔매고 있었다.

게다가 술서주에서는 황해도 일어났다. 서도 인구가 늘어나는 바람에 농지를 늘린 것이 문제였다. 중앙은 수확량의 숫자만 보고 양이 줄지 않았다면서 지원을 끊어 버렸다. 사람이 늘어나니 식량이 부족해진다.

"검은 돌을 꺼내죠."

우두머리 이모가 말했다.

리쿠손의 어머니와 누나, 어머니의 언니, 그 외 일족의 다른 여자들은 모두 고개를 끄덕이는 수밖에 없었다.

리쿠손은 검은 돌이 무엇인지 몰라, 막 세 살이 된 어린 사촌 동생의 입에 빵만 넣어 주었다.

밤에는 누나와 어머니에게 술서주의 역사를 배웠다.

리국 건국 당시 왕모의 심복 세 명이 각각 세 개 주州의 우두 머리가 되었다.

서쪽을 다스리는 이 일족은 최초에 몹시도 고생했다고 한다. 남존여비 풍습이 특히 강한 땅. 일족의 시조가 여자라는 이유 로 무시당하고, 여러 번 속아 넘어가고, 한 번은 와해될 뻔한 적도 있었다. 이름을 얻기 위해 감언이설을 속삭이는 자들, 힘 으로 강탈하려 하는 자들.

그래서 집안을 빼앗기지 않도록 여계 가족 체계를 만들었다. 남편을 들이지 않고, 후계자는 무조건 여자로만 삼는다.

이 일족 남자에게는 특별한 역할이 주어졌다.

그중 하나가 바람이 되는 일이었다.

바람, 또는 귀 역할이라고 한다.

술서주의 각지를 돌아다니며 정보를 모은다. 상인이 되고,

유목민이 되어서. 유목민이 된 자는 나중에 바람을 읽는 백성이라 불리게 되었다. 이들은 새를 부리고 벌레를 퇴치하는 일을 했다.

하지만 오산이 있었다. 바람을 읽는 백성이 몇 십 년 전에 소멸해 버린 일이었다.

바람을 읽는 백성에는 여러 부족이 있었는데, 그중 하나가 이 일족과의 정기 연락을 끊었다. 몇 년, 몇 십 년, 몇 백 년, 이 일족과 갈라진 후로 시간이 너무 오래 흘렀다. 때때로 이 일족 측에서 남자아이를 보내 혈연관계를 돈독히 하려 했으나 그 아이마저도 언제까지 이 일족의 우두머리에게 충성을 맹세시킬 수 있을지 모르는 일이다. 어느새부턴가 이익을 추구하느라 타국과 연락을 주고받는 자도 생겨났다.

그리고 사건이 일어났다. 연락이 끊어진 바람을 읽는 백성 일족이 불행히도 다른 부족의 힘에 의해 멸망당한 것이다. 새를 다루는 재주가 혈통으로 계승된다고 판단한 어떤 자가 그것을 자신들의 힘으로 삼고자 여자를 납치했다. 그리고 재주를 독점하기 위해 다른 자들을 죽이고, 생존자들은 노예로 팔아넘겼다.

연락을 게을리 하던 바람을 읽는 백성을 이 일족이 용서할 리가 없었다. 이 일족은 나머지 바람을 읽는 백성의 부족들까지 모두 해체시키고 능력 있는 자는 마을에서 살게 했다. 때로

새를 다루는 재주를 악용하는 자가 있으면 남모르게 처리하는 일도 있었다.

만일 바람을 읽는 백성이 존속했다면 리쿠손에게는 또 하나의 길이 있었을 것이다. 바람을 읽는 백성의 일원으로서 초원을 내달린다는 길이.

리쿠손은 새 다루는 법은 배우지 못했지만, 벌레의 번식을 억제하는 방법과 각지에 남은 농촌의 제도에 대해 배웠다.

만일 황해가 일어나도 각지에 흩어진 이 일족의 남자들이 누구보다 빨리 달려갈 수 있도록….

이 일족에서 나간 남자들 중 한 명이 리쿠손의 저택에 자주 찾아왔다.

온화한 미소를 띤, 풍채 좋은 아저씨였다. 이름은 교쿠엔이라고 했다. 서도에서는 새로운 요우 씨라 불린다는 이야기를 들은 적이 있었다.

교쿠엔은 부드럽고 자상한 표정으로 리쿠손에게 사탕을 주곤 했다.

"참 똑똑하게 생긴 아이로구나. 내 아들로 삼아도 될까?"

"농담도 참."

교쿠엔은 리쿠손의 어머니와 그런 대화를 나누곤 했다.

"아내를 너무 많이 맞이한다고 사람들이 웃어, 이 호색한 아저씨야."

"뭐, 아직은 아내와 자식들 모두 다 먹여 살릴 수 있으니 괜찮지 않겠어?"

교쿠엔은 저래 봬도 여자를 밝히는구나, 하고 리쿠손은 신기하게 생각했다.

교쿠엔의 집은 서도에서 상당히 큰 상인 집안이었다. 종이를 대신할 수출품으로 견직물이나 도기 등을 만들고, 수입품으로는 유리 세공품을 들여왔다. 포도주를 술서주 안에서 담가 수입품과 함께 파는 일도 있었다. 수입품을 좋아하는 고급 취향을 가진 사람들도 있지만, 다소 저렴하고 산미가 적은 국내산 포도주를 좋아하는 층도 있었다.

"그러니 아내와 자식들을 부양하기 위해 한동안 샤오로 수매를 다녀올까 하는데."

"아니, 저런. 가장이 집을 오래 비워도 괜찮겠어?"

"아이들도 많이 컸으니까. 큰애들은 벌써 아내와 자식도 있어. 무엇보다 내 현명한 아내들이 있으면 웬만한 문제는 다 해결해 줄 거야."

"장남 얘기는 들었어. 여러모로 유능해 보이던데."

"…그래, 야무지게 잘 해내는 아이지. 하지만 조금 불안해."

"왜?"

"서도를 발전시키겠다는 기세는 좋은데 동시에 너무 배타적인 부분도 있어. 이국 사람들을 싫어하거든."

교쿠엔의 온화한 표정에 그림자가 드리워졌다.

"장남이라면 서모의 아이 말이지? 그 사람 아들이라면 괜찮지 않을까?"

"서모라니, 내가 집 안에서 몰래 쓰는 호칭을 어떻게 알아?"

"후훗, 다들 얘기하는걸. 새로운 요우 씨는 측실이 많지만 정실이 최고라고. 글쎄 서쪽의 우두머리를 무시하고 자기 아내를 서모라고 부른다니 말이야."

"용서해 줘, 악의는 없었어."

"할 수 없지."

어머니가 씩 웃자 교쿠엔도 덩달아 웃었다.

"우리 집 얘기는 그만하자고. 그보다 검은 돌을 꺼내기 시작한 모양이던데?"

리쿠손은 검은 돌이라는 단어를 여기서 또다시 들었다.

"응. 흉년이 들면 어쩔 수 없으니까. 당신네 쪽에도 약간 납입하고 있어."

어머니가 대답했다. 누나는 조용히 듣고 있었다. 그 자리에 있는 사람들 중 이야기를 이해하지 못하는 사람은 리쿠손뿐이었다.

"우리한테는 정식으로 주고 있는 거잖아? 상황이 너무 안 좋으면 어느 정도 원조는 해 줄 수 있는데."

교쿠엔이 말했다. 어머니와 누나는 신묘한 표정을 짓고 있었다.

"너는 그만 가서 자렴."

누나가 리쿠손을 방에서 내쫓으려 했다.

"아직 안 졸려."

"그만 잘 시간이야."

누나는 리쿠손을 옆방인 침실로 몰아냈다. 리쿠손은 분한 마음에 자는 척하면서 옆방에서 들리는 목소리에 귀를 기울였다.

"원조의 보답으로 뭐가 필요해?"

벽 너머로 어머니의 목소리가 다소 흐릿하게 들려왔다.

"누가 들으면 오해하겠어."

"상인으로서 빈틈없이 살아가라는 게 이 일족 남자를 교육하는 방침이야. 교쿠엔, 당신도 이 일족의 남자잖아?"

"이것 참 난감하게 됐네. …호적을 빌려줬으면 해."

호적. 술서주에 있는 인간이 언제 어디서 왔는지, 그 출신이 적혀 있는 기록이다. 호적이 없는 사람도 있지만 적어도 서도에서 장사를 시작하려면 출신이 확실해야 하므로, 호적을 만들어야 한다.

"안 돼. 그건 공적 문서야. 빌려 달라니, 결국 고친다는 말이잖아? 족장이 아니라 내게 말한다는 건."

"…정말 안 되겠어?"

"응. 게다가 지금 호적은 린 대인이 자료로 쓰겠다고 빌려 갔어."

"그렇군."

교쿠엔이 유감스러운 듯 말했다.

"왜 호적을 고치고 싶은 건데?"

"제일 큰애 말인데."

"장남?"

"그 애, 교쿠오의 출신만 호적에 정직하게 쓰여 있어서 그래. 교쿠오가 이국 사람들을 싫어하는 건 아마도 자기 출신을 알아차렸기 때문일 거야."

리쿠손은 영문을 모르는 채로 계속 엿들었다.

"바람을 읽는 백성 출신들이 내 아내를 협박한 일도 많았지. 내 장사는 상당히 규모가 커졌어. 후계자인데 혈연관계가 아니라고 시비를 거는 사람들도 많지. 새로운 요우 씨네 집안이 서도에 필요하다고 생각되면 좀 도와주지 않겠어?"

리쿠손에게는 보이지 않았지만 교쿠엔은 난처한 표정을 짓고 있을 터였다.

"첫 아내 서모는… 분명 바람을 읽는 백성 출신이었지?"

"그래. 내가 들어갈 예정이었던, 배신한 그 바람을 읽는 백성 부족 말이야. 내가 장가를 가면 결속이 더 강화될 예정이었는데."

옛날에 멸망하고 만 바람을 읽는 백성.

"확실히 내 아내는 이 일족을 배신한 부족 출신이야. 하지만 어른들이 정한 일일 뿐이지, 그 아이들은 아직 아무것도 몰랐어. 재회했을 때 내 아내에게는 옛 모습이 남아 있었지. 여러 번 얼굴을 봤기 때문에 알 수 있었어."

리쿠손은 더 듣고 싶었지만 누나가 침실로 오는 것을 깨닫고 다급히 침대에 누웠다.

"누나, 검은 돌이 뭐야?"

리쿠손은 졸린 척하는 목소리를 꾸며 내 질문을 던졌다.

"넌 아직 몰라도 돼."

"온통 모르는 것밖에 없으면 안 된다고, 더 공부하라고… 그랬잖아."

"…검은 돌이란 석탄을 말하는 거야. 아주 오래전에 서쪽 산을 채굴했더니 나온, 불타는 돌."

"그게… 왜?"

"흉년이 들면 식량을 마련하는 것만으로도 벅차서, 연료를 사지 못하는 집이 많이 생기잖아."

"응."

"그런 집에 나눠 주는 거야."

"…아하."

그렇다면 딱히 나쁜 일은 아니네, 하고 리쿠손은 생각했다.

"석탄을 캐는 건 힘든 일이지?"

"으응, 아주 힘들어. 그래서 노예에게 시켜야 해."

"노예?"

누나는 별로 좋은 표정이 아니었다.

"별로 쓰고 싶지는 않지만, 그러고 있어. 하지만 캐낸 만큼 빠르게, 노예 신분에서 해방될 수 있어. 빠른 사람은 5년 안에 해방된다고 들었어."

"느린 사람은?"

"몇 십 년. 옛날에 바람을 읽는 백성이었던 사람도 있고."

"그 사람은… 해방 안 시켜 주는 거야?"

누나는 고개를 가로저었다.

"그 사람들은 우릴 배신했어. 돌아가신 할머니가, 그 사람들이 노예가 되어 있는 걸 우연히 발견했다고 들었어. 새 부리는 재주를 갖고 다른 나라로 갈 생각이었다나 봐. 여자가 우두머리고, 남자는 마을을 나가야 한다는 게 싫다면서. 유목 생활이 길어지다 보니 다른 지방의 남존여비 풍습이 옳다고 생각하게 된 모양이야."

"그래서 할머니가 그 사람들을 광산으로 보낸 거야?"

"응. 광산에서 일하면 빨리 노예 신분에서 해방시켜 줄 수 있겠다고 생각했으니까. 그 외에도 바람을 읽는 백성 출신의 노예를 몇 명 더 사 왔대. 하지만 그 사람들은 속았다고 화를 내더라는 거야. 아무것도 안 해도 할머니가 해방시켜 줄 거라고 생각했던 모양이야. 교쿠엔 씨는 너무 호인이야. 그 사람은 노예를 사자마자 바로 해방시켜 주거든.”

누나에게도 그것은 문제인 모양이었다. 리쿠손은 겸사겸사 교쿠엔의 아내와 장남 이야기도 묻고 싶었으나 포기했다. 그러면 엿듣고 있던 것을 들킨다.

“하지만 노예는 광산에서 일하면 머지않아 자유의 몸이 되어 나갈 수 있는 거 아냐?”

“위험한 건 사실이지만 가능은 하지. 노예의 몸으로 탄광에서 몇 십 년을 지낸다는 건, 결국 아무것도 안 했다는 뜻일 수도 있어. 그런데 무조건 우리가 나쁘다고만 생각할지도 몰라.”

분명 우릴 원망하고 있을 거야, 하고 누나는 말했다.

분명 우릴 원망하고 있을 거야.

누나의 말은 과연 누구에게 하는 말이었을까.

하지만 이 일족이 많은 사람들에게 미움받고 있다는 사실은 알았다.

그날은 아침부터 소란스러웠다. 저택 주위에 사람들이 몰려들어 무슨 불평을 늘어놓는 모양이었다.

리쿠손도 뭐가 뭔지 모른 채 겁에 질린 사촌 동생들을 안아 달래고 있었다.

"누나, 무슨 일이야? 밖이 시끄러운데?"

"아냐, 괜찮아."

전혀 괜찮지 않았다. 누나의 안색은 새파랬다.

어머니가 들어와, 사촌 동생들의 어머니에게 말을 걸었다. 사촌 동생들의 어머니는 리쿠손의 어머니와 나이 차이가 많이 나는 막내 여동생이었다. 리쿠손에게는 족장과는 다른 이모에 해당한다.

"넌 뒷문으로 나가. 애들 데리고."

그 아이들 중에는 리쿠손도 포함되어 있었다.

"새로운 요우 씨네, 교쿠엔의 제일 나중 부인 집이 여기서 가까워. 알지? 전직 무희. 아이들과도 나이가 가깝고, 너하고도 친하잖아."

"하, 하지만⋯."

"됐으니까! 애들 데리고 빨리 나가!"

어머니는 명령조로 이모를 내쫓았다. 리쿠손도 함께 쫓겨났다.

어머니와 또 한 명의 이모, 즉 이 일족의 족장은 밖으로 나가서 분노에 끓어오른 민중 앞에 서서 이야기했다. 시간을 벌어주고 있다는 사실을 리쿠손은 알 수 있었다.

"가자, 지금 빨리."

리쿠손은 이모와 사촌 동생들과 함께 저택을 나섰다.

교쿠엔의 제일 나중 부인 집에 도착하니 빨간 머리에 녹색 눈을 가진 여성이 있었다. 여성은 리쿠손 일행을 보고는 손짓으로 불러 뒷문으로 안내했다.

"어, 어떻게 된 일이야?"

사촌 동생들의 어머니인 이모는 리쿠손의 어머니나 다른 이모와 달리 태평한 성격이었다. 그래서 자매들과 같은 입장에서 집안 회의에 참여하는 일이 별로 없었다. 상황을 파악하지도 못한 듯했다.

"이 일족이 부정을 저질렀다고들 난리야. 심지어 그걸 중앙에 밀고했다나 봐."

빨간 머리 여성이 긴 속눈썹을 내리깔며 말했다.

"부정?"

"응, 석탄 채굴량을 속였다고."

"검은 돌 말이야? 이제 와서 그런 소릴 하는 거야?"

이모가 믿을 수 없다는 듯 화를 냈다.

"게다가⋯."

빨간 머리 여성이 말을 이었다.

"게다가?"

"이 일족은 황제의 피를 이은 남자아이를 데리고 있는데, 올바른 계승자는 우리 일족 안에 있다고 호언장담을 하고 있다고. 그래서 황족을 사칭하는 역적을 처단하라는 칙명이⋯."

"⋯말도 안 돼."

이모와 빨간 머리 여성이 리쿠손을 흘끔 쳐다보았다.

"지어낸 얘기지?"

"지어낸 얘기지!"

"하지만 애 아버지는?"

"그, 그건⋯."

이 일족 사이에서는 아버지가 누구인지 굳이 찾아내지 않는다는 규칙이 있다. 과거에 족장 자식의 아버지라고 자칭하는 자가 나타나 일족을 송두리째 차지하려던 적이 있었기 때문이다. 리쿠손도 자신의 아버지가 누구인지 모른다.

"하기야 이 아이가 태어나기 전에 언니가 중앙에 간 적이 있긴 하지만 시기가 안 맞아. 황족의 아이라니 그건 말도 안 되고, 무엇보다 아버지가 누구인지 알릴 리가 없잖아!"

이모의 말대로 이 일족은 아버지가 누구든 절대 말하지 않는다. 이국의 대신이나 무대 배우의 자식일지도 모른다는 친족도 많지만 아무도 언급하지 않는다. 그것이 이 일족 여자들의 정치였다.

"그런 말을 곧이곧대로 믿고 이 일족을 처단할 만큼 중앙도 바보는 아닐 텐데? 누가 그런 엉터리 문서를 전달한 거야?"

"그게⋯."

빨간 머리 여성이 말을 흐렸다.

"우리 교쿠엔 님의 인장이 사용되었다는 거야."

"뭐?"

이모가 눈을 커다랗게 떴다.

어린 세 자매는 이모가 소리를 지르자 불안해졌는지 울음을 터뜨렸다.

리쿠손은 아무것도 할 수 없었다. 그저 사촌 동생들을 달랠 뿐이었다.

"괜찮아?"

어린 여자아이가 다가왔다. 빨간 머리에 녹색 눈동자를 가진 그 소녀는 어린 사촌 동생들을 토닥거렸다.

"요, 그 아이들을 데리고 안에 들어가서 놀고 있으렴."

"네, 어머님."

빨간 머리 소녀는 세 자매의 손을 잡아끌었다. 리쿠손의 손도 잡았지만 리쿠손은 고개를 가로저으며 거절했다.

"그럼, 교쿠엔 님이?!"

"아니, 우리 남편은 샤오로 원정을 나가 있어. 미안해, 나도 이 이상은 몰라."

빨간 머리 여성이 이모에게 사과했다.

"그, 그럼…."

"아무튼 옷을 갈아입어. 유모 옷이 있으니까 그걸로. 그 차림으로는 이 일족이라는 사실을 들킬 거야."

이모가 털썩 주저앉았다. 사촌 동생들은 아이 방으로 향했다.

이 빨간 머리 여성을 신뢰해도 좋을까, 하고 리쿠손은 생각했다.

그리고 이곳에 제일 있으면 안 되는 존재가 누구인지 알았다.

"자, 잠깐!"

빨간 머리 여성이 리쿠손을 막으려 했다.

하지만 리쿠손은 여성의 손을 뿌리치고 저택으로 돌아갔다.

광산 이야기는 즉, 검은 돌 이야기였다. 어머니 자매들이 하는 일은 술서주 백성들을 위한 일이다. 하지만 표면상의 숫자만으로 평가하는 중앙은 그것을 모른다.

또 한 가지, 지어낸 이야기 문제도 있었다. 거기에는 리쿠손 자신이 필요할 터였다.

'내가, 내가 나가면.'

가 봤자 할 수 있는 일은 없다. 하지만 가야만 한다. 무의미한 사명감을 품고 리쿠손은 달렸다.

저택에는 폭도들이 밀고 들어와 있었다. 위병들도 떠밀려 쓰러져 있다. 울분을 풀려는 듯 올라타고 앉아서 주먹질을 하는 자도 있었다. 구경꾼들이 환성을 질렀다. 비통한 눈으로 지켜보는 자도 있었다. 하지만 아무도 도와주지 않았다.

사람은 극한 상태에 달하면 무슨 짓을 저지를지 모른단다.

어머니의 말이 떠올랐다.

일종의 축제나 다름없었다. 사람은 때로 폭력에서 쾌락을 느낀다. 그리고 여자들끼리 서도를 다스리고 있는 이 일족은 일부 인간들에게 상당한 눈엣가시였으리라.

비단 찢는 듯한 비명 소리가 곳곳에서 들려왔다.

아니다, 아니다. 누나 목소리가 아니다. 어머니 목소리도 아니다.

귀에 익은 목소리가 몇 차례 들려왔으나 리쿠손은 비정하게도 우선순위가 정해져 있었다.

누나가, 어머니가 늘 있던 방으로 향했다. 폭력과 약탈에 눈이 돌아간 남자들 사이를 빠져나가 정신없이 달려갔다. 손을 뻗는 일족의 여자들에게 '미안해, 미안해' 하고 마음속으로 사과하면서.

대의명분을 얻은 폭도들은 욕망에 휩싸인 악귀가 되어 있었다.

리쿠손의 전신에서 땀이 쏟아졌다. 부르쥔 주먹도 흠뻑 젖어 있었고, 진짜 개처럼 혀를 빼물고 헉헉 숨을 몰아쉬었다. 배출하는 수분이 늘어날수록 목이 말랐다.

누군가와 스쳐 지나갈 것 같으면 재빨리 숨었다가 다시 나아갔다.

하지만 어머니 방 앞에 도착했을 때, 누군가가 등 뒤에서 리쿠손의 양 겨드랑이에 팔을 넣고 꽉 붙잡았다. 리쿠손은 당황해서 다리를 버둥거렸다.

"네가 왜 여기 있어?!"

누나였다. 누나는 얼굴이 창백해진 채, 고함을 지를 뻔한 리쿠손의 입을 틀어막았다. 누나는 왠지 평소와 다른 차림새였다. 머리를 묶고 두건을 둘둘 말고, 남자 옷을 입고 있었다.

"누나, 어머니는? 그 옷은 뭐야?"

"어머니는 안에. 이건 네가 관례를 치를 때 입을 옷이야."

"뭐?"

2년 후, 리쿠손의 관례를 위해 지은 옷이었다. 성장을 고려해서 큼직하게 지었다. 앞으로 긴 시간을 들여 어머니가 자수를 놓을 것이라고 들었다.

리쿠손은 영문도 모른 채 방 안으로 끌려 들어갔다.

어머니가 검을 들고 있었다. 끄트머리가 온통 피투성이였다. 주위에는 남자의 시체가 있었다.

"어머니."

부를 틈도 없이 리쿠손의 입에 무언가가 쑤셔 박혔다. 누나가 천을 찢어서 리쿠손의 입에 재갈을 물린 것이다.

"?!"

"조용히 해. 너, 목소리가 너무 커."

"절대로 들키면 안 된다. 절대 안 돼."

누나는 어머니와 함께 리쿠손의 팔다리를 묶고, 커다란 고리짝 속에 집어넣었다. 누나와 어머니는 뚜껑을 덮고 누름돌까지 단단히 얹어 놓았다.

"너는 서쪽 땅을 지켜야 해. 그게 이 일족 남자의 역할이야. 무엇을 이용해도 상관없고, 그 어떤 상대라도 써먹을 수 있으면 써먹어."

누나가 이를 드러내며 씨익 웃었다.

"여기, 화재는 괜찮아?"

"그래. 탈 것도 없으니 괜찮을 거야. 어차피 건물은 또 쓸 테고."

무슨 말을 하는지 리쿠손은 알아듣지 못한 채, 고리짝의 성긴 틈새로 밖을 내다보았다.

"어머니, 나 잘 어울려?"

"응, 그럼. 어른이 되면 그렇게 되겠구나. 목소리 내면 안 된다."

"알아."

누나와 어머니의 의도는 알았다. 지금 이 일족의 아들은 리쿠손 하나뿐이다. 황족을 사칭하는 불경한 짓을 저질렀다는 폭도들의 주장이 받아들여질 경우 리쿠손이 표적이 된다.

누나가 그 대역을 맡겠다는 의미였다.

"?!"

리쿠손은 재갈이 물려져 목소리를 낼 수 없었다. 팔다리가 묶여 움직일 수 없다. 그때 폭도들이 오는 소리가 들렸다. 짐승 같은 목소리와 피와 기름 냄새.

어머니가 검을 휘둘렀다.

어머니의 검술은 마치 춤을 추는 듯했다. 아름다운 궤적이 남으면서도 가볍고 허무한 동작이었다. 상대에게 찰과상 정도밖에 내지 못했다.

'그만해! 제발 그만!'

리쿠손은 재갈을 물어뜯었다. 침이 배어나왔다. 고리짝 바닥이 눈물과 침으로 축축하게 젖었다.

아무것도 할 수 없었다. 답답했다.

누나가, 어머니가 어떻게 되었는지 떠올리고 싶지도 않다. 하지만 저 난폭한 짓을 저지른 남자의 얼굴만큼은 기억해 두어야만 했다.

눈도 깜빡이지 못했다.

낯익은 얼굴이었다. 딱 한 번, 새로운 요우 씨네 집을 방문했을 때 맞아 주었던 가족 중 한 명이었다.

틀림없다. 교쿠엔의 장남이었다.

침으로 번들거리는 송곳니. 햇볕에 그을린 피부. 뼈마디가 튀어나온 손에, 귀 모양과 머리카락의 모질. 배우처럼 우렁찬 목소리. 그냥 얼굴만 기억해서는 안 된다. 오감을 전부 동원해, 기억할 수 있는 만큼의 모든 정보를 머릿속에 쑤셔 넣어야 한다. 결코, 잊지 않기 위해….

폭도의 눈에는 정의가 있었다.

필요하다면 악행이든 뭐든 서슴지 않고 자행할 수 있다는, 이 기적이고 끔찍한 정의가 있었다.

소중한 것을 지키기 위해서라면 무슨 짓이든 할 수 있다는 정의이기도 했다.

뒤틀린 대의명분을 내세워 이 일족을 멸망시키려 하고 있었다.

뜨겁게 끓어오르는 마음, 불에 달군 돌에 덴 듯한 감각. 온몸의 수분은 이미 다 빠져나갔는데도 더욱 증발할 것처럼 뜨거워졌다.

'이 자식, 이 자식이.'

남자가 누나의 머리를 움켜쥐었다. 머리채를 잡아당겨 질질 끌었다.

지금 당장 주먹을 날리고 싶다. 죽여 버리고 싶다. 하지만 그럴 수 없다. 그런 짓을 한다면 리쿠손은 상대를 한 대도 때리지 못하고 살해당하고 말 것이다.

누나와 어머니는 알고 있었다. 그래서 리쿠손을 가두었다. 아무것도 하지 못하도록 꽁꽁 묶었다.

리쿠손의 말라붙은 눈에서는 눈물도 솟지 않았다. 그저 약하기만 한 스스로를 저주했다. 어리고 지혜도 없고, 아무것도 하지 못하는 스스로를 저주했다.

분노와 저주로 리쿠손의 머릿속에는 과부하가 걸려 어느 틈엔가 정신을 잃어버렸다. 정신이 든 것은 무슨 소리가 들려서였다.

아직도 폭도가 남아 있는 건가. 용서할 수 없다. 무슨 짓을 해서라도 죽여 버릴 것이다.

리쿠손은 배추벌레처럼 고리짝 속에서 몸을 버둥거렸다. 버둥거리는 사이 위에 놓여 있던 누름돌이 떨어졌다. 기어 나와 마룻바닥에 얼굴을 비벼, 재갈이 풀리자 리쿠손은 쉰 목소리로 외쳤다.

"죽여 버릴 거야!"

리쿠손이 노려본 너머에는 눈물을 글썽이는 남자가 있었다. 남자는 너덜너덜해진 어머니의 시신 앞에 무릎을 꿇고 있었다.

"이런 일이 벌어지다니…."

통통한 몸집에, 부드러운 미소를 짓고 있던 기억.

교쿠엔이 그곳에 있었다.

리쿠손은 몸을 비틀어 기어가, 교쿠엔의 다리를 깨물었다. 평소의 리쿠손이었다면 더 냉정하게 대처했으리라. 교쿠엔의 눈에 떠오른 것은 연민과 후회의 눈물이지, 결코 원수라 여길 상대는 아니었다.

하지만 동시에 그 누구보다도 증오스러운 남자의 부친이었다.

교쿠엔은 아무 말 없이, 자신의 다리를 물어뜯는 리쿠손을 달랬다.

"미안하다, 미안하다. 나 때문이야, 나 때문이야."

물어뜯긴 다리에 이가 파고들어도, 피가 나도, 교쿠엔은 리쿠손을 계속 달래기만 했다.

교쿠엔은 만신창이가 된 리쿠손을 빨간 머리 여성의 집으로 데려갔다.

세 자매와 이모는 그대로 빨간 머리 여성의 곁에 남기로 했다. 어머니와 누나처럼 밖에 나서지 않았던 이모가 이 일족이라는 사실을 아는 사람은 없었기에, 유모가 되어 몸을 숨기기로 했다.

"오빠, 어디 가?"

세 자매의 맏언니, 하쿠우가 리쿠손의 소맷자락을 잡아당겼다.

"좀 멀리 가게 됐어."

리쿠손은 더 이상 서도에 있을 수 없었다. 지금 서도에 있으면 분명 어머니와 누나의 말을 잊어버릴 것이다. 교쿠엔의 장남인 교쿠오와 함께 이 일족을 습격한 자들을 용서할 수 없다. 서도 백성들에게 해를 끼치게 된다. 미련을 떨치지 못하며, 리쿠손은 세 자매에게 등을 돌렸다.

"저기, 오빠."

빨간 머리 아이가 불러 세웠다. 분명 요라 불렸던 소녀였다.

"왜?"

리쿠손에게는 어린아이라고 특별히 다정하게 대할 수 있는 여유가 없었다.

"교쿠오 오라버니가 싫어?"

"이름도 듣기 싫어."

"그래? 나도 오라버니에게 미움받고 있으니까, 언젠가 해코지당하게 될까?"

"…그때는 마음이 내키면 구해 줄게."

리쿠손은 요에게 그 말만 남기고 마차에 올랐다.

리쿠손은 덜컹덜컹 흔들리며 항구로 향했다.

불쾌하긴 했지만 교쿠엔에게 신세를 지는 수밖에 없었다. 아직 13살짜리 어린애에게는 홀로 살아갈 재주가 없었으니 말이다. 이 일족 출신인 누군가의 집이 중앙에 있다고 한다. 마침 리쿠손과 같은 나이의 아이가 죽은 지 얼마 안 되었다. 체격도 비슷하고, 상대방 측에서도 받아들이겠다고 했다.

"호적도 문제없어. 이름은 그대로 쓰면 되니까."

교쿠엔은 같은 전철은 밟지 않겠다고 말하는 듯했다.

리쿠손은 아직 교쿠엔을 용서할 수 없었다. 이 남자는 본인에게 원인이 있다고 말했다. 리쿠손은 자신들을 습격한 이유를 들을 권리가 있다고 생각했다.

"왜 당신이 없을 때 요우 일가의 누군가가 일을 저지른 거지? 장남이야?!"

그러자 교쿠엔이 난처한 표정으로 중얼거렸다.

"그래, 오였단다. 다른 아들들은 손을 대지 않았어."

"대체 왜 그랬어, 왜…. 왜 그렇게 끔찍한 짓을 저지른 건데!"

"호적을, 진실을 어둠 속에 묻어 버리려 했던 모양이다. 폭동을 틈타서. 그 애는 내 친자식이 아니거든. 그 애의 친모는 노예 출신이고, 친부는 이국 사람이었지. 바람을 읽는 백성의 생존자로서 이 일족을 원망하고 있었는지도 몰라."

"…그건 알아."

호적을 빌려 달라는 둥, 고치겠다는 둥 하는 이야기를 떠올리고 리쿠손 나름대로 생각한 바가 있었다.

"친자식이 아니니까, 당신은 책임을 회피하겠다는 거야?"

교쿠엔은 고개를 가로저었다.

"전부 내 죄다. 오를 처음부터 내 자식으로 받아들였어야 했어. 아무 거리낌 없이 살 수 있도록, 모든 것을 갖춰 주었어야 했는데."

"그럼 측실을 그렇게 많이 늘리면 안 되지, 호색한 요우 아저씨."

리쿠손은 내뱉듯 말했다. 교쿠엔은 쪼그라드는 듯 어깨를 움츠렸다.

"교쿠오는 친자식이 아닌데 동생들을 계속 늘렸으니 말이야! 겨우 호적 따위로 폭동을 일으키겠다는 생각을 한 것도 그것 때문 아니야?"

"그래. 하지만 오뿐만 아니라, 실은 다른 아이들도 전부 내 자식이 아니란다."

"뭐?"

리쿠손은 당황했다. 그렇게 아내와 자식이 많은 남자가 대체 무슨 말인가.

"나는 아이를 낳을 수 없는 체질이라서. 맨 처음 아내는 오를 낳았지만 나와의 사이에서는 아이가 태어나지 않았지. 미안하지만 다른 데서 시험해 봐도 소용없었어."

"그럼, 다른 자식들은? 그 요라는 여자애는?"

리쿠손이 입을 뻐끔거렸다.

"상인이 씨 없는 몸이어서야 체면이 서질 않지. 나는 임신한 과부를 찾았던 거야. 그것도 현명한 여자로."

교쿠엔은 마차 창으로 밖을 내다보았다.

"남편이나 아버지가 없는 모자는 서도에서 살아가기 힘들어. 그걸 거꾸로 이용해서 문서를 주고받고, 상인으로서 절대적인 계약을 맺었지. 아이 양육과 장래를 보장하는 대신 각각의 분야에서 어머니들의 기술을 제공받기로 했다. 그리고 내 친자식은 오 하나뿐인 걸로 해서, 아무도 가문을 침탈할 생각조차 못하게 만들었던 거야. 아이들에게는 비밀로."

"그럼….."

"전부 내가 친부라고 생각하고 있다고, 나는 생각했었지. … 하지만 오는 알아챘던 모양이다. 자기가 내 자식이 아니라는 사실을. 게다가 오의 출생을 가지고 협박하는 자도 많이 있었고."

리쿠손의 눈에 비친 것은, 그저 머리를 감싸 쥔 통통한 남자일 뿐이었다.

"돈을 쥐여 주면 대부분은 입을 다물었지만 욕심을 내는 자도 있었지. 나는 앞으로도 계속 교쿠오를 친아들로 취급할 생각이었다."

하지만 교쿠엔의 노력은 소용이 없었던 모양이다.

"오는 내가 친부가 아니라는 사실을 알면서도 아버지처럼 대해 주었어. 그래서 나도 그 아이에게 많은 것들을 가르쳐 줬지."

"흐응."

리쿠손에게는 정말이지 관심 밖의 일이었다. 동정할 수 있는 여지가 있을 경우 상대를 용서해야 한다면, 처음부터 그런 이야기는 듣고 싶지 않았다.

"오는 나와 함께 장사를 하던 중, 검은 돌에 눈독을 들였다.

이번 폭동에 가담한 대부분은 이 일족에 원한이 있는 자, 바람을 읽는 백성 부족의 생존자도 많지. 광산에서는 바람을 읽는 백성 출신의 노예가 많이 일하고 있었으니."

검은 돌의 채굴량을 속이려 한다는 이야기는 그곳에서 들었던 모양이다.

"그럼, 이 일족을 함정에 빠뜨린 이유는 바람을 읽는 백성의 가당치도 않은 원한 때문이라는 말이네. 당신은 아들에게 벌을 주지 않는 거야? 서도를 지키는 이 일족의 남자라면 그 정도는 해야지!"

"그래. 이유 중 하나는 바람을 읽는 백성으로서의 복수, 또 하나는 호적 말살, 그리고 또 하나는···."

"아직도 있어?"

교쿠엔이 리쿠손을 보았다.

"오는 이 일족의 아이가 내 친자라고 오해했던 거야."

교쿠엔의 말에 리쿠손은 입술을 깨물었다.

'참 똑똑하게 생긴 아이로구나. 내 아들로 삼아도 될까?'

이 일족의 아이를 데려가고 싶어 하던 교쿠엔. 교쿠엔과 어머니의 대화가 떠올랐다.

그런 사소한 농담조차 진심으로 받아들이고 이 일족을 멸망시키려 했던 것인가.

그래서 교쿠오는 리쿠손을 제거하기 위해 황족의 혈통이라는 말을 지어냈다.

누나는 바보다. 살아남는다면 자신보다 누나가 훨씬 더 중요한 인재일 텐데.

왜 자신을 살렸을까.

그리고 교쿠엔은 왜 이제 와서 이런 이야기를 하는 것일까.

덤벼들어 마구 후려갈기고 싶은 충동이 끓어올랐다. 마차에서 밀쳐 떨어뜨릴까. 교쿠엔에게는 아직 자신이 물어뜯은 발목 상처가 남아 있다. 어린애인 리쿠손이라도 황천길 길동무로 삼으면 통통한 남자 한 명 정도는 죽일 수 있을 것이다.

누나의 말이 떠올랐다.

'너는 서쪽 땅을 지켜야 해. 그게 이 일족 남자의 역할이야. 무엇을 이용해도 상관없고, 그 어떤 상대라도 써먹을 수 있으면 써먹어.'

자신은 여기서 죽어서는 안 된다. 그리고 서쪽 땅에 상처를 내지 않기 위해 중앙으로 가는 길이다. 아무도 자신을 모르는 땅으로.

리쿠손은 입술을 깨물고 무릎에 양 손톱을 박아 넣으며 꾹 참았다. 살의는 입안에 고인 침과 함께 간신히 꿀꺽 삼켰다.

"또 하나의 이유는 멍청한 칙명을 내린 중앙이겠네."

빨간 머리 여성이 했던 말이 떠올랐다. 분명 아무짝에도 쓸모 없는 황족이 저지른 일이리라. 황태후가 여제라고 불릴 정도로 정치를 조종하고 있다고 들었다. 칙명이라는 대의명분이 없었다면 교쿠오도 이 일족을 멸망시킬 수는 없었을 것을.

"중앙은, 그 칙명은 본의가 아니었다고 하더구나."

"뭐어?"

리쿠손은 어이가 없어 소리를 질렀다. 어떻게 된 일인가, 실수로 칙명이 잘못 내려왔다는 말인가.

"황제의 인장은 있었지만 여제, 아니 황태후의 인장이 없었던 거야."

그러니까 꼭두각시 말고 꼭두각시 조종사의 승인이 없었다는 점이 문제라는 말인가.

"몇 년 전부터 황제의 건강이 나쁜데, 모후이신 황태후도 이미 고령이시거든."

"그런 조잡한 칙명으로…."

"그래. 황족을 속였다는 건 잘못된 정보라는 걸 알았지만, 채굴량을 속인 일은 감출 수 없는 사건이었지."

"…그건."

이 일족에게도 죄는 있었다. 흉년과 불황을 검은 돌로 해결하려던 방식. 지금은 괜찮지만, 언젠가는 파탄이 날 방식이다.

"그래서 광산의 권리를 이참에 중앙에서 빼앗아 올 작정이다."

"응?"

통통하고 심약해 보이는 남자의 눈에 불길이 깃들었다.

"중앙은 석탄의 가치를 몰라. 적어도 그쪽에서는 이곳의 몇십 분의 일 가치밖에 안 되겠지. 그 점을 역으로 이용하는 거야."

"그건…."

"교섭 조건은 그 조잡한 칙명. 그것이 서쪽 땅을 다스리던 일족을 멸망시켰다. 이건 아주 중대한 사태야."

교쿠엔의 눈에 상인다운 늠름한 빛이 떠올랐다.

"너를 중앙으로 데려감과 동시에, 나는 이 일족 출신으로서 조정에 항의하겠다. 내 인장 때문에 일어난 일이니 내게도 책임이 있지."

"중앙을 거스르게 되잖아? 아니, 그럼 당신은, 당신 가족은?"

오라던가 하는 그 멍청한 아들은 어떻게 되든 상관없지만 사촌 동생들을 숨겨 주고 있는 부인도 있다. 아무리 혈연관계가 없다 해도, 그렇게까지 말려들게 해도 되는 것일까.

"자, 이걸 봐라."

교쿠엔은 발밑에서 바구니를 꺼냈다. 그 속에는 비둘기가 여러 마리 들어 있었다.

"내가 장사를 넓힐 수 있었던 이유지. 정보를 다스리는 자는 시장을 다스릴 수 있다. 항의한 나를 교수형에 처하든 말든 상관없어. 비둘기가 먼저 알려 줄 테고, 그리 쉽게 당할 만큼 약한 아내는 단 한 명도 없다. 우리는 절대 가만히 앉아서 숨통이 끊어지기를 기다리진 않을 거야."

교쿠엔은 마치 큰북처럼 불룩한 배를 퉁, 하고 두들겼다.

"그래도 못 믿겠다는 거냐?"

"…아직."

마음이 그렇게 빨리 정리되지는 않는다. 리쿠손은 아직 어린 애다. 어른이 거짓말을 하고 있는지 아닌지 판별할 수 없다.

"그럼, 나와 서면 계약을 하자."

"어떤 계약?"

"나는 상인이니, 서도를 가장 부흥시켜 줄 수 있는 자를 우대해야지."

상인다운 성과주의였다.

"하지만 동시에 위험도 감수해야 해. 내 수명은 결국 자식들보다 짧을 수밖에 없으니, 욕심이 난 자식이 내가 없을 때 무슨 짓을 저지를지 모르잖니?"

오라는 남자는 그럴 수도 있겠다고 리쿠손은 생각했다. 실제로 저질렀고.

"그때는 그 아이를 없애거라. 그리고 네가 서도를 지키는 거야."

"뭐야, 그게…."

결국 교쿠엔의 후계자가 되라는 말이 아닌가. 죽어도 싫다.

"이제 와서 나한테 뒷감당을 시키려고?"

"뒷감당이 아니야. 이게 바로 바람이 된 남자의 숙명이지."

"바람이 된 남자…."

교쿠엔은 어떤 형태로든 어머니와 누나가 말하던 바람의 남자가 맞는 모양이라고, 리쿠손은 생각했다.

더럽고 지저분한 방식이다. 이러면 리쿠손도 받아들이는 수밖에 없다.

이 온화한 미소 밑에 숨겨진 뻔뻔함을 받아들여야 했다.

리쿠손은 지금의 뾰족한 돌 같은 마음을 숫돌로 갈고 갈고 또 갈아서 매끄럽고 아름답게 만들어 내야 했다. 그리고 무슨 일이 벌어졌을 때, 그 누구라도 찢어발길 수 있는 날카로운 칼날이 되어야 한다….

"도착한 것 같구나."

마차에서 내리니 항구가 보였다. 리쿠손은 그곳에서 묘한 짓을 하고 있는 남자를 발견했다.

"배, 싫어! 못 타! 타기 싫어!"

나이도 먹을 만큼 먹은 남자가 기둥에 매달려 어린애처럼 떼를 쓰고 있었다.

"배에 안 타면 집에 못 간다. 겨우 탈 수 있는 배를 찾았잖아."

"그치만 배, 못 타."

"아저씨, 뭐 해?"

라칸이라는 남자였다. 리쿠손은 저도 모르게 말을 걸었다.

"응? 누구냐, 너. 쪼끄만 보병이네."

리쿠손에 대해 완전히 잊어버렸나 보다. 늘 있는 일이지만 어이가 없다.

"도성으로 돌아간다면서? 육로보다는 배가 편할걸."

마차에서 흔들리나 배에서 흔들리나 어차피 비슷하니, 타고 있는 시간이 짧은 만큼 배가 낫다고 리쿠손은 생각했다.

"으으…."

라칸은 울며 겨자 먹기로 배에 올랐다.

"아저씨, 사람 얼굴 하나도 구분 못 하네. 진짜 괜찮은 거야?"

"으음…. 출세하면 곤란해질지도 모르지."

출세는 할 수 있을까, 하고 리쿠손은 생각했지만 상인은 어디에든 연줄을 만들어 두는 법이다.

"그럼, 출세하면 날 고용해 줘. 아저씨 대신 내가 사람 얼굴을 절대 안 잊어버릴 테니 편리하잖아."

"음, 그럼 채용하지."

가벼운 대화였으나 설마 10년 후 정말로 그 일이 이루어질 줄 리쿠손은 생각도 하지 못했다. 그리고 괴짜 군사라 불리게 된 그 인물은 리쿠손을 완전히 잊고 있었다.

결국 이 일족은 멸망했다. 항의해도 칙명이 잘못되었다는 것을 중앙이 인정할 리는 없었지만, 타협안은 제시했다.

하나, 이戌 일족의 생존자가 더는 쫓기지 않게 되었다.

둘, 지금도 술서주戌西州라 불리고 있다.

셋, 이 일족이 아니라 이 일족 출신인 교쿠엔이 서도를 다스리게 되었다.

넷, 입막음 값 대신, 석탄 채굴에 관한 세금을 면제받았다. 어디까지나 비공식이지만.

이 일족은 불명예를 뒤집어쓰고 멸망했다. 하지만 교쿠엔은 명예보다 술서주의 발전을 선택했으리라. 누구보다 서쪽 땅의 이익을 원하는 남자는 분하지만 그 누구보다 리쿠손에게 모범이 되는 인물이었다.

피웅덩이 속에서 리쿠손은 과거를 돌아보았다.

지금의 공소는 옛 이 일족의 저택. 심지어 교쿠오는 리쿠손의 어머니가 쓰던 방을 집무실로 쓰고 있었다.

17년 전 자신이 행패를 부린 곳에서 칼에 찔려 숨을 거둔 남자. 그야말로 지나치게 완벽한 인과응보였다.

교쿠엔의 지시로 다시 서도에 왔을 때, 직속 상사라는 남자가 그 누구보다 기억 속에 뚜렷이 남아 있던 남자인 것을 보고 리쿠손은 미칠 것만 같았다.

하지만 누나의 유언을 지키기 위해 꾹 참았다.

교쿠오에게서 라 일족과 혈연관계냐는 질문을 받았을 때는 분노를 넘어서 웃음이 날 정도였다. 리쿠손이 결코 잊을 수 없는 남자가 리쿠손을 전혀 기억하지 못하고 있었으니 말이다.

그래도 명색이 교쿠엔이 키운 아들이니, 친혈육이 아니어도 서쪽 땅을 부흥시키는 재주는 있었다. 안타까운 점은 열등감이 지나치다는 정도일까. 교쿠엔의 자식이 아니라는 사실을 알았을 때 비뚤어졌을지도 모른다.

서쪽 땅을 부흥시키는 것이 아니라, 지키는 것도 아니라, 이용해서 샤오를 침공하려 했다. 혹시 자신의 혈통을 끊어 버리기 위해 멸망시키려 하는 것이 아닐까.

이것만큼은 간과할 수 없었다.

무엇보다 마치 밥상을 차려 놓은 것처럼 무대가 지나치게 잘 꾸며져 있었다.

리쿠손은 단도를 잡아 뽑고, 교쿠오에게 살해당한 남자 앞에 쪼그려 앉았다.

"뭐야, 뭐야?"

달려온 사람들의 눈에는 피웅덩이 속에 앉아 있는 리쿠손 한 명이 보였다. 그리고 두 명이 죽어 있었다.

"어, 어떻게 된 일입니까?! 리쿠손 님!"

교쿠오의 부관이 물었다. 다른 사람들도 와글와글 몰려들었다. 비명을 지르는 시녀도 있었다.

"보시는 그대로입니다. 제가 들어왔을 때는 이미 살해당한 상태였습니다. 저는 틈을 보아 단도를 집어 들고, 적에게 반격을 가하는 수밖에 없었습니다."

"정말입니까?"

부관이 유심히 쳐다보았다. 전원이 의심 어린 눈길로 리쿠손을 보았다.

그렇다. 리쿠손이 의심받는 것은 당연한 일이다. 리쿠손이 냉대를 받았다는 사실을 모르는 사람은 없을 테니 말이다. 자신이 수상하다는 것은 잘 안다.

여기서 잘만, 잘만 해내면….

아니, 차라리 어머니와 누나와 같은 곳에서 죽는 편이….

그런 생각을 하던 찰나였다.

"방에 들어오니 이미 죽어 있었다. 그래서 적을 죽였다. 그 말이 틀림없지?"

누구인가 했더니 라칸이었다. 잠이 덜 깬 눈에, 외알 안경도 벗고 있었다. 하지만 지금은 한창 제사를 올릴 시간일 텐데, 왜 여기에 있을까.

"라칸 님, 제사는 어떻게 하셨습니까?"

"졸려서 그냥 나왔다."

아아, 다 끝났다. 리쿠손은 그렇게 생각했다.

라칸에게는 거짓말을 할 수 없다. 라칸은 선의나 악의 없이, 그저 사실만을 늘어놓으리라.

리쿠손은 여기서 날뛰면 누나와 어머니와 같은 곳에서 죽을 수 있겠다는 생각에 단도를 움켜쥐었다.

"그렇다는군."

라칸은 주위를 향해 말했다.

"그, 그게 무슨 말씀이십니까? 칸 태위님?"

"응? 저 녀석은 거짓말 안 했어. 사람을 죽인 적을 죽였지. 그게 뭐가 나쁘지? 오히려 경비가 허술했던 너희 책임이잖아?"

"네?"

느닷없는 그 말에 부관이 혼란에 빠졌다.

"난 졸리니까 그만 자야겠어."

주위가 술렁이는 가운데 "칸 태위의 말이라면⋯." 하면서 모두가 물러났다. 리쿠손에게 향했던 의혹은 한순간에 해소되었다.

이래도 되는 걸까, 하는 기분도 들었다.

동시에 누나와의 약속을 지킬 수 있어 안심하는 마음도 있었다.

"이야기는 나중에 들을 테니, 일단 옷을 갈아입으십시오."

부관이 리쿠손에게 말했다.

방금 전 비명을 질렀던 시녀가 조심스럽게 수건을 리쿠손에게 건넸다. 동작이 가벼운 그 시녀를, 리쿠손은 여러 번 본 적이 있었다.

"일 때문에 왔나요, 취에 씨?"

리쿠손이 시녀의 귓가에 속삭였다.

"⋯아이, 싫어라. 어떻게 들킨 걸까요?"

얼굴은 전혀 다르지만 목소리는 명랑한 시녀의 것이었다.

"그야말로 밥상을 차려 놓은 듯한 무대여서 누군가가 조작했나 싶었죠."

수상한 상황인데도 아무도 오지 않는 집무실. 아무리 교쿠오가 사람을 다 내보냈다 하더라도, 상황이 너무 절묘했다.

리쿠손은 눈치를 챘다.

교쿠오라는 남자는 리쿠손이 굳이 손을 대지 않았어도 이미 죽을 운명이었다는 사실을.

"그랬나요~? 너무 수상쩍었던가요~?"

취에는 부정하지 않았다.

"저인 줄은 어떻게 아셨어요? 머리색도 눈 크기도 다 바꿨는데~"

"귀 모양으로 알았습니다. 취에 씨의 귀는 대단히 아름답거든요."

"어머나, 참. 유부녀의 귀를 그렇게 뚫어져라 보시면 안 되죠~"

목소리는 취에지만 겁먹고 어쩔 줄 몰라 하는 태도만 보면 완전히 다른 사람이었다. 취에는 리쿠손에게 묻은 피를 저어하면서도 갈아입을 옷을 들고 따라왔다.

"의관이 조사하면 저는 처분될까요?"

리쿠손은 무심히 물어보았다.

"여기 담당은 요우 의관님이에요. 요우 의관님은 일할 때는 진지하지만 유연한 사고방식을 갖고 계시고, 무엇보다 서도의 평온을 바라는 분이죠. 마오마오 씨라면 호기심 때문에 조사를 할지도 모르겠네요. 나머지 두 의관도 특이한 사람인 것 같고."

"그렇군요. 그럼, 앞으로 마오마오 씨와 얼굴을 마주치지 않도록 노력해야겠네요."

조금 섭섭한 기분이 들지만 어쩔 수 없다. 자신이 저지른 짓은 이제 돌이킬 수 없는 일이었다.

"그러게요. 겸사겸사 저에 대해서도 아무 말 말아 주세요."

취에가 덤처럼 입막음을 시켰다.

"입 다물고 있을 테니 한 가지 부탁을 들어주시겠습니까?"

"뭐죠?"

독특한 그 목소리는 리쿠손의 귀에는 잘 들렸으나, 주위에서는 입술조차도 움직이지 않는 듯 보이리라. 리쿠손도 농촌에서 며칠간 함께 지내지 않았다면 알아차리지 못했을 정도로 정교한 변장이었다.

"취에 씨, 아까 방에서 뭔가 회수하지 않았어요?"

다른 사람들은 전혀 알아차리지 못했을 만큼 교묘한 동작이었다. 하지만 리쿠손은 방에 들어오기 전과 후로 취에의 손 위치가 달라졌다는 사실을 알아보았다.

"왜 그렇게 감이 좋은 거예요~ …사실 피해자는 린 소인이죠

~?"

취에는 뜻밖일 정도로 쉽게 자백했다.

"그럼, 취에 씨가 가져간 무언가를 들이대고 린 소인이 협박을 하러 왔다는 뜻일 테고, 그 물건은 호적이겠네요."

"말씀 그만하세요~ 그 이상 말하면 취에 씨의 목이 날아가요~"

취에는 긴장감 없는 말투로 말했지만, 주위에 누가 있는지 계속 신경을 쓰고 있었다.

"당신이 손에 넣은 무언가를 신속하게 처분해 주시지 않겠습니까?"

리쿠손은 교쿠오를 용서할 생각은 없었다. 하지만 그렇다고 시체를 계속 걷어차고 싶지도 않았다.

"상사랑 의논해 볼게요."

"어느 쪽의 이익이 될까요, 처분하게 될 경우. 황후의 진짜 아버지가 어디 사는 말뼈다귀인지 모른다는 건 곤란하겠죠?"

리쿠손은 이미 취에가 알고 있다는 사실을 직감하고 말했다.

"맞아요~ 귀찮은 일이 벌어질 거예요~"

긴장감 없는 목소리였지만 표정만은 굳어 있었다. 취에는 상당히 유능한 밀정이리라.

이대로 리쿠손 자신마저 소리 없이 해치워 버리지 않을까 싶었지만, 설마 그러지는 않으리라고 믿고 싶다.

교쿠요 황후의 진짜 아버지는 호적을 조사하면 나올 가능성이 있다. 어머니의 전남편을 조사하거나, 또는 고인이라 해도 그 친족을 조사할 경우 곤란해진다.

"취에 씨가 난감한 이유는 그렇다 치고, 리쿠손 씨는 왜 호적을 처분하려 하는 건가요?"

"별다른 의미는 없습니다. 그저 계약한 상대의 비밀이 밝혀지면 계약의 가치가 떨어지지 않겠습니까?"

교쿠오를 위한 일이 아니다. 어리석게도 서쪽 땅을 위험에 빠뜨리려 한 남자. 교쿠엔에 대한 열등감으로 똘똘 뭉친 자.

리쿠손이 호적을 처분하려던 이유는 그저 교쿠엔에게 의리를 지키기 위해서일 뿐이었다.

"알겠습니다. 상사랑 의논해 볼게요."

변장한 취에는 그 말을 남기고, 리쿠손에게 갈아입을 옷을 건넨 뒤 어딘가로 가 버렸다.

"달의 귀인 직속은 아닌 것 같군요."

리쿠손은 그 이상 캐묻지 않았다. 무엇보다 자신도 켕기는 데가 있는 입장이었다.

리쿠손은 방으로 돌아갔다. 그리고 문을 닫은 뒤 쪼그리고 앉았다. 피로 젖은 옷을 바로 갈아입고 싶었지만 몸이 움직이지 않았다.

"왜지? 이제 다 끝났는데."

리쿠손의 눈에서 눈물이 펑펑 쏟아졌다.

"아니, 이제부터 시작인 건가?"

코를 훌쩍였다. 우는 어린애처럼.

다 큰 어른이 부끄럽지만, 지금은 어머니와 누나가 지켜봐 주고 있는 듯했다.

게다가 어떤 의도이든, 라칸은 리쿠손을 감싸 주었다.

"거짓말은 아니었지만, 사실이 어땠는지도 알고 있었을 텐데."

예전 상사가 어울리지도 않는 짓을 했다고, 리쿠손은 생각했다.

그리고….

서쪽 땅을 지키기 위해, 앞으로도 바람으로 살아가야 했다.

약사의 혼잣말

우는 여자들의 목소리가 멀리 떨어진 장소에 있는 마오마오에게도 들려왔다.

저택 앞에 줄이 생겨나 있는 것도 별저 2층에서 확인할 수 있었다.

"힘들겠네요~"

취에가 남의 일처럼 말했다.

"장례식은 보통 침울하게 하던데, 서쪽에서는 요란하네요."

"이래 봬도 침울한 편 아닐까요?"

마오마오는 창가를 떠나 탁자 위에 놓인 풀을 내려다보았다. 초원에 자생하는 약초를 취에가 모아다 주었다.

약초를 처리하려던 참에 놀랄 만한 이야기가 날아들다니, 참 난감한 노릇이다.

교쿠오가 살해당했다고 한다.

어제의 제사에도 나타나지 않고 동생들만 입장하는 것을 보고, 마오마오도 무슨 일이 있나 싶었더니 이 모양이다.

범인은 교쿠오에게 전부터 돈을 뜯으러 찾아오던 농민이라고 했다.

이야기를 듣고 놀라움이 반, 나머지 반은 납득과 묘한 안도와 불안이 뒤섞인 감정이었다.

"농민이라고요?"

"네. 마오마오 씨도 아시죠? 교쿠오 님이 너무 후하게 베풀어 주신 일 말이에요."

베풀어 주었다고는 하지만, 실제로는 돈을 빌려주었다고 보아야 한다.

"네, 알아요. 돈을 빌리는 측에서는 상대가 신이 아니라는 사실을 알아야 한다고 저는 생각하는데요. 어떤 조건으로 돈을 빌려줬나요?"

정보통 취에라면 알고 있으리라는 생각에 마오마오는 물었다.

"네, 맞아요. 대가 없이 빌려주는 게 아니라, 무슨 일이 생기면 인력人力을 내놓으라는 조건이었던 것 같아요. 하지만 보통은 그런 큰일이 자주 일어날 거라고 생각 안 하잖아요. 더 서쪽에 있는 마을이라면 몰라도, 서도 부근이라면 이민족이 침공한 예도 없으니까요."

지리적으로 멀고, 적어도 자기 세대에서는 전쟁 따위 일어날

리가 없다고 생각한 결과 얼마 전의 폭동이 벌어졌다. 교쿠오가 진시를 감싸는 척하며 전쟁으로 유도한 일이 결국 살해당하는 계기가 되었나 보다.

"이해 안 되는 건 아니지만요."

마오마오는 교쿠오를 죽인 농민의 마음도 조금은 이해가 되었다. 사람은 자신에게 불똥이 튈 때까지 상관없다고 생각하는 법이다. 가난할수록 코앞의 일밖에 생각하지 못한다. 시야가 좁기 때문에 욕심에 눈이 돌아가고 만다.

"하나 질문해도 될까요? 그 범인이란 사람은요?"

"바로 죽였대요. 그리고 그 농민의 가족에게는 일이 공공연히 밝혀지기 전 미리 알렸어요."

취에는 마오마오가 궁금해하는 것을 알려 주었다. 황족의 생명을 노렸다면 멸족을 당했으리라. 황족은 아니지만 교쿠요 황후의 오라비이자, 교쿠엔의 아들이다. 마오마오 일행에게는 나쁜 인상을 주었지만 서도에서는 다대한 지지를 얻고 있었다. 설령 살인을 실행에 옮긴 범인이 이미 죽었다 해도 가족에게도 위험이 끼칠 것이다.

"가족들은 무사히 도망쳤나요?"

"취에 씨는 몰라요. 하지만 서도에서는 사적 제재가 법률상 금지되어 있다 해도, 제대로 도망 못 치면 큰일 날 거예요."

법으로는 금지되어 있지만 어디까지 제어력이 통할지 알 수 없다. 왕제가 있는 별저에까지 폭도들이 몰려왔을 정도다. 백성들은 평상심을 유지하지 못하고 있다.

"그래서 마오마오 씨는 그 외에 뭐가 또 궁금한가요~?"

취에가 의기양양한 얼굴로 의자에 앉아 있었다. 마오마오도 앉아, 반쯤 시든 약초를 집어 들었다. 줄기에서 잎사귀만 떼어내고 건조시킬 예정이었다.

'정말 농민이 죽인 게 맞을까?'

마오마오는 솔직한 의문을 말하려다 그만두었다. 대신 다른 질문을 던졌다.

"이제 어떻게 되나요? 명색이 영주 대행이었잖아요. 하던 일이 여러 가지 있을 텐데."

"그게 말이죠."

취에도 도와주려는지 줄기를 집어 들었다. 까불까불한 데는 있지만 유능한 시녀라, 마오마오가 하는 양을 금세 흉내 내서 잎사귀를 뜯어 나갔다.

"작년, 벌써 1년이 지났네요~ 상당한 양의 일을 리쿠손 씨가 인수인계한 모양이에요~ 부관이 하던 일과 맞춰 보니, 어떤 한 부분을 제외하면 문제없어 보인대요."

"어떤 한 부분이 너무 치명적일 것 같은데요."

"네. 얼굴이 되어 줄 사람이 없다는 거죠. 이거, 아주 큰일이에요."

"아….."

마오마오는 납득했다. 동시에 의문도 들었다.

"업무의 내용을 생각하면 리쿠손 씨가 하는 게 타당하겠지만요. 중앙에서 온 사람이니까."

황해 때의 대응을 보면 지도력은 충분한 듯하지만 후임이 되기에는 너무 약하다.

"저도 생각해 봤는데, 교쿠엔 님에게는 그 외에도 많은 자제분이 계시잖아요? 다른 동생들이. 으음, 항구를 지배하는 다하이 씨였던가요?"

마오마오는 확인하듯 물었다.

"네. 있고말고요, 있고말고요. 남동생만 해도 여섯 명이래요. 교쿠오 님에게는 아들도 있는데, 우선은 동생들이 먼저겠죠."

"그중 한 명으로 하면 안 되나요?"

"그게 말이에요…."

취에가 난감한 듯 말꼬리를 흐렸다.

"다들 전문직이거든요~"

"전문직이라고요? 어떤 분야?"

"배에, 도기에. 직공들도 많대요~ 아무리 유능해도 농민인 라한네 형이 국정을 다스릴 수는 없잖아요?"

괭이를 들고 있는 모습이 아니라 책상에 앉아 서류 업무를 하는 라한네 형의 모습을 떠올려 보았다. 아마 얼마든지 해치울 수 있을 것이다. 하지만 밭에 내놓는 편이 10배는 보탬이 된다.

그리고 위에 서는 자가 평범해서는 안 된다. 아무리 유능해도 한 곳 실수하면 금방 목이 날아가고 다른 사람으로 바뀌고 말리라.

"정치에 능한 사람 한 명쯤 더 키웠어도 좋을 텐데요."

"큰형과 다투기 싫었겠죠~ 그리고 정치 쪽으로 말하자면 그 누구보다 출세한 건 교쿠요 황후잖아요. 교쿠오 님의 아들은 아버지가 아직 현역이라는 이유로 별로 공부를 안 시켰대요."

"그러고 보니 그러네요."

황제와 인척관계를 맺는다. 이 이상의 출세가 또 있을까. 그리하여 교쿠엔은 상인이면서 황제의 장인이 되었다.

하지만 곤란한 상황이다.

누가 서도를 다스려야 좋을까.

"교쿠엔 님이 이제 와서 서도로 돌아오진 않으시겠죠?"

"입장상 곤란할 거예요. 죽은 게 친아들이라 해도 지금의 서도에 돌아올 수는 없겠죠. 그래서 장례가 끝난 후에는 그 얘기를 하느라 달의 귀인이 굉장히 힘들어하고 있어요. 정말 서도의 농민이 저지른 짓이냐는 이야기가 자꾸만 나오잖아요."

취에는 은근슬쩍 마오마오가 듣고 싶어 하는 이야기를 섞었다.

진시 입장에서도 교쿠오가 자꾸 전쟁을 부채질해서 곤란하던 참이었다. 하지만 죽으면 더 귀찮아진다.

"그 외에도 높은 사람이 몇 명 더 있지 않아요? 그 선에서 해결할 수는 없나요?"

"쥐에 씨한테 물어도 잘 몰라요~ 하지만 한 가지, 확실하게 아는 게 있어요."

쥐에가 마오마오에게로 얼굴을 쑥 들이밀었다.

"뭐, 뭐죠?"

마오마오는 살짝 밀리면서 물었다.

"어떤 결과가 되든, 달의 귀인은 지쳐서 돌아오실 거예요. 피로를 날려 버릴 수 있는 약탕, 가능하면 쓰지 않은 게 좋겠어요."

"…준비해 둘게요."

마오마오는 잎사귀를 잡아 뜯으며, 가져온 꿀을 돌팔이 의관이 다 먹어치우지 않았는지 확인해 두어야겠다고 생각했다.

쥐에의 예상대로 진시는 다음 날 지친 기색이었다. 왕진을 가면 늘 금세 속아 넘어가는 돌팔이 의관도 노골적으로 병이 난 것이 아닌지 의심할 정도였다.

"피곤하니 그만 됐다. 돌아가도 좋아."

진시의 그 말에 돌팔이 의관은 풀이 죽어 돌아왔다. 물론 마오마오는 남았다.

'좀 거북한데.'

이렇게 정면으로 얼굴을 마주하는 것은 보충을 빙자한, 번거롭기 짝이 없던 행동 이후 처음이었다. 하지만 진시의 피로가 어마어마했기에 대체 무슨 일이 있었는지 묻고 싶은 호기심도 있었다.

진시의 종자들은 이미 전원이 정보를 공유하고 있는지 우울한 분위기를 드리우고 있었다. 대체 얼마나 피곤한 이야기였을까.

"일단 앉아라."

진시의 말에 마오마오는 앉았다. 가져온 약탕은 이미 스이렌에게 건넨 후였다.

"무슨 일이 있었는지 물어봐 줘."

"무슨 일이 있었나요?"

마오마오는 시키는 대로 질문했다.

"그게 말이야….."

솔직히 신하 앞에서 이렇게 늘어진 모습을 보이는 것도 오랜만이 아닐까 싶었다. 가오슌밖에 없을 때는 가끔 나태한 분위기가 된 적도 있었지만….

'스이렌에 타오메이, 취에, 바센….'

그리고 모습은 보이지 않지만 바료도 어딘가에 있으리라.

그 전원의 앞에서 늘어진 진시. 스이렌과 타오메이가 잔소리를 할 법도 한데 아무 말도 없었다. 그만큼 늘어질 만한 이유가 있었을 터였다.

스이렌이 살며시 약탕을 진시 앞에 내려놓았다. 약탕이랄까, 그냥 탕에 가깝다. 어설프게 쓴맛을 단맛으로 잡으려 했다가는 맛이 이상해지기 때문에 아예 탕을 끓였다. 채소와, 피로를 풀어 주는 약초를 넣고 우유와 유락을 넣어 푹 끓인 요리다. 고기 힘줄 부분도 쉽게 씹어 넘길 수 있을 만큼 오랫동안 끓였다.

솔직히 황족이 먹기에는 너무 조악하고 잡맛이 많이 나지만 마오마오 나름대로 고민해서 만든, 피로에 제일 잘 들을 만한 음식이었다. 약이었던 흔적으로 녹색을 띠고는 있으나 맛이 없지는 않을 터였다. 돌팔이 의관, 취에, 리하쿠는 맛있다고 보장해 주었다.

"후우."

진시는 탕을 마시고 한숨을 내쉬었다. 물어봐 달라고 한 주제에 뜸이나 들이고 있다. 하지만 입에는 맞았는지, 수저를 담가서 열심히 건더기를 떠먹었다.

'배가 고팠나?'

한 숟갈 먹어 보니 멈출 수 없었는지 전부 먹어치워 버렸다. 번들거리는 입술을 손등으로 대충 닦는 동작은 그 나이대 청년으로 보였다.

하지만 다음 순간 진시는 정색한 표정으로 돌아갔다. 늘어졌던 자세를 반듯이 고치고, 지친 표정도 얼굴에서 사라졌다. 태세 전환이 빠른 사람이다.

"누가 중심이 되어 서쪽 땅을 다스릴 것인가. 예상대로 이야기는 같은 곳을 뱅뱅 돌기만 했지."

"그랬겠죠."

마오마오가 타오메이를 슬쩍 쳐다보며 대답했다. 스이렌과 취에의 앞이라면 그나마 좀 낫지만 타오메이의 눈은 역시 무섭다. 어디서 마오마오의 불경한 행동을 잡아낼지 모르니 조금 조마조마한 기분이었다.

"교쿠엔 공의 다른 아들을 내세우자는 안은 전원이 거절하더군. 각각 다른 분야에서 뛰어난 자들이지만, 정치에는 맞지 않는다는 발언이 있었다. 전원이 다 말이지. 게다가 교쿠오 공의 자식으로 말하자면 아직 정치 공부가 부족하다더군. 갑자기 영주 대행을 맡기기에는 역부족이라고 했다."

진시는 강조했다. 주먹도 꽉 쥐고 있었다.

"다음으로 교쿠오 공의 부관에게 물어보았지. 업무 수행에는 문제가 없지만, 아무래도 위에 설 만큼의 기백은 없었어."

"부관으로 지내는 게 더 마음 편한 성격이란 말씀이시죠?"

"그래."

그런 인간도 있다. 누구나가 다 출세를 바라는 것은 아니다. 지위가 없어도 끼니 걱정만 없으면 충분하다는 사람도 있다.

교쿠오의 부관들은 전부 다 그런 자들이었던 모양이다.

'그런 사람들만 모인 건지, 모은 건지.'

정점에 서지 않아도 어느 정도의 지위만 있으면 만족스럽다면, 부관으로 있는 편이 마음 편할 것이다. 너무 진지한 성격일 경우 일을 잔뜩 끌어안고 위에 병이 나지만.

"서도의 유력자들에게도 물어보았는데 답은 '아니오'였다. 이유는 장사할 때 이점보다 폐해가 더 크기 때문이라면서."

"장사꾼 기질이 대단하네요."

"그런 동네니까. 교쿠엔 공만큼 힘이 강력하다면 모를까, 다른 상인들의 힘 관계는 거의 비슷한 수준이라더군."

서도에 상인 세력이 몇 개나 있는지는 모르지만 괜히 나섰다가 다른 세력에게 밀려 무너질 수도 있으리라. 지금은 누구나 황해 후 복구에 벅찬 상황이니 일을 늘리고 싶지 않은 마음도 이해가 된다.

"내 입장에서는 한 명, 염두에 둔 인물이 있기는 한데…."

"네, 그게 누군가요?"

"리쿠손이다."

마오마오는 이름을 듣고 그렇겠지, 하고 생각했다. 마오마오조차 이름이 떠올랐을 정도이니 진시가 생각하지 않았을 리가 없다. 무엇보다 쉬에가 똑똑히 보고했으리라.

"왠지 납득하는 표정인데?"

진시가 다소 마음에 걸린다는 얼굴을 했다.

'아, 구혼 사건을 떠올리고 귀찮아지기 전에 얼른 말해 버려야겠다.'

"황해 당시 당황하지 않고 행동하는 모습을 봤으니까요. 게다가 괴짜의 부관 노릇을 할 만큼 배짱도 두둑하지 않나요?"

객관적으로 볼 때 뛰어난 능력이었다.

"네, 취에 씨도 찬성이에요."

취에가 손을 번쩍 들었다. 옆에서 맹금류의 눈이 빛났다.

"하지만 본인은 중앙에서 온 위탁 신분이라고만 주장하더군."

"그것도 그렇죠."

리쿠손은 중앙에서 온 사람인 데다 별로 나서서 떠드는 성격도 아니다.

취에가 말했던 대로의 흐름이었다.

'아예 서도 출신이었다면 이야기가 달랐을 텐데.'

마오마오는 자신의 생각에 '응?' 하고 갸우뚱해지는 것을 느끼면서도 기분 탓인가, 하고 생각을 바꿨다.

"뿐만 아니라 리쿠손은 나한테 그 자리를 맡으라는 거다."

"네에?!"

너무나 황당한 그 말에 마오마오도 벌떡 일어나 소리를 질렀다.

맹금류의 눈이 마오마오에게 향했다. 마오마오는 어색해진 기분으로 다시 의자에 앉았다.

"그게 무슨 말인가요?"

"말 그대로의 의미지. 업무는 지금까지와 마찬가지로 부관들이 맡는다. 다만 나보고 얼굴 역할로 남으라는 거다. 그, 리쿠손, 이라는, 남자!"

'우와~'

이러니 피곤할 수밖에 없다. 꾹꾹 눌러 강조한 부분이 요점이었다.

"나는 위탁도 아니고, 심지어 손님이지 않으냐?"

진시가 확인하듯 물었다.

"그렇죠."

"원래는 이미 도성으로 돌아가 있어도 이상하지 않겠지? 왜 주위에서도 다들 입을 다물고 날 쳐다보는 거야? 어?"

"그러게요….."

원래는 짧으면 석 달 정도의 체재가 될 예정이었다. 하지만 길어질 경우 얼마나 될지에 대해서는 듣지 못했다.

'지금이 몇 달째더라?'

마오마오는 손가락으로 꼽아 보았다. 벌써 다섯 달 이상 서도에 있었다. 배 여행까지 합치면 벌써 반년 이상 도성을 벗어나 있는 셈이었다.

정말이지 교쿠오라는 남자, 살해를 당하더라도 시기를 잘 맞춰서 살해당했어야지 말이다. 아니, 살해당한 게 잘했다는 말은 아니지만 진시가, 왕제가 받고 있는 오해가 완벽하게 풀린 뒤에 죽어 버릴 건 또 뭐람. 백성들에게 전쟁의 불씨는 댕길 만큼 댕겨 놓고서.

뭐 이런 민폐 아저씨가 다 있어.

'하지만 살아 있어도 문제이긴 했겠지.'

서도에서 이렇게나 큰 세력을 갖고 있는 남자가 전쟁을 시도한다면 진시 입장이라 해도 언제까지 반대할 수 있을지 모른다.

샤오에 전쟁을 거는 일만이라면 회피할 수 있었을지도 모르지만….

"하지만 지, 진시 님은…."

마오마오는 다소 망설이다 진시라는 이름으로 불렀다. 맹금류, 정말로 눈빛이 무섭다.

"어쨌든 남을 생각이셨잖아요?"

"……."

말이 없는 것을 보니 정답이다.

진시는 사실 귀찮아질 것 같았다면 황해가 일어난 시점에 후딱 돌아가 버렸으면 그만이다. 자기 입장을 좀 생각하라는 불평도 아무도 못 할 테고, 실제로 귀환을 재촉하는 편지도 한두 통 받았으리라.

황해 때문에 백성들의 심신이 피폐해지고, 이민족에게서도

침략을 받고 있는데 지도자가 부재한 상황. 생각만 해도 끔찍해지는 흐름까지 진시는 다 생각했으리라.

"서도를 이대로 내버려 둘 수는 없겠죠."

"그래, 그 말이 맞다."

진시가 하아, 하고 커다란 한숨을 내쉬었다. 그리고 다시 지친 얼굴로 돌아가 마오마오를 흘끔흘끔 쳐다보았다.

"왜 그러세요?"

"…아마 지금 상황이라면 중앙으로 돌아가는 편이 조금이나마 더 안전하겠지."

누구 이야기인가 했다가, 그것이 마오마오 자신을 가리키는 말이라는 사실을 깨달았다.

"그렇겠죠."

마오마오의 안전을 생각한다고 했지만, 결국 마오마오는 황충투성이가 되어 버렸다. 게다가 폭도가 별저로 쳐들어오기까지 했다.

하지만 그 말을 지금 여기서 하는 건 틀렸다.

"이제 와서 저한테 돌아가라고 하진 말아 주세요. 괴짜 군사도 무조건 따라올 거라고요."

마오마오가 못을 박았다.

'사실은 돌아가고 싶지만, 엄청나게 돌아가고 싶지만….'

마오마오는 꾹 참았다. 녹청관 할멈과 야오와 옌옌에게 편지도 써야 한다.

"괴짜 군사가 없다고 중앙에 무슨 문제가 있을까요? 솔직히 별 문제 없겠죠. 오히려 조금 귀찮긴 해도 서도에 있는 편이 오히려 쓸모가 더 있지 않을까요? 장기 친구도 있고."

"하지만…."

"제가 어딘가에서 홀랑 죽어 버려도 전황에 큰 지장을 주지 않는 보병이라면 할 수 없지만요. 진시 님이 볼 때 저는 보병인가요?"

"……."

"달리 하고 싶은 말씀 없으세요?"

"…싶다."

진시가 시선을 피하며 입을 열었다.

"아까 그 탕을 한 그릇 더 먹고 싶다."

"…네, 새로 가져올게요."

이것은 이용 가치가 있으니 남겨 두겠다는 의미로 받아들여도 되는 걸까, 하고 마오마오는 생각했다.

돌팔이 의관이 야식으로 다 먹어치우지 않았어야 할 텐데… 하고 생각하면서, 문득 '황실 전용 식당'이라는 간판을 내세워도 괜찮겠는데, 하고 불경한 생각도 했다.

「원하시는 대로.」

리쿠손에게 보낸 편지에는 그런 말만 적혀 있었다.

빨간 머리 소녀, 요의 모습이 떠올랐다. 교쿠엔의 막내딸, 언젠가 중앙으로 보내기 위해 키운, 미모의 방랑 예인이 낳은 아이. 살아남은 이 일족의 아이들을 숨겨 주었다. 늘 웃음이 끊이지 않는 얼굴로 자라난 소녀 덕분에 하쿠우 세 자매도 많은 구원을 얻었으리라.

교쿠엔의 예상대로 요는 아름답게 자라서 이름을 교쿠요로 바꾸었다. 그리고 후궁에 들어와, 현재 황후 자리까지 올라왔다.

교쿠오는 어떤 형태로든 교쿠엔이라는 아버지의 뒷모습을 좇고 있었다.

교쿠요 또한 형태는 달라도 그것은 똑같았다.

교쿠엔은 서도 수호를 그 무엇보다 중요하게 생각했다. 교쿠오는 발전을 목표로 삼고, 교쿠요는 중앙의 회유를 꾀했다.

예전에는 여동생처럼 지냈던 세 자매도 아름답게 성장했다. 리쿠손이 자매와 재회한 것은 교쿠요비가 황후로 올랐을 무렵이었다. 당시 시녀인 세 자매도 후궁에서 나와 황후가 거주하는 궁으로 옮겼다.

아래 두 동생들은 기억하지 못했지만 장녀 하쿠우는 리쿠손을 알아보았다. 리쿠손 입장에서는 과거의 이름을 버리고 다른 사람으로 살아가고 있었는데 말이다. 지나가던 세 자매를 물끄러미 바라보았던 것이 실수였는지도 모른다.

하쿠우가 연락을 취했다. 리쿠손을 그리워함과 동시에, 이 일족의 생존자로서 서도로 돌아가 통치해 달라는 말이 적혀 있었다. 무리한 이야기였다. 리쿠손은 역적의 자식이며 존재해서는 안 되는 인물이었으므로.

리쿠손은 하쿠우가 옛 이 일족의 힘을 되찾으려 하는 것이 아닌가 싶었다. 하지만 하쿠우는 리쿠손과 헤어진 후 십수 년 사이, 교쿠엔의 딸 교쿠요의 충실한 시녀가 되어 있었다.

그렇다면 어째서 자신에게 통치를 하라는 말인지 의문이었다.

그 의문을 풀 기회는 금세 찾아왔다. 작년 서도 방문. 리쿠손은 라칸 대신 그곳으로 향했다.

솔직히 누군가가 리쿠손의 정체를 알아차릴지도 모른다. 내심 조마조마하면서 가 보니, 신기할 정도로 손님 취급밖에 받지 않았다. 아무도 자신이 옛날 서도를 다스리던 일족의 아이라는 사실을 알아차리지 못했다. 무엇보다 교쿠오가 리쿠손을 신경 쓰는 기척이 전혀 없었다.

서도는 번영하고 있었다.

아마 이 일족의 통치 시절보다 훨씬 더. 아무리 과거에 처참한 사건이 벌어졌다 해도 서도 사람들은 모두 상인 기질이 뚜렷하다. 지금의 발전을 생각하면 그것도 다 필요악이었다고 생각할지도 모른다.

그러나 리쿠손은 그 발전의 그림자를 놓치지 않았다.

짧은 서도 체재 기간 중에 교쿠엔은 리쿠손을 불렀다.

"서도를 어떻게 생각하니?"

교쿠엔은 교쿠오가 비뚤어졌다는 사실을 눈치채고 있었다. 아주 조금만 비뚤어져도 몇 십 년이 지나면 수정할 수 없게 된다. 그리고 교쿠엔은 중앙으로 이동할 것이 결정되어 있었다. 지금까지 막아 주고 있던 교쿠엔이 사라지면 교쿠오가 어떻게 행동할지, 계속 생각하고 있던 모양이었다.

역시 교쿠오는 신용할 수 없다.

교쿠엔은 리쿠손에게 서도에 제동을 거는 역할을 맡겼다.

"왜 직접 나서지는 않는 건데!"

십수 년 만에 내뱉는 난폭한 말투. '리쿠손'이 된 후로 절대 쓰지 않기로 결심했던 말투였다.

그렇게 리쿠손은 교쿠엔의 주선으로 서도에 돌아왔다.

교쿠오의 감시 역으로…. 유사시의 처형인으로서….

교쿠엔이 내린 결단을 교쿠요 황후는 알고 있으리라. 하쿠우를 시켜 리쿠손에게 편지를 보냈으니 말이다. 연락용으로는 비둘기를 이용했다. 왕제가 적의 연락 수단을 찾을 때는 정말 조마조마한 기분이었다. 비둘기는 특별한 연락 수단이며, 왕제에게도 알려 줄 수 없었기 때문이었다.

「원하시는 대로.」

교쿠요 황후의 편지 내용 그대로 움직일 수는 없었다.

오랫동안 고민했었다.

언젠가 교쿠오라는 남자가 자신의 잘못을 인정해 주었다면 좋았을 텐데.

"난 정말 손해만 본다니까."

교쿠오 감시만 했다면 좋았을 텐데.

왜 녀석은 이렇게까지 비뚤어졌을까.

왜 아무도 고쳐 주지 않았을까.

왜 리쿠손에게 시켰을까.

…아니, 그건 아니었다.

늘 리쿠손이 바라던 일이었다.

언젠가는 어머니와 누나의 원수를 갚고 싶었다.

그리고, 그것을 이룰 수 있었다.

"…이젠 아무것도 하기 싫은데."

누군가가 책임 전가를 하듯, 교쿠오 대신 서도를 다스릴 자를 추어올리려 하고 있었다. 평화로운 세상이라면 모를까 황해로 피폐해진 시기에 영주 대행을 하고 싶어 하는 자는 없다.

리쿠손에게까지 대리를 하라는 말이 들려오는 바람에 저도 모르게 내뱉고 말았다.

"달의 귀인이 합당하실 것 같습니다."

왕제는 멍한 표정이었다. 미안한 기분이었다. 하지만 동시에 과로 동료가 늘어나면 좋겠다는, 불손한 생각도 했다.

"어떻게 할까…."

리쿠손은 완전히 탈진해 버렸다. 아무 의욕도 들지 않아, 하기 싫은 일을 타인에게 떠넘길 정도였다. 지금도 일을 농땡이 치고 나무 위에 누워 있다.

십수 년 동안 살아온 목적이 사라졌다. 공허한 구멍이 뻥 뚫려 버렸다. 이대로 죽어도 이상하지 않다고 생각했지만….

리쿠손이 저지른 일은 용서받을 수 없다. 하지만 동시에 벌을 받을 기회도 잃어버렸다. 너무나도 비겁하고 지저분한 방식이다. 리쿠손은 자신의 존재가 끔찍하게 추하다고 생각했다.

나뭇잎 사이로 햇빛이 반짝이고, 작은 새가 하늘을 날았다.

"새다."

우아하게 하늘을 나는 모습을 보니 언젠가 바람이 되겠다고 생각하던 기억이 떠올랐다.

관례와 함께 자수가 들어간 옷을 입는다. 상인이 될지 뱃사람이 될지, 아니면 먼 곳을 향해 여행을 떠날지. 당시에는 얼마든지 꿈을 펼칠 수 있었다.

"여행이라."

그것도 괜찮겠네, 하고 생각하며 리쿠손은 나무에서 내려왔다.

아무도 없는 곳으로 가서 멍하니 살다가 길바닥에 쓰러져 죽어 버리자.

'안 돼!'

문득 누군가의 목소리가 들린 기분이었다. 리쿠손은 주위를 돌아보았지만 아무도 없었다. 그저 바람이 불고, 새가 날아갔다.

'서도를 위해 일해야지!'

그냥 환청이다. 바람과 새 지저귀는 소리가 소녀의 목소리처럼 들렸을 뿐이다.

그런데도 리쿠손은 마치 대화하듯 말했다.

"나보고 계속 일하란 말이야, 누나?"

휘잉, 하고 바람 부는 소리가 울려 퍼졌다.

"하하하, 너무하네."

리쿠손은 웃으며 땅바닥에 벌렁 드러누웠다. 하늘은 넓고, 파

랗고, 바람이 편안하게 느껴졌다.

리쿠손이 여행을 떠나려면 아직 멀었다. 서도에 활기가 돌아오고 사람들의 웃음소리가 이곳저곳에서 들리기 전까지는 안 된다.

어머니와 누나의 소원을 이루어 주기 위해.

조금만 더, 귀찮은 일을 계속해야겠다고 생각했다.

약사의 혼잣말 11권 마침

약사의 혼잣말

약사의 혼잣말 [11]

2022년 5월 10일 초판 발행

저자	휴우가 나츠
일러스트	시노 토우코
옮긴이	김예진

발행인	정동훈
편집인	여영아
편집 팀장	황정아
편집	노혜림

발행처	(주)학산문화사
등록	1995년 7월 1일
등록번호	제3-632호
주소	서울특별시 동작구 상도로 282 학산빌딩
편집부	02-828-8838
영업부	02-828-8986

ISBN 979-11-6876-575-7 04830
ISBN 979-11-348-1428-1 (세트)

값 9,000원